Cartas ao cão

TATIANA BUSTO GARCIA

Cartas ao cão

Sá editora

PARECE SER SEMPRE TARDE DEMAIS!

1

A água para o café está a ponto de ferver

A água para o café está a ponto de ferver. Nola desliga o fogo e despeja o líquido semivaporoso sobre o pó no coador. O perfume amargo, que sobe com a névoa quente, espalha-se pela cozinha e inebria seus sentidos, como todas as manhãs. É um momento todo seu, apenas seu, até que a água acabe e deixe somente o pó molhado, marrom-escuro, areia na praia quando a maré baixa. Por um instante, sente vontade de amassar a borra com as costas da colher e extrair dali as últimas gotas, mas sabe que ela é como um estranho objeto sagrado, do qual se pode sorver apenas até certo ponto. O relógio goteja seu ponteiro de segundos com a mesma pressa de todas as manhãs. O tempo parece estar sempre fora de alcance. Parece ser sempre tarde demais.

Confortavelmente deitado no emaranhado de seu cobertor, que ocupa o lado sul da cozinha, Kojak reflete sobre o futuro: estender a soneca por mais alguns minutos ou caminhar até a vasilha de comida para averiguar a possível chegada de novidades? As pálpebras pesam preguiçosamente no rosto bonachão. Ele tem tanto apreço pelo cobertor azul-claro-manchado-de-cândida que agasalha seu corpo massudo, que decide não abandoná-lo de imediato. Continua a assistir ao seu mundo em preto e branco. Nola não precisa voltar-se para vê-lo, sabe que está ali. Pode sentir a sutilíssima movimentação do ar, a vibração morna que faz com que ela se sinta menos só, na cozinha, no mundo.

Cães e gatos não são um, são vários. Cães são afeição desmedida e gatos são alegria contida. Cúmplices fiéis, assistem a tudo sem emitir julgamentos de qualquer ordem ou valor. Tentam nos tocar com aquilo que lhes vêm diretamente do coração, mas estamos embrutecidos demais para conseguir entender as mensagens que emitem através de um singelo movimento de rabo ou de bigodes. Ao mirar fundo esses olhos úmidos, sabemos que eles veem tudo, testemunham tudo e se calam, não confidenciam essas indizências nem a você nem a ninguém, e você nunca poderá retribuí-los por isso.

Blood, sweat & tears (*Sangue, suor e lágrimas*) é o título de um microportfólio de Mark Ryden, artista plástico americano, composto por três ilustrações. Na primeira, uma garota está sentada num campo florido, sob as lágrimas de uma girafa que chora sem arrependimentos; na segunda, um grupo de crianças dança à volta de um grande ser bizarro, de mãos decepadas, cujas gotas grossas de suor deslizam aflitivamente por suas têmporas; na terceira, um bicho azul parece lamentar-se de seu ferimento, de onde jorra um sangue fino que parece saciar a sede na boca de um cão. Ao pensar nas imagens que adornam seu escritório, ela se dá conta de que seu buldogue é o único ser no mundo com quem pode dividir as suas dores, a qualquer tempo, e, caso elas se tornem por demais pesadas, ele as suportará em seu lugar.

Tom entra na cozinha, trajado como de costume: calça de brim bege, camiseta polo amassada, de um lado a gola para cima, do outro, para baixo. Nos pés, apenas um pé de meia. Passa por detrás de Nola e lhe dá um beijo no ombro. Ela fecha os olhos e sorri suavemente, com os lábios em simetria, enquanto joga o coador usado no cestinho da pia. Até este momento, sua microvida vinha se desenrolando em *slow motion,* dentro de um invólucro particular, em que os menores movimentos e a percepção aguçada de cada giro do globo ocular continham uma descoberta. Ao chocar-se com o excesso cru da realidade imediata, que torna os azulejos tão frios e as superfícies tão lisas, é como se as sutilezas invisíveis que lhe dão vida, suaves sopros de abelhas em pétalas muito tenras, fossem esmagadas pela obstinada determinação do mundo concreto em impor, sempre, a sua verdade prática.

Na área de serviço, ele revira o cesto de roupas.

“Tom, você voltou a fumar.”

“Não, não voltei. Eu simplesmente nunca parei.”

“Eu preferia quando você fedia a ácido retinoico. Era mais asséptico.”

"Fica muito feio usar meias marrons com calça bege?"

Ela sabe qual será sua reação, conhece as velhas desculpas, gastas pelo tempo. Perguntar sempre a mesma coisa não chega a ser irritante, mas o medo da resposta conhecida lhe provoca uma sensação de náusea.

"Eu vou visitar a mamãe hoje. Você vem?"

"Porra, Nola, hoje? Eu peguei um trampo pra essa semana, não vai dar não."

"Tudo bem, não precisa ir. Eu compro um pão doce na esquina e digo a ela que você mandou."

"A velhinha tá firmona, né?"

"Tom, faz um ano que você não vê a mamãe!"

"E por acaso ela vai sumir de lá? Uma hora eu vou, relaxa, Nola. Esta aqui, eu sei que é sua meia de ir pra academia, mas posso usar, só hoje?"

2

Lúcia, já são dez pras sete! A perua está chegando!

"Lúcia, já são dez pras sete! A perua está chegando! Desça pro café, agora!"

Lúcia está terminando de arrumar o cabelo de sua boneca. Que tarefa difícil, desgrenhar os fios de náilon, chamados de cabelos, apenas com a ajuda de um minúsculo pente plástico! Coloca-a sentada na prateleira, ao lado da foto dos avós tirada meses atrás, e arruma o vestidinho de crochê.

"Bailarina, assim que seu joelhinho sarar, você volta a dançar, eu prometo!", diz à boneca de sorriso estático.

Seu olhar se desvia e para em ponto morto, por alguns instantes, sobre o retrato cinzento. Dona Zuleica sorri timidamente, por detrás dos grandes óculos, enquanto seu Lucas envia um beijo jovial para a câmera. Lembra-se bem. O cheiro dos móveis recém-encerados, na casa antiga, ainda é muito fresco em sua memória. Como também a colcha, de um colorido desbotado, que cobria sua cama quando ela ia dormir lá, e os cabelos macios e ralos da velha avó que cheiravam a creme rinse, nas pontas, e a óleo de fritura, nas raízes. Como o fogão vermelho, que ela aprendera a acender com fósforos depois de alguns dedos queimados, e o livro de oração com o desenho do menino Jesus sentado nas nuvens, ao lado de sua cama. Onde fora parar tudo aquilo?

Na cozinha, Marta escreve, faz uma lista de compras na caderneta, enquanto fala ao telefone. César lê o jornal, mergulhando o pedaço de pão no café com leite, num movimento de avestruz entediada. Diz para Marta:

"Escuta só o que diz aqui: O ano de 1984 reserva ao Legislativo um único caminho para avançar no processo de reconquista de suas prerrogativas. É o de devolver ao povo brasileiro, a 11 de abril próximo, mediante aprovação de emenda constitucional, o direito de eleger o presidente da República".

Sem notar a indiferença da mulher, ele segue percorrendo a notícia.

"Então, Bete, mas eu não sei quanto de salgadinhos eu encomendo. Essa criançada come tanto... pois é, oito anos passam tão rápido! Depois eu te ligo e falamos com mais calma, senão ela ainda perde a perua! Lúúciaaa!"

Marta veste uma velha camisa de seda rosada, que finaliza com um laço na altura da saboneteira, e por cima, apesar do calor, ainda põe um fino cardigã cinza, com apenas um botão fechado. Lúcia desce as escadas, impressionada com a estranha mágica que se produz nesse movimento banal. Seus sapatos parecem mais pesados que de costume, e as tábuas grossas dos degraus, de imbuia escura, parecem agarrar seus passos. Cada vez que consegue levantar um pé, descobre como que uma gosma pegajosa e elástica por debaixo. Arrasta a mochila com mãos indecisas. A mãe volta a chamar e ela então surge na porta da cozinha, de repente, como que perdida no espaço preciso entre dois ladrilhos do piso. Tenta lembrar-se da forma das nuvens que desenhava quando ganhou seu primeiro estojo de canetinhas. Marta e César olham para a menina com as pálpebras pesadas da manhã quente, e a mãe, com ar intrigado, pergunta:

"Filha, por que você não está usando a saia da escola? Você sabe que não pode ir sem o uniforme."

Lúcia continua escondida entre os ladrilhos, tentando encontrar um pretexto. Havia encontrado uma saia azul-marinho tal como ao do uniforme da escola, como a mãe poderia ter notado? Suas pernas tremem, vacilantes, e uma morna gota de suor começa a descer pela orelha esquerda. Tudo teria sido evitado, sim, se a mãe não tivesse notado, e ela já estaria sentada à mesa tomando seu copo de leite com Nescau.

O locutor da rádio narra entusiasmado: "Um, dois, três, quatro, cinco, mil queremos eleger o presidente do Brasil! Nem a forte chuva, nem o pipocar dos rojões, nem o deficiente sistema de som que não alcançou a totalidade da praça da Sé – nada disso impediu que milhares de vozes gritassem, e repetissem inúmeras vezes, o que se tornou a palavra de ordem do grande comício pelas diretas. Ao final, com a voz rouca e embargada pela emoção, os presentes cantaram, em uníssono, o hino maior deste país...".

César intervém, num tom paternal que não lhe fora concedido:

"Você fez de novo, Lúcia?"

Ela aperta, com toda a força, os dedões dentro das mãos escondidas por detrás do corpo, mas não pode conter-se e desata num pranto agudo. Marta ajoelha-se à sua frente e a envolve num abraço desajeitado.

"Está tudo bem, meu amor, está tudo bem. O César vai te levar na escola. Tome seu leite com calma."

Os galopes do choro lentamente vão se espaçando. É uma humilhação que ela jamais sonhou pudesse acontecer. O perfume enjoativo dos cabelos da mãe, que há tanto tempo ela não sente fazerem cócegas em suas narinas, cobre seu rosto como um bálsamo e a consola mais do que qualquer palavra. E tão precioso é esse presente que por alguns instantes ela deseja que o incidente possa se repetir na manhã seguinte. A imagem de César, contudo, a espiar a cena com ar compreensivo, a incomoda profundamente, a sensação de humilhação volta e pouco a pouco se transforma em ira, sim, esse sorriso complacente, no canto da boca, esse olhar doce e estagnado de cachorro molhado, pedinte, como se ele fosse seu pai. Ele não é seu pai. Nunca será. Mas, por mais que se esforce, não consegue odiá-lo. Compreende o objetivo funcional dele na casa, sabe que sem ele tudo pode desabar e ela teria que novamente ver as lágrimas da mãe e enfrentar sua fraqueza.

O calor discreto do início da manhã em Santos, que reserva um sol arrebatador para o meio-dia, é como uma faísca de ansiedade que não tem nome. Marta prepara o leite gelado com chocolate enquanto Lúcia folheia as páginas de uma *Marie Claire* que encontra sobre a mesa, ao lado do saquinho de pães frescos. Ela não tem certeza da aplicação prática dessas informações em sua vida, mas, se sua mãe está interessada nos "visuais ousados da estação", ela deve ter certo respeito por aquilo tudo. O retrato de uma mulher, com o rosto coberto por um lenço negro, é seguido de um nome que Lúcia luta para ler e pronunciar: A-y-a-t-o-l...

"Lúcia, seu leite!"

O copo começa a transpirar gotas geladas que refrescam seus dedos. As remelas mal lavadas na pia do banheiro lhe dão uma sensação de domingo. Mais alguns minutos, no entanto, e a calma fria do leite se tornará agonia.

"A manhã de hoje apresenta muito calor e as temperaturas seguirão elevadas no litoral. Esta será uma sexta-feira memorável para o povo brasileiro!"

3

É seu dia de folga. Nola odeia dias de folga

Nola está sentada à mesa do café. É seu dia de folga. Odeia dias de folga. Sente-se ameaçada pelos próprios pensamentos que se encontram momentaneamente livres, como presidiários que tivessem recebido a condicional para passar o Natal junto à família. O perigo parece iminente. As mãos seguram a caneca de café com leite e Nola observa o autorretrato de Van Gogh impresso na porcelana.

Kojak, querido, será que é possível amar alguém que não existe? Alguém que eu não conheço? Deve ser mais fácil do que amar alguém que exista de fato. Tente pensar num rosto, Kojak. Pense num rosto incógnito, absolutamente desconhecido, que não se assemelhe a um parente, a um vizinho, a uma atriz, ao filho da faxineira, a uma capa de revista, a um político. Não pense no filho que você nunca teve, com seus traços mais elaborados. Não pense em alguém distorcido pela demasia da beleza ou da feiura. Crie um rosto totalmente novo, Kojak, erga suas pálpebras e veja em seus olhos uma paleta única de cor. Desenhe linhas de expressão, um nariz, uma espinha, um sorriso, dê um tom heterogêneo à sua pele, uma moldura possível ao seu rosto, crie cabelos, num penteado único, sinta a textura do seu corpo, sua temperatura, repare no espaço entre seus dedos, no comprimento dos braços em relação ao corpo, na curva do tornozelo, nas sombras discretas do joelho, na umidade dos lábios, no formato das unhas, na largura da cintura, nos pelos do braço, no comprimento da nuca.

Mergulha a faca sem ponta no pote de geleia de morango da Mônica e espalha uma grossa camada sobre a fatia de pão de centeio. *Os pintores (com respeitosa exceção aos retratistas da nobreza), esses sim, meu caro Kojak, haviam encontrado a fórmula eficaz de personificar seus vazios. Derramando finas ou espessas camadas de tinta aqui e acolá trouxeram à vida o sorriso terno da mãe que tanta falta lhes fazia. O decote da moça, que jamais os notara. As rugas finas e sinceras de um velho amigo. O semblante macio de um amor, cujo rosto jamais haveriam de ver pelas ruas. Ah, eu já não sei mais o que digo, Kojak... O que será a intimidade? Afeição seguida de confiança? Segurança? Entrega? Medo? Cuidado? Partilhar? Ouvir? Abrir-se? Meu, seu, nosso? Será possível que duas pessoas partilhem de intimidades sem se conhecerem? Palavras. Elas não estragam tudo?*

“Nola, quando você for ao mercado não esqueça o papel higiênico. Aquele perfumadinho, hein?”

"Já vai?"

"Já. Dá um beijo na velhinha por mim, tá? E vê se compra um pão doce de hoje, não aqueles velhos que ficam na banca da promoção."

"Ela sempre pergunta por você. Se o emprego é bom, se tem uma namorada... você podia pelo menos escrever uma carta, sei lá."

"Ô, Nolinha, você sabe que essas coisas de família me deixam um pouco perturbado."

"E quando é que você vai resolver crescer e assumir pelo menos a sua vida?"

"Eu sei o que você quer dizer com isso, Nola, sei muito bem", diz, fingindo revolta.

"Não, eu só digo isso porque você vive num mundo imaginário, todo encantado, e acha que ninguém está te percebendo. Sabe, que nem aquela casa da Barbie com vários andares, você fica se imaginando um príncipe numa mansão cor-de-rosa. Mas o patético é que a casa está aberta, ou melhor, cortada na metade, e é só virá-la que dá pra ver direitinho o que acontece dentro. E o que se vê não tem nada a ver com uma vida feliz."

"Ah, Nola, você e suas metáforas *pop*! E você, que sempre gostou de brincar no castelo de Grayskull e imaginar que você era como o príncipe Adam, sonso, quietinho e sem graça, mas que quando precisava virava He-Man!", diz, engasgando uma jocosidade trêmula e cantarolando o tema de Etérnia.

O olhar de Nola está sério. Não sabe se deve abrir a portinhola, não sabe que criaturas inimagináveis podem sair dali cuspindo fogo e sacudindo a quietude de seus pensamentos. Ela levanta a mão, preambulando vomitar um discurso inteligente e cheio de nuances psicanalíticas, mas arrepende-se e começa a rir. Tom, que está a ponto de chorar um choro sincero, alivia-se no riso de Nola e também ri.

Os dois se abraçam por alguns instantes e logo se afastam, antes que o amor comece a incomodar. Nos olhos amarelados de boi benévolo de Kojak, vê-se o reflexo da cena. O riso que se espalha no ar faz levantar um pó muito fino que repousa sobre o tapete. Tom olha para o cão, que o observa, e derrama uma lágrima tola e quase invisível. Nola afasta-se um pouco e arruma a gola da camisa do irmão.

"Infantilizeugmático – aquele que se utiliza de imagens da própria infância para metaforizar sua atual vida adulta."

Nola reflete por alguns instantes e rebate:

"Gorgonódico – que causa nó na garganta."

Tom ri. "O laudo da perícia revelou elemento gorgonódico periférico na cavidade bucal da vítima."

Risos seguidos de silêncio.

"Platonicidade – define o grau de influência de Platão na sua vida."

"Promete que você se cuida, pirralho?"

"Promete que você vai deixar um cara te levar pra cama esse fim de semana?"

Não me olha com essa cara, Kojak. Sabe qual impressão me dá quando você me olha assim? Que eu estou sendo ridícula. Ele permanece impassível. *Você me vê como uma covarde, não é mesmo? E você, aí, gordo, preguiçoso, o dia inteiro rondando pela casa e cheirando os cantos como se isso tornasse sua existência um pouco menos medíocre. Por que você não sai por aí e vai viver grandes aventuras? Por que não vai farejar uma criança perdida, prender um bandido, salvar uma velhinha, caçar um gato?...* Ele então franze a testa entre os olhos, de uma maneira que só os cães dotados de muita pele na região podem fazer. Suspira um profundo desdém, carregado de superior inteligência, e volta a repousar a cabeça entre as patas dianteiras. Nola senta-se no chão e lhe dá um abraço de cumplicidade. *É isso aí, gorducho. Estamos presos aqui e não há nada que possamos fazer. Promete que nunca vai me abandonar?*

O exemplar da *Folha de S. Paulo* repousa ainda quente debaixo da porta. Ela o retira da embalagem plástica e sente o odor das folhas finas e cheias de tinta próximo às narinas, como sempre faz antes de ler as notícias. Senta-se novamente à mesa do café. Não costuma fazer a leitura obedecendo a sequência dos cadernos, tampouco tem uma ordem de preferência. A cada manhã elege qual será o primeiro e o último cadernos a serem lidos, seguindo as variações de seu humor e levando em conta o conteúdo das atividades previstas para seu dia. Nesta sexta-feira, ela começa pelos classificados de emprego. A variedade da oferta de trabalhos que ela considera estapafúrdios talvez faça com que valorize seu dia de folga.

Casal caseiro – interior de São Paulo. Sem filhos. Ela, cozinheira de forno e fogão e restante do serviço da casa. Ele, motorista e manutenção geral da casa, além de piscina e jardim. Com referências.

Misturador Jr. – Manipulação de produtos químicos, desejável habilitação em empilhadeira elétrica, vivência em ambiente fabril.

Operador de motosserra – Experiência comprovada na poda de árvores e remoção de árvores de grande porte em áreas urbanas.

Alta direção/Diretor-presidente – Para representar a empresa junto ao governo, acionistas, quotistas e à comunidade de negócios. Faixa salarial – R$ 20.000-32.000

Operador de guindaste telescópio – experiência no ramo de construção civil pesada.

Motorista de ambulância – apto a trabalhar sob pressão.

Controlador de pragas júnior - Salário de R$ 600,00 e insalubridade de R$ 240,00. Desinsetização, desratização, limpeza e desinfecção de caixa-d'água.

Mecânico de tecelagem – Experiência em teares a pinça, teares felpudos e nos teares G6200 e G6100.

Aplicador de película adesiva – Aplicação de adesivos em eventos, stands, carros, vidros, vitrines, painéis e outros.

Programador Java sênior – Indispensável experiência em programação multhreadin, sistemas de médio porte, uso de pool de conexões, RMI.

Mordomo urgente – Para grande propriedade na Holanda. Boas maneiras e eficiência. Início imediato.

PROFESSOR DE RITMOS BAIANOS – PARA CLUBE DE DANÇA ESPECIALIZADO. RESIDIR EM SANTO AMARO.

PASSEADOR DE CÃES – HIGIENÓPOLIS. HABILIDADE PARA CONDUZIR GRUPOS DE 10 A 15 CÃES PELO BAIRRO E CUIDAR DE SUA HIGIENE.

DESENHISTA DE BOTÕES/TÊXTIL – COM EXPERIÊNCIA EM DESENHOS E MEDIDAS DE BOTÕES PARA ÁREA TÊXTIL E/OU BOTÕES EM GERAL.

PAPAI NOEL – COM OU SEM BARBA. TEMPORÁRIO. NÍVEL DE EDUCAÇÃO MÍNIMO: ENSINO FUNDAMENTAL (PRIMEIRO GRAU).

Reconfortante saber que, se um dia decidir abandonar sua profissão, poderá aventurar-se como guardiã de piscina, saladeira, inspetora de alunos, encapsuladora, engenheira aviônica, salva-vidas, professora de matemática, líder de separação de produtos, revisora de malha, teóloga, orçamentista, cabista, subgerente de perecíveis, operadora de extrusora, preparadora de pasta para fabricação de papel, jardineira bilíngue, beneficiadora de sal, mecânica para manutenção metro-ferroviária, arquivista, ajustadora mecânica polivalente, magarefe, tratadora de cavalos, mestre de cerimônias e revisora de bulas médicas.

Nola leva a caneca de Van Gogh novamente à boca. O café atingiu sua temperatura ideal, quente, quase morno. Abre a caixa de sucrilhos e começa a comer como se fosse pipoca, enquanto folheia os demais cadernos em busca de algo interessante para ler. As manchetes revelam um mundo que parece acontecer numa velocidade que ela não acompanha.

Número de mortos em atentado suicida na Inguchétia chega a 18; Brad Pitt diz que parou de fumar maconha depois que se tornou pai; Rússia localiza cargueiro que desapareceu no canal da Mancha; Marina Silva é Lula melhorado, diz senador; Cerca de 90% das notas de dólar contêm restos de cocaína; Frente fria provoca chuvas isoladas em São Paulo a partir de amanhã; Novela do SBT terá participação de "trans-atriz"; Grêmio goleia o Flamengo e se aproxima da zona da Libertadores; Lei permite privação de comida a mulher por falta de sexo no Afeganistão; Chantagem on-line é a nova arma para ciber-assaltantes; Saiba como preparar um levíssimo suflê de limão; Instituições assinam acordo para combater a corrupção no Amazonas; Mulher leva 35 anos para ter diagnóstico de doença celíaca; Valentino Rossi faz a pole e sofre queda na República Tcheca; Beethoven vendia peças musicais para aristocratas antes mesmo de compô-las; Protesto contra "excesso de turistas" suspende vôos à Ilha de Páscoa; Entenda por que os impostos sobem tanto no Brasil; Tremor de 7 graus sacode mar ao sul de Sumatra, na Indonésia; Quatro funcionários são detidos por suspeita de furtar medicamentos de hospital em SP; Astral propício para os mercados se equilibrarem; bom para negócios internacionais; Veja como manter crianças entretidas no carro.

Começar o dia no supermercado talvez seja mais inspirador. Nola abandona as notícias sobre a mesa, apanha uma banana-nanica e sai.

4

É sempre altamente terapêutico ir às compras

Nola sempre achou altamente terapêutico ir às compras, sozinha, num grande supermercado. Ali ela pode passar horas entrando e saindo dos corredores, subindo e descendo, no levar da preguiça das escadas rolantes, num movimento alegre, variado e também inútil. O caráter atemporal desses locais, como enormes estaleiros sem janelas, rebuscados por luzes brancas, cria uma espécie de cárcere anônimo, um buraco negro fantástico dentro do absurdo da cidade e que lhe permite delirar sem censura. A mediocridade dos mercadinhos e armazéns é de uma claustrofobia insuportável, ali é impossível olhar sem ser olhado e os funcionários sempre têm rostos e expressões por demais familiares.

Antes de começar a encher o carrinho, Nola caminha um pouco a esmo observando o *nonsense* corriqueiro das pessoas. Investiga seus carrinhos, analisa as compras, depois olha para o dono e esboça, em cores berrantes, uma personagem expressionista. Um quilo de carne moída. Batata *chips*. Requeijão *light*. Fraldas tamanho P. Lâminas de barbear. Mortadela de frango. Biscoito de água e sal. Toddynho. Lasanha congelada. Água com gás. Coca. Homem de meia-idade, barba por fazer. Casado. Entediado. A mulher tenta fazer dieta, mas acaba comendo um monte de besteira por causa dos filhos. Um recém-nascido chora a noite inteira e cria um abismo intransponível na cama de casal. Bacalhau congelado, da promoção. Nuggets congelados. Refrigerante Dolly dois litros. Arroz. Batatas. Sorvete. Leite de rosas. Senhora idosa. Vive sozinha. No domingo, os filhos vêm almoçar e trazem os netos. Não tem um orgasmo há 37 anos.

Será que eles percebem que eu estou olhando? Será que percebem que eu consigo ver toda sua vida em seu carrinho de compras? Os carrinhos deviam ser vedados. Uma grande caixa-preta sobre rodinhas com um buraco flexível no topo, por onde você pudesse enfiar os produtos. Seria menos invasivo. Menos óbvio e cortante.

Nola passa pelo corredor de artigos para higiene pessoal e lembra-se do papel higiênico. Mas não pode colocá-lo no carrinho ainda. Tem que colocar algo mais neutro antes, senão as pessoas podem olhar o carrinho com os pacotes de papel higiênico e imaginar que é só aquilo que ela está comprando. E, se na casa dela não falta nada além de papel higiênico, deve ser porque ela tem diarreias constantes! E, se ela veio ao mercado apenas para comprar isso, deve ser porque não sobrou rolo nenhum e ela está numa situação de emergência. Não, ninguém vai ao mercado para comprar apenas papel higiênico. Sempre leva algo mais para disfarçar. Um quilo de café, um refrigerante, uma garrafa de Cândida ou um rolo de Perfex.

As mãos repousam sobre o carrinho enquanto ela observa o colorido histérico da seção de biscoitos e bolachas. Tem mãos de criança ativa. Dedos curtos porém ágeis. Não tem o costume de usar esmalte nem de cultivar unhas longas. No jardim da infância, a professora colocava pimenta em seus dedos para combater seu hábito de roer as unhas. Uma infância regada a dedos encharcados por Tabasco. Hoje Nola tem aversão a comida apimentada.

Uma barra de manteiga. Todo mundo come manteiga. Leite, arroz, macarrão, suco, detergente. Os essenciais, para criar uma base neutra antes de começar a depositar produtos mais pessoais e potencialmente comprometedores. Nola finge para si mesma importar-se com a opinião dos outros. Essa crença artificial faz com que se sinta uma pessoa comum e essa sensação lhe é muito cara. Mas a verdade é que raras vezes sente a cobrança da sociedade sobre seus atos. Sente-se, na maior parte do tempo, com uma incrível capacidade de tornar-se invisível. Não acredita ser invisível, verdadeiramente, apenas se sente assim. Veste-se como bem entende, entra onde quer que vá, a qualquer hora, levando a expressão mais sincera no rosto, pois sabe que ninguém a enxerga. Perambula, esguia e delgada, por territórios particulares e por entre fendas proibidas, leve como um vulto anônimo. Essa é sua conhecida liberdade, sobre a qual impera apenas o cetro de sua autocrítica, sem influências externas. E se não pauta seus limites morais e sua conduta ética, e muito menos seu bom senso, pelas leis da sociedade, qual será a matéria constituinte dessa autocrítica?

À sua frente: espuma de barbear para pele sensível. Filé de frango temperado com ervas finas. Molho *pesto*. Massa fresca. Papel higiênico folha dupla. Vinho chileno. Ração para gatos. Nuggets para gatos. Rapaz, jovem, bonito. *Gay*.

"Oi, Nola."

Num instante ela se vê sugada de seu trono anônimo, como que através de um tubo liso e luminoso, e atirada contra a realidade.

"Lembra-se de mim? Tarcísio, amigo do Tom."

"Oi, lembro, claro."

"Quanto tempo, não? Como está o seu irmão?"

"Ele está ótimo. Conseguindo bastante trampo como modelo."

"Ele leva jeito mesmo... vocês ainda moram juntos?"

"Claro. Acho que nunca vou conseguir botar ele pra fora."

"Ainda saem juntos também?"

"Ah, de vez em quando. Quero dizer, não. Ele tem uns amigos novos. Eu não conheço. Povinho do *mundo artístico*", diz, fazendo aspas no ar.

"É, eu sei."

Tarcísio deixa, por um momento transparecer um constrangimento infantil. Seus dedos batem rapidamente sobre o carrinho. Ele percebe que Nola observa suas compras.

"O Freud é muito mimado."

"Quem?"

"O Freud, meu gato. Ele adora essas comidinhas cheias de frescura."

O constrangimento bate de volta à porta de Nola, flagrada observando as compras de Tarcísio. E se ele começar a analisar seu carrinho? Não, Tarcísio não, ele é sensível e discreto e logo engata outro assunto.

"Como anda a sua mãe?"

"Ela... ela tá na mesma, sabe? Só que agora perdeu a mobilidade das pernas também. Bem, que diferença faz se você consegue mexer as pernas, mas não os pés? Ela passou por uns maus bocados, mas agora estão cuidando dela. Ela precisava... eu e o Tom, ia ser difícil pra gente, sabe? O Tom ainda é muito garoto e...", enquanto solta essas desculpas trôpegas, a palavra "asilo" debate-se dentro de seu cárcere de culpa, sem que ela ouse pronunciá-la.

"O meu pai tá numa clínica de repouso. Demente. Eu vou lá de vez em quando levar frutas. Ele não se lembra de nada, quero dizer, de nada ruim. Eu acho que ele é feliz da vida assim. O problema maior é nosso, temos que ficar remoendo o passado dentro da gente e ainda ter de cuidar de um carrasco desses."

"Numa clínica, poxa..."

Como ele consegue falar disso tão tranquilamente? Nola lembra-se de que ainda não pegou o pão doce. Tarcísio: bonito, inteligente, sensível, magoado, humilhado, empresta a Nola o seu inferno. Ela tenta apegar-se à imagem do pão doce, fresco, brilhante, coberto com creme, açúcar e frutas cristalizadas. Talvez um que tenha fios de ovos. O pai de Tarcísio, um carrasco aposentado? Será que usa fraldas? *A mamãe ficará muito contente. Adora pão doce para comer com o café.* Será que ele se sente culpado? Será que ela é culpada? A última vez que a mãe caiu no banheiro de casa foi muito dramático e Nola dormiu noites e noites com os olhos abertos, imaginando a massa viva que poderia ter saído daquela cabecinha, frágil como a moleira de um bebê, que havia se chocado contra o vidro do boxe. Será que em vez de pão doce deve levar pão salgado e queijo *brie*, que ela também tanto gosta? Se ela fosse leal como a mãe havia sido para ela na infância, teria acordado cedo e sovado, com as próprias mãos, a massa de um pão doce que ela, então, embrulharia e levaria ainda quentinho para dizer com orgulho: "Assei um pão para a senhora". Nola tem medo de que um dia a enfermeira falte e ela mesma tenha que dar banho na mãe e enxergar sua nudez envelhecida, sua mãe que mal pode sustentar-se sobre os próprios pés e pensa que algum dia terá mesmo que arrastar o Tom e lhe contar tudo, e dizer para si mesma e para as enfermeiras e para quem quiser ouvir que ela, Nola, era a criatura mais egoísta do mundo, e que aquilo doía. Doía demais. E doía mesmo.

"Tarcísio, o Tom ficaria muito feliz de te ver. Você ainda tem nosso telefone? Ligue e apareça qualquer hora, eu preciso ir, tenho tanta coisa pra fazer hoje, desculpa", despejou num forçado tom de casualidade.

As mãos de Tarcísio parecem suar, agarradas à barra emborrachada do carrinho, desesperadas para pular sobre as mãos de Nola em busca do abrigo que há tanto tempo não encontram. Sim, ele quer um colo. Quer chorar de novo, feito criança, num colo qualquer e perguntar a Deus por que as coisas tinham que ser tão difíceis e por que Tom... por que tudo desaparecera assim, no ar?

"Vá em paz, Nolinha. E não deixa o Tom emagrecer muito, senão ele perde aquela bundinha linda."

Um *bip* no celular. Nola lê a mensagem: "Ovomaltinês – idioma falado por integrantes da tribo adoradora de achocolatado com malte."

Novamente só, Kojak caminha pesaroso, arrastando as patas desmotivadas sobre o indiferente piso da cozinha até alcançar o sofá, na sala, onde se deita com a cabeça descansando sobre o encosto. À sua frente, a janela ampla e quieta. As pálpebras acompanham o suspiro melancólico e desabam sobre os olhos, mantendo apenas uma fresta aberta para o mundo. As narinas úmidas contraem-se ao compasso da respiração lenta e pausada. No sexto andar do prédio em frente, uma mulher de avental e pano na cabeça fuma, debruçada na janela da área de serviço. Na rua, um velho procura uma moeda de cinco centavos caída na sarjeta, enquanto um casal de namorados atravessa a rua com passos apressados e expressões emburradas. Uma pequenina e ordinária borboleta amarela entra alvissareira pela janela e pousa ali, exatamente ali, em seu focinho preto e molhado.

5

Sentada no banco de trás do Voyage, Lúcia olha o mar

Sentada no banco de trás do Voyage, Lúcia olha o mar. É cedo ainda, mas o sol já brilha intensamente sobre as águas calmas da baía de Santos. A arrebentação não está longe e dá para ver perfeitamente as ondas quebrando na praia. A estreita janela lateral da antiga casa, de onde se podia ver um pedacinho do mar, onde foi parar?

A moça loira caminha sobre a areia, pés descalços, um filho de cada lado, levando tênis e meias nas mãos. As crianças divertem-se enchendo o dorso dos pés de areia para em seguida polvilhá-la no ar.

Aos domingos, sim, e muitas vezes também aos sábados, ele encostava o carro na porta de casa, buzinava uma conhecida sequência de quatro toques e então Lúcia corria, mochila nas costas, pá e baldinho nas mãos. Seu pai era o melhor engenheiro de castelos de areia que ela já conhecera e havia lhe ensinado tudo o que ela hoje sabe, desde a importância de se cavar bem um fosso antes de enchê-lo de água até as manhas na hora de escolher o melhor tipo de areia para erguer a base das muralhas. Os fins de tarde cheiravam à maresia, maiô molhado e caldo de cana. Aqueles dias imensos, na praia, pertenciam a eles e a mais ninguém.

"Lúcia, você acha que tem mais grãos de areia nessa praia do que gente no mundo?"

Ela tenta ignorar a questão que César lhe coloca, mas não consegue evitar a sedução do raciocínio. Olha bem para a areia e tenta contabilizar. Percebe que a resposta é óbvia e se apressa em responder, para não passar por burra, embora não soubesse a conta exata.

"É claro. Não tem tanta gente assim no mundo."

"Como não? Você sabe quantas pessoas têm no mundo?"

"Eu sei que tem um montão, mas eu não sei direito onde elas moram."

César dirige-lhe um olhar amigo pelo retrovisor. Lúcia percebe e logo vira o rosto com um rancor imediato, arrependendo-se por ter caído na armadilha. *Bancando o Pequeno Príncipe com a raposa*, pensaria algum tempo depois. "A praia é nossa, papai, só nossa."

O carro parou em frente à escola. Uma casa grande, dois andares, doze salas de aula. Uma mulher sorridente está fechando o portão quando vê Lúcia chegar. Ela espera e abre novamente o portão. Lúcia abre rapidamente a porta do carro e prepara-se para descer.

"Você não está esquecendo nada?", pergunta César, entregando-lhe a lancheira.

"Eu não estou com fome."

"Mas não é pra agora, você sabe. É pro recreio. Leva, vai. E não se esqueça de entregar o bilhete da sua mãe para a diretora."

Ela pega a lancheira, sai e bate a porta. Havia sido um presente de César para a volta às aulas. Uma lancheira nova, cor-de-rosa brilhante, com dois fechos laterais, garrafa térmica com canequinha, talheres de plástico com pontas arredondadas, caixinha para lanche e a figura de uma ciranda de crianças desenhada por fora. Ela odeia a lancheira e o que vem dentro dela. Sanduíche de pão de forma com manteiga e queijo, suco natural de laranja, sem coar, e uma fruta, normalmente banana, goiaba ou maçã. Seus amigos normalmente levam salgadinhos de pacote, bolo, chocolate e refrigerante. Uma menina da quarta série leva pasta de dente infantil para comer de sobremesa. A maior parte das crianças compra lanche da cantina. Coxinha, misto quente, *maravilha*, pão de queijo recheado, pastel de queijo, torta de frango, cachorro quente, refrigerante em garrafinha, chocolates, balas, chicletes, pirulitos dois sabores, churros, bomba de chocolate, tortas, bolo formigueiro, paçoca, biscoito recheado.

Toda vez que o sinal do recreio toca, e as crianças saem correndo para formar fila na cantina, Lúcia vai em direção à quadra de esportes, que fica nos fundos da escola. Há um corredor, entre a quadra e a sala, onde ficam guardadas bolas e redes. Ali está, desde sempre, o pônei quebrado, que tiraram do parquinho. Ela senta-se sobre ele e engole rapidamente o lanche. As frutas, ela normalmente joga no lixo, principalmente a goiaba, pois se comer ficará cheirando. Enquanto come, observa as crianças desenhadas na lancheira. Uma delas, uma garotinha com cabelos curtinhos, castanhos, e grandes olhos negros, se parece muito com ela mesma. A menina é a única que tira os dois pés do chão ao saltar na roda. De um lado, o garoto de cabelos vermelhos e sardas lhe causa asco. Do outro, um menino mais jovem, bem magrinho, com sorriso tímido, é o seu favorito, pois parece segurar com muito carinho a sua mão. Do outro lado da roda está um garoto mulato, com olhos vibrantes e um sorriso enorme. Esse é o personagem mais bonito e se parece muito com seu colega de classe Daniel.

Ela sabe que eles não giram ao som de "ciranda cirandinha", mas não consegue saber que música os embala. Às vezes tapa os ouvidos e olha fixamente para o desenho para tentar descobrir a melodia, mas não consegue ouvir nada.

Quando termina, corre para a sala de aula, abandona ali a lancheira e vai brincar no parquinho. Enrola tenros bolinhos de terra que sonha um dia atirar em alguém.

Mas hoje as coisas estão acontecendo de forma um pouco diferente. Chegou atrasada na escola e sabe que terá que passar pela sala da diretora para entregar o bilhete antes de entrar na classe. O bilhete certamente deve justificar o atraso e a displicência com o uniforme. Mas o que será que sua mãe escreveu? A verdade? Lúcia não resiste e abre o bilhete. Ela está quase no meio do primeiro ano e é muito boa na leitura, mas tem dificuldade em entender os garranchos adultos da mãe. As primeiras palavras são claras: "Prezada dona Gertrudes". Não, isso não haverá de ser bom. Essa formalidade a assombra e ela teme o que virá depois.

"Lúcia!"

Ela levanta o rosto e depara-se com a diretora caminhando em sua direção.

"Bom dia, dona Gertrudes", diz vagarosamente, enquanto amassa o bilhete em uma das mãos, escondida atrás do corpo.

"A sua aula já vai começar, querida. Mas não precisa correr, eu não quero ninguém machucado."

"Eu já estava indo."

A mulher sorri enquanto Lúcia se apressa.

"Lúcia..."

"S-sim?", ela olha de volta.

"Diga à sua mãe que você não pode vir com outra roupa que não seja o uniforme. Hoje vou deixar passar, mas peça a ela para prestar mais atenção daqui pra frente."

Lúcia reflete por breves instantes, sorri, e então segue exultante.

Não só parece haver escapado da humilhação de entregar o bilhete que revelaria sua vergonha, como também se sente absolvida, e sua mãe, condenada. É justo, muito justo, que ela leve a culpa. Afinal, ela tinha tentado expor a intimidade da filha de uma maneira imperdoável, através de um bilhete. Imagine a dona Gertrudes na reunião com os professores mostrando o papel e comentando: "Olhem, sabia que a Lúcia, daquele tamanho, ainda faz xixi na cama?". E a dona Sílvia, professora do primário, responderia: "Ai, bem que eu sempre achei ela meio estranha. E você sabia que aquele cara que trouxe ela na escola não é pai dela?"; "Que horror! Deve ser por isso que ela faz xixi na cama! E a mãe nem fica com vergonha de sair por aí espalhando... Ah, se fosse a minha filha, eu não contava pra ninguém e deixava ela de castigo por um mês"; "Ou senão colocaria fraldas nela pra dormir! Pelo menos não mancharia os lençóis!" "Hahahaha..."; "Vai ver que é por isso que ela está sempre pedindo pra ir ao banheiro... qualquer dia faz xixi na sala!"... "Hahahahaha"...

Que alívio, todo esse horror foi evitado. *É preciso ser muito esperta nesta vida!*, pensa ao bater na porta do primeiro B. Entra confiante na sala de aula, joga o papel no lixo e senta-se em sua carteira.

"Bom dia, Lu!", disse a professora. "Que bom que você chegou, estamos formando duplas para a gincana de matemática. Você foi sorteada para fazer par com o Daniel."

6

Lavanda ou jasmim? Que coisa mais estúpida escolher o perfume do papel higiênico

Lavanda ou jasmim? Que coisa mais estúpida escolher o perfume do papel higiênico, como se o aroma fosse tornar seu trabalho menos repugnante. Flores do campo, escolhe por fim, e coloca o pacote num cantinho que consegue cavar no carrinho. Dirige-se à seção da padaria. Uma vitrine gelada abriga prateleiras cheias de açúcares e confeitos. Por que é sempre tão difícil aliar sabor à beleza? É óbvio que o melhor doce ali é aquele bolo de cenoura com cobertura de chocolate, mas ele parece tão ordinário comparado ao brilho reluzente dos quindins, às três camadas de recheio multicoloridas daqueles bolos sabor sei-lá-o-quê, ou ao lúdico daquela cobertura lustrosa e confeitada da rosca doce... Se levar o bolo, será uma decepção no momento de abrir a caixa, mas agradará pelo gosto, uma hora depois, no momento de servir o café. Por outro lado, se for aquela rosca feita pela Branca de Neve, ela encherá os olhos e o coração logo de cara, e talvez ela nem se lembre de perguntar como anda o irmão.

"Por favor, embrulhe uma rosca dessas. E me dê uma fatia desse bolo de cenoura. Não, não embrulhe junto. O bolo eu vou comer agora."

Os sessenta e oito itens de limpeza, geladeira, banheiro e mantimentos deslizaram um a um pela esteira do caixa. Por último ela coloca um cabide com três calcinhas de algodão que havia escolhido para si. Promoção, pague duas e leve três. Amarela, branca e bege. Talvez devesse ter escolhido cinza, branca e preta.

"A senhora aguarde só um minutinho que eu vou pedir pro rapaz tirar o lacre disso aqui", disse a funcionária do caixa referindo-se às calcinhas. Ela aperta, então, um botão secreto e levanta o braço, chacoalhando o cabide com as calcinhas. *Tudo bem, elas ainda não são minhas, não é como se estivessem saindo da lavanderia, mas serão minhas muito em breve, dentro de alguns minutos. E eu terei que conviver pro resto da vida com a memória dessa funcionária, Jacinta, mostrando as minhas calcinhas para todo mundo neste hipermercado, em especial para o Wesley, que vem correndo, deslizando em seus patins brancos para agarrá-las. Será que ele teria vindo tão rápido se ela tivesse abanado um pacote de linguiças? O Wesley abre aquele sorriso cheio de dentes e não consegue evitar me olhar. Um olhar de funcionário competente, estou-aqui-para-o-que-precisar, mas que esconde a malícia de garotão safado.*

No caminho até o carro, Nola abre o embrulho do bolo de cenoura com uma das mãos e vai empurrando o carrinho com a outra. Melhor deixar a mão direita fazendo o trabalho pesado, embora a mão esquerda não esteja se saindo muito bem com o bolo. A cobertura de chocolate é muito mais cremosa do que ela imaginou. Que delícia, pegar isso com a pontinha da língua e espalhar pelo lábio superior como se fosse *gloss*.

Chega ao carro e abre o porta-malas. Coloca todas as compras e, por cima, o papel higiênico. E, antes que possa fechar a porta, uma voz a chama.

"Ei, moça, você deixou cair isso."

Ainda regojizando-se com a cobertura do bolo, ela vira-se e dá de cara com um dos homens mais revoltantemente charmosos que já viu em sua vida. Ah, sim, ele tem nas mãos seu cabide de calcinhas, que Nola, estrategicamente, não colocara dentro de uma sacolinha plástica justamente para evitar que fossem parar na geladeira, junto com os laticínios.

Ela tenta discretamente chupar os lábios e limpar os dentes antes de oferecer-lhe um agradecimento constrangido.

"Esse bolo parece estar muito bom. Deixa que eu ponho no carro, você não vai querer sujar suas calcinhas novas."

Nola congelou, mas não há nada que possa fazer. O homem mais revoltantemente charmoso que ela já viu em sua vida está colocando seu cabide de calcinhas de algodão, compradas no supermercado, no porta-malas do seu carro, ao lado de um pacote de papel higiênico perfumado.

"Flores do campo? Eu prefiro o de jasmim, é mais suave", disse ele analisando suas compras. "Prazer, Pablo", e estendeu-lhe a mão.

Ainda perplexa, Nola estica uma das mãos, sem lembrar-se do chocolate. Ele olha e ri.

"Você é muito gentil", disse, pegando um pouco do chocolate dos dedos de Nola e levando à boca, "dividindo seu bolo assim com um estranho."

"Desculpe, eu..."

"Eu é que peço desculpas, estou te assustando. Eu só tive um dia difícil e precisava descontrair." Ao dizer isso Pablo perde todo seu ar de amante latino para transformar-se num rapaz de olhos cansados, mas extremamente charmosos.

"Prazer, Nola", ela diz, sentindo o mesmo constrangimento que se sente naqueles sonhos em que aparecemos pelados no trabalho.

Ele sorri e tira um guardanapo de papel do bolso, fingindo fazer mágica, e o oferece a Nola.

"Sobrou esse. Por pouco você não me pega todo sujo de creme do sonho que eu vinha comendo."

Ainda encabulada, ela limpa-se e agradece.

"Desculpe, mesmo, eu não quis te constranger. Aperto de mãos agora?"

Os dois apertam as mãos amistosamente e ele se vai. Nola fica observando aquele corpo alto, de cabelos lisos e negros, desaparecer no estacionamento.

Ai, Kojak, puta que pariu! Como sou ridícula, patética. Deveriam proibir pessoas assim de existir. Por que uma cratera não se abriu debaixo de mim quando aquele cretino apareceu? Que raiva. Pablo. Malditos olhos negros amendoados. Maldito papel higiênico de flores do campo. Malditas calcinhas de algodão. Espero nunca mais encontrar esse cara na minha vida. Nunca mais farei compras ali. Agora só vou ao Extra da Juscelino, nem que tenha que pegar um puta trânsito. Não podia ter sido um gordo seboso, com cara de político derrotado, a encontrar as minhas calcinhas? Ele me entregaria, eu sorriria com os dentes cheios de chocolate, pegaria as calcinhas e as jogaria FORA assim que chegasse em casa. Deus abençoe todos os gordos sebosos, com cara de político derrotado, e os coloque sempre em meu caminho, principalmente em situações como essa. E também não esqueça, meu Deus, de colocar todos os Pablos numa dessas festas raras em que eu estou com unha feita, cabelo escovado, cinta emagrecedora e perfume Kenzo, numa roda de amigos tomando champanhe.

7

John Coltrane, live at the showboat, Philadelphia, 1963

Nola terminou de arrumar as compras em seus devidos lugares. Colocou um rolo novo de papel no banheiro. Passou uma água no rosto e entrou no quarto de Tom. Como de costume, impecável. A cama coberta por um edredom preto contrastando com as paredes brancas. Alguns pôsteres de filmes enquadrados: *Hedwig and the angry inch*, *Billy Elliot* e *Gilda*. Ao lado da cama, uma pilha de revistas *gays* com um leãozinho de pelúcia em cima. Nola gosta de ficar ali quando o irmão não está. Tudo sempre tão arrumado, tão *clean*. E os vinis. Sua coleção de vinis. Nola coloca um de John Coltrane – *Live at the showboat, Philadelphia*, de 1963. Um grande amigo de Tom, americano, *big jazz fan*, sempre lhe manda preciosidades como essa pelo correio, enquanto ela normalmente compra CDs da Rita Lee nas Lojas Americanas.

Deita-se na cama com os braços abertos. Olha fixamente para o teto por um longo tempo. Fecha os olhos e desliga-se do mundo, ao som do melhor sax tenor do planeta. O contrabaixo é tão *sexy*. Será que Pablo toca algum instrumento?

As lambidas de Kojak no rosto a despertam do transe, uma hora depois. O disco havia parado de girar e a agulha voltara para o seu lugar.

"Kojak, alguém me ligou? Alguma notícia boa, vinda de alguma parte do mundo?", diz, olhando para a cara bonachona e doce que sorri para ela. "Então, por que você veio me chamar? Anda, desce da cama e não conta nada pro Tom. Você sabe que ele te ama, mas não em cima da cama dele." Nola arrasta o corpo pesado do cachorro que a olha de forma estranha. "O que foi? Você tá carente? Então somos dois", diz em tom de brincadeira.

Mas Kojak está falando sério. E ele não está carente, está, sim, vendo as angústias de sua amada, bem lá dentro. Aqueles olhos grandes de vidro não param de fitá-la. Ele murmura qualquer coisa e exige uma resposta. Mas ela não responde. Sabe muito bem que ele a está colocando contra a parede, enxergando tudo, sabendo de tudo e querendo aliviá-la. Sim, ele está vendo, mas não há nada que possa oferecer além de lambidas no rosto, além, talvez, de um olhar profundo e reconfortante.

Um dia, Kojak, um dia eu te conto. Por ora, me deixe. Se eu começar a contar agora, não paro mais, vou ter que te contar tudo. E, se tiver que te contar tudo, terei eu mesma que olhar para muitos lugares-coisas-detalhes que não quero olhar, e muito menos enxergar. Deixa tudo quietinho, como está. Quando eu conseguir, te conto, tá bem?

O dia está mais frio do que o esperado pelos meteorologistas, considerando a proximidade da primavera. Nola mantém os braços cruzados na frente do corpo e os ombros contraídos de frio e rabugice, enquanto perambula pela casa em busca do que fazer. Senta-se, por fim, à frente do computador, que mantém ligado há mais de três dias, como num coma induzido. Coloca os delicados óculos de leitura no rosto e aproxima o olhar da tela.

Nunca deixa mais que dez mensagens acumuladas em sua caixa de *e-mail*. É mais um transtorno obsessivo compulsivo que uma questão de organização. Loga em sua conta Gmail diversas vezes ao dia para apagar o que seja desnecessário, supérfluo ou efêmero, e garantir que o número "dez" esteja sempre ao lado de *inbox*.

"Golpe pelo celular – leiam, importante!" Excluir. "Olá Nola, o Decolar.com tem uma promoção pra você." Excluir. "Programação da Livraria Cultura." Excluir. "Lendas urbanas II." Excluir. "Teste seu Q.I. – gente, teste incrível!." Excluir. "*Design* de Interiores – Nova Turma", "Comunicação e Postura, a arte do sucesso", "Fotos mais lindas do ano", "Festinha da Rachel", "Traje íntimo – liquidação", "Importante, leia!", "Você é o que você lembra", "Boletim dos ex-alunos da FAU", excluir, excluir, excluir. "Não esqueça...", *e-mail* de seu sócio, teria que abrir em seu dia de folga?

Nola,
Não esqueça que na segunda-feira começaremos com a nova estagiária, a Bruna. Posso colocar ela na mesa ao seu lado? Sei que não quer ninguém trabalhando num raio inferior a dez metros de distância de você, mas é só enquanto terminamos a reforma do mezanino, depois mandamos ela pra lá, o que acha? Gostei dela, acho que pode contribuir com o nosso trabalho. Vê se dá uma força pra ela, tá? Domingo tem aniversário do meu filho, cinco anos. Apareça.

Bjs, P.

P.S.: sei que você vai ficar puta comigo, mas pedi pra Bruna organizar as pilhas de livros que estão fazendo uma trincheira em volta da sua mesa.

Bruna, a estagiária da Faap, vestindo calça jeans, camiseta assinada pelo amigo *designer* e perfume Nina Ricci, durante oito horas, mascando chiclete de melancia a seu lado. Por que o antigo estagiário, *nerd*, limpinho e criativo havia se formado e arranjado um emprego em Chicago? Paulo haverá de lhe pagar caro. Problema dele se o casamento com a Dominique não vai bem, quem mandou engravidar aquela garota, não deveria colocar estagiários no escritório para resolver seus problemas conjugais. Iria na festa do menino? Talvez uma passagem meteórica, só pra encher a cara de coxinha e brigadeiro e acertar Paulo no meio das pernas. *Logout.*

Nasser em árabe significa "criador de fábulas", e é o nome da personagem que Nola usa para entrar no Facebook, um jovem paquistanês que mora num subúrbio no leste de Londres. Fã de carros e críquete. Estudante de enfermagem. Gosta de Dolce&Gabanna, iPhone e Harry Potter. A maioria dos amigos em sua rede lhe deixa mensagens em árabe, entre eles Usman, Adeel, Omer, Sara e Neelum. Nola gostaria de responder a todas essas mensagens amigas, mas, para isso, teria que entender algumas palavras, pelo menos. Não, ela não fala árabe, gosta apenas de submergir nesse universo incompreensível e de existir como uma simulação. Por vezes, sente uma espécie de culpa moral pela fraude e já pensou até mesmo no homicídio de Nasser, mas o mundo à sua volta também é cheio de simulações e simulacros e esse jovem paquistanês é um "lugar" confortável para ela "existir" de vez em quando. Agora está vendo as fotos da viagem à Itália que seu amigo Fahir lhe postou.

8

Você sabe fazer contas?

“Você sabe fazer contas?”

“Só de adição”, responde Lúcia.

Seguindo as orientações da professora, os dois haviam juntado as carteiras e agora aguardam o início da gincana. Na lousa, dona Sílvia faz uma revisão das contas de adição e subtração. Lúcia não tem muita intimidade com a aritmética, apenas o suficiente para brincar de lojinha ou supermercado.

“Eu não conto mais nos dedos”, cochicha o menino. “Minha irmã mais velha me ensinou a fazer contas de cabeça.”

Lúcia não tem certeza da veracidade disso, mas o sorriso de Daniel é tão apaixonante que ela não tem como duvidar. Sua mãe é costureira e o pai trabalha no cais. Ele ganhou uma bolsa de estudos e não paga nada pra estudar. Vai sozinho para a escola, de bicicleta. É inteligente e popular, principalmente com as meninas e professoras. Lúcia quer ser sua amiga. Quer trocar figurinhas de futebol com ele e apostar corrida na hora do recreio. Quer que sua mãe e a mãe dele sejam amigas, dessas que vão almoçar uma na casa da outra nos fins de semana e se falam por telefone todos os dias. Quer que a mãe dele goste dela e lhe faça uma bolsa de pano para levar o lanche pra escola, como aquela que sua avó havia feito e que agora serve como pano de limpeza. Quer que eles possam andar de bicicleta juntos depois da aula e que ele lhe ensine aritmética. Quer que sejam os melhores amigos, como na ciranda da lancheira. Ela se deixa sequestrar por esses comichões de um futuro que bem poderia ser possível.

"Lúcia, você prestou atenção nesta última conta?", pergunta a professora. "Quanto é seis mais quatro?"

Surpreendida e de volta à classe, Lúcia olha para Daniel e novamente para dona Sílvia.

"Dez."

"Muito bem!"

Lúcia sorri, após um suspiro, e volta-se para Daniel. Ele lhe responde com uma piscadela cúmplice.

E*u não vou decepcioná-lo*, pensa.

Dona Sílvia explica que a gincana é puramente didática e que os alunos não precisam se preocupar. Ninguém perde, todos ganham. Ela iria sortear um número de dez a vinte e anunciar à classe. A primeira dupla teria que dizer uma combinação de dois números que chegasse àquele resultado. A segunda dupla faria o mesmo e assim sucessivamente, sem que nenhuma combinação se repetisse.

São sorteados os números, onze, quinze, dezoito e vinte. Falta apenas uma rodada para chegar o recreio. Lúcia e Daniel estão se saindo muito bem, erraram apenas o onze, quando Daniel rebateu com um "três" o "sete" lançado por Lúcia. Eles são a última dupla da rodada.

O número sorteado foi o dez. As primeiras duplas responderam muito bem, utilizando-se de seis, quatro, cinco, dois e quase todos os demais algarismos, até que chegou a vez deles. Não sobraram muitas combinações, não mesmo, Lúcia percorre os números brancos e ásperos desenhados no quadro negro à sua frente em busca de uma saída que não lhe parece possível.

"Dez", diz Daniel, lançando um desafio à parceira.

Lúcia olha para ele, que sorri maliciosamente, e aceita, respondendo confiante: "Zero."

Aplausos. Elogio de dona Sílvia. Hora do recreio.

O sol pontua o meio da manhã, recortando sobre os antigos ladrilhos do corredor, que liga o pátio à cantina, o conhecido desenho amarelo de um trapézio. Quando as aulas terminarem, ao meio-dia, o grande trapézio não passará de uma pequena figura deformada, acuada por sombras na extremidade do corredor.

A fila diante da cantina forma-se com a mesma desordem de todas as manhãs e, como acontece todas as manhãs, o bedel percorre os quatro cantos da antiga casa disparando palavras de ordem e olhares atravessados para quem cruzar seu caminho, e, como não poderia ser diferente de todos os outros dias, uma criança chora, solitária, por ter tido sua lancheira saqueada e seu braço beliscado.

Nessa manhã, porém, Lúcia não visita o amigo pônei. Pisoteia o grande trapézio amarelo enquanto corre com Daniel em direção ao pátio. Sentam-se lado a lado, a fim de compartilharem o momento do lanche. Esse haverá de ser um dia de glória. Superada a manhã catastrófica, tudo agora corre bem, magnificamente bem. O menino trouxe sua merenda dentro de uma sacola de supermercado e sente-se um pouco embaraçado ao lado da menina de lancheira de ciranda. Retira alguns biscoitos de água e sal com manteiga, que haviam sido embrulhados num guardanapo horas atrás, e uma carambola.

"O que é isso?", pergunta Lúcia enterrando olhares fascinados na fruta.

"Carambola. Tem um pé no fundo da minha casa. Eu subo lá antes da aula e escolho uma pra trazer. Vou tirar um pedaço pra você, toma."

"Hmmm...é azedinho, mas é gostoso..."

Um pé de ca...caram-bo-la! Ele tem um pé de carambola no quintal de casa! Quem sabe ele não a convide para ir lá, apanhar algumas também? Cada vez mais a fruta parece tornar-se suculenta, e a amizade dos dois, cada vez mais saborosa.

"Lúcia, posso te perguntar uma coisa?"

Ela se retrai, imediatamente, tomada de um medo irracional, por que haveria de temer tanto as pessoas?

"Por que você se senta no fundo da classe, sempre com a cara emburrada?"

Eu, cara emburrada?, pensa.

"Eu sei que tem um pessoal na classe que não gosta de você. Mas é normal. Eu acho você legal."

Não seria óbvio que ela se senta ao fundo da classe para evitar o olhar dos colegas?

"Eu não faço cara emburrada", responde, tentando não dar muita importância ao assunto.

"Faz sim! Quer ver? Vou te imitar. Você entra assim, ó, agarrada com a mochila, parecendo que quer chutar tudo." Lúcia assiste com curiosidade. "Senta, e daí olha pra sala...", e então ele cruza os braços na frente do corpo e faz uma careta azeda, cômica, de olhos esbugalhados e boca amarrada.

A careta por si só já é divertida, mas a ideia de que ela representa a cara que ela mesma usa todas as manhãs faz com que Lúcia se solte numa deliciosa gargalhada, achando graça do próprio ridículo. Por um instante, a sensação de constante compressão que parece envolver seu corpo desaparece, e seus membros parecem crescer em liberdade, como se houvessem permanecido atrofiados nos últimos tempos.

"Eu não faço essa cara!"

"Claro que faz!", e repete a careta.

Eles riem em seu pequenino universo de carambolas e caretas.

9

A intimidade. Você me tem e eu te tenho

A intimidade. Seria o conforto da proximidade, da cumplicidade, com respeito às diferenças, sem julgamentos? Uma conquista, passo a passo? Você me tem e eu te tenho. Não para sempre, apenas neste instante. Eu não conto pra ninguém, nem você. Não precisamos dizer que sim nem que não, apenas trocamos. Nunca estamos íntimos, somos. Há momentos de intimidade óbvios, quando você me deixa olhar e eu não me incomodo com o que vejo. Eu te revelo uma surpresa secreta e você diz que tudo bem. Depois, quando nos encontramos na rua, não estamos mais íntimos, mas ainda somos. *Você me olha como quem sabe de tudo e não se importa em saber mais. Isso me reconforta, pois me diz que em algum lugar no mundo, dentro de alguém, eu posso existir como realmente sou. Não há culpas nem vaidades, desejo ou manipulação. É o consumo que não suga. Não, Kojak, o que nós temos é diferente...*

Quiet nights of quiet stars
Quiet chords from my guitar
Floating on the silence that surrounds us
Quiet thoughts and quiet dreams
Quiet walks by quiet streams
And a window looking on the mountains
And the sea, so lovely
This is where I want to be
Here, with you so close to me
Until the final flicker of life's amber
I who was lost and lonely
Believing life was only
A bitter tragic joke
Have found with you

Quiet night of quiet stars (Meditation), Sinatra and Jobim, 1967

O telefone desperta Nola, que, novamente, deixou que a melancolia sensual dessas canções a conduzissem a um sono profundo. Kojak está deitado ao lado da cama.

"Por favor, o Tomas está?", diz uma voz de mulher, do outro lado da linha.

"Não. Quem fala?"

"É da agência. Ele ficou de comparecer a um teste hoje em Ubatuba e não foi. Você sabe onde ele está?"

"Não. Eu achei que ele estivesse em Ubatuba fazendo um teste", Nola diz, irônica.

"Tá bom, meu amor, se você falar com ele peça pra ligar pra Caroline, por favor. Ele simplesmente não pode perder esse *job*."

Nola desliga o telefone. Ficou intrigada, mas não o suficiente para pensar muito sobre o possível paradeiro do irmão. Que cara teria Caroline? Tem a voz de loira irritante. A capa de seu celular deve ter *strass* rosa e Smirnoff Ice é certamente sua bebida favorita.

A porta aberta permite a Nola notar uma borboleta amarela sassaricando pela sala, e não demora muito para que Kojak faça a mesma descoberta. Prontamente, ele levanta-se e, ávido, corre atrás da borboleta, sem demonstrar a menor intenção de feri-la. Não, não late nem tenta devorá-la, apenas segue seus movimentos pirilâmpicos no ar com seu focinho curioso e alegre. Está como que enfeitiçado e mal se dá conta dos objetos que vai derrubando pelo caminho e, principalmente, da cara de bobo que leva consigo.

O fato de seu cão gordo e preguiçoso estar vivo e lépido pela casa, enquanto ela deseja afundar-se uns dez metros dentro de seu edredom por pelo menos cinquenta anos, provoca-lhe uma pontinha de culpa. Faz um esforço, levanta-se da cama e olha pela janela. O sol do meio do dia a perturba. É como confrontar-se com uma bifurcação que repartisse seu caminho entre o passado recente e o futuro próximo. E nenhuma das duas opções lhe parecem atraentes o suficiente. Suas emoções, há muito paralisadas, formam uma rocha obscura que cresce a cada dia, alimentando-se de sua própria estagnação, e, quanto mais pesada a rocha, mais ela se confunde consigo mesma e com seus sonhos.

Levanta-se e vai novamente ao banheiro passar uma água no rosto. Veste um moletom, calças jeans e um tênis. Penteia o cabelo e prende, não muito alto. Ela sabe que é tudo uma questão de produção. Quando está assim, jogada, à vontade demais, é apenas qualquer uma, sem nada muito especial. Cabelos castanhos, ligeiramente avermelhados. Comprimento médio, passando do ombro, um pouco ondulados. Franja sempre fora do controle. Testa curta. Sobrancelhas marcadas, marcantes. Olhos castanhos com pestanas bem escuras. Nariz normal, um pouco batata. Lábios OK, o superior talvez um pouco mais ressaltado que o inferior. Rosto oval, com mandíbulas bem delineadas, o que lhe dá muita personalidade. Estatura média, um e sessenta e seis. Seios e quadris 42. Joanetes e pelos escuros perto do umbigo. Pele branca de cor saudável, nunca pálida. Mãos pequenas e macias. Batatas da perna um pouco grossas para o seu gosto. Saboneteira de bailarina. Unhas e sorriso de criança.

Passa uma leve camada de batom marrom. A mãe sempre reclama quando ela não está de batom, diz que não parece adulta. Despeja sobre a pia o que traz na bolsa de quatro litros, que sempre carrega para todo canto. Coloca o mínimo necessário numa bolsa menor, que a mãe lhe dera de presente. Bolsa de palha, "dá pra usar na cidade e na praia". Nola quase nunca vai à praia e a sua cidade não combina com palha. Bolsa de visitar o asilo.

Está colocando ração na vasilha de Kojak quando o telefone toca novamente. Nola ainda reflete sobre o que acabou de ler na embalagem de ração. "Ajude-nos a ajudar." Comprando um pacote de ração, ela estaria não apenas comprando comida para o cão, mas envolvendo-se numa causa social. A empresa tinha um instituto que promovia a adoção de cães de rua. *Cada vez mais nos fisgando pela emoção*, pensa. A publicidade realmente deixou de vender produtos.

É Tom. Nola lhe fala da garota da agência.

"Ah, eu não estava afim de ir no teste hoje... estou aqui na praia, fumando um baseado. Depois eu ligo pra ela e resolvo."

"Ela disse que era importante... com quem você está?"

"Com os meninos... você não conhece."

"Eu não conheço mais os seus amigos." Pausa. "Está sol?", Kojak ao seu lado parecia também esperar uma resposta.

"Não, está mormaço, dá pra pegar uma cor."

"Acho que eu estou precisando de uma praia, mesmo que seja debaixo de chuva."

"Nola, boneca, vou desligar, meus créditos estão acabando, se cuida." Nola coloca o telefone no gancho. Kojak espera uma explicação.

"O Tom tá longe, Kojak, muito longe", diz sem olhar para o cão. "Acho que eu e você somos muito apegados às nossas vasilhinhas de comida pra ficar por aí aprontando, não é mesmo?"

Ele choraminga e seus olhos buscam a borboleta, que acabara de sair pela janela da sala.

A prateleira de livros de seu quarto está especialmente recheada com os volumes que pretende ler durante o ano.

O último que colocou ali foi *A paixão segundo G.H.*, de Clarice Lispector. Não há uma ordem certa para os meses e eventualmente os livros podem ser trocados, caso tenha cometido algum erro brutal. Escolhe *Como Proust pode mudar a sua vida*, de Alain de Botton. Foi um presente de Tom no último Natal. Ele havia lido *Ensaios de amor*, do mesmo autor, e adorado. Enfia o livro na bolsa e sai.

Em 1947, muitos prédios eram construídos sem garagem, inclusive este onde mora, motivo pelo qual se pega tanto às vagas que encontra bem próximas de casa. Avista o carro tão bem estacionado, com o carinho de uma mãe, que observa seu bebê dormindo e prefere não despertá-lo. Desce duas ruas até chegar à rua Augusta, onde pega um táxi. As janelas do carro estão abertas, o dia frio, as ruas barulhentas, enfumaçadas, e, no rádio, um brega qualquer toca alto.

"Meu senhor, por favor, feche as janelas, ligue o ventilador no morno e coloque a música num volume que eu não possa ouvir."

O motorista atende aos pedidos e vira-se para trás. Seus olhos são gordos e monótonos e parece que ele nunca consegue manter os lábios, demasiadamente espessos, fechados. Sua voz grave e arrastada diz:

"Tá no agrado agora, princesa?"

Nola vira o rosto para a rua. Cruzam a avenida Paulista. Um grupo de garotos, entre dezoito e vinte e cinco anos sai da galeria Ouro Fino. Eles usam bonés brancos e cabelos emplastados de cera modeladora. Corpos magros e roupas coloridas. Tênis Vans, All Star e coturno. Levam algumas sacolas nas mãos. Um deles ainda tem dezessete anos, mas anda com um RG falso no bolso para poder entrar nas baladas. Dois deles estão de mãos dadas. Nola volta-se para dentro do carro e tira o livro de dentro da bolsa. Relê a dedicatória na primeira página: "*Querida irmã boneca de luxo. Não tenha tanto medo de se quebrar. Somos mais fortes do que parecemos. Abra mais o seu coração e suas pernas! Aprecie o livro com moderação. Feliz Natal. Tommy-Tommy.*"

Nola sorri e lembra-se do pacote que o irmão fizera para o livro. Embrulhara-o num celofane vermelho, depois num papel de presente da Hello Kitty e por último amarrado com uma fita de cetim dos Bananas de Pijama. Nola estava gripadíssima aquela noite e brindara com uma aspirina C efervescente, borbulhando na taça, enquanto os outros seguravam champanhe. Tom ainda saía com Tarcísio. Nola dissera que aquele ano queria ser tia e que eles teriam que se arranjar. Tarcísio dissera que só engravidaria depois de casar. Kojak roubara um pedaço enorme do peru e acabara comendo com papel alumínio e tudo. Depois passara mal e ficara vomitando pela casa. Tom fizera um reiki na barriga dele. Tarcísio caíra bêbado no sofá da sala. De manhã, os dois dormiam ali, pelados como dois anjinhos. Nola trouxera uma manta para cobri-los.

Ela pensa: onde o teria perdido, quando? Com quem ele passou o aniversário de vinte e sete anos? Por que não tinha dado certo com Tarcísio? Será que ele estava na praia mesmo? Quem eram os amigos? Seriam mesmo amigos?

Tom tinha o dom de ficar mais bonito a cada ano que passa. Quando adolescente, era apenas um magrelão branquelo, meio estranho, Johnny Ramone. Começou a se alimentar melhor e levantar pesos em casa, mas nunca mais do que três quilos. No seu aniversário de dezenove anos, os amigos cortaram os cabelos compridos com tesouradas desordenadas. Ficou legal, *cool*. Começaram a enxergar melhor o rosto dele, que era simplesmente lindo. Naquele mesmo ano, um agente de modelos o descobriu numa festa e ele ficou sabendo que era *gay*. O cabelo ficou cada vez mais estiloso e os lábios mais viçosos. Ele nunca passou dos setenta e cinco quilos, embora sua altura comporte bem mais. Os agentes dizem que ele faz o estilo "garoto carente de luxo". Que nojo essa expressão.

O táxi para. Nola paga e desce. Olha para a placa discreta acima da porta: Residencial Repouso dos Anjos. Pensa em acender um cigarro, mas lembra-se de que não fuma. O táxi, ainda parado, buzina. Ela esqueceu o pacote com a rosca doce no banco de trás.

Checa o relógio. Ainda faltam vinte minutos para o horário de visitas. Olha para o entorno e não há nada além de casas de muros altos e uma borracharia, com meia porta fechada. Caminha três passos indecisos para a direita, volta e caminha mais doze para a esquerda. Avista um ponto de ônibus do outro lado da rua e resolve esperar por lá.

"Ele teve o dom da ingratidão contigo!"

"Você acha, aquele safado come do meu feijão, depois faz uma dessas? Telma, eu cansei."

"E o que você fez com as coisas dele?"

"Peguei aquelas imundícies todas e joguei no meio da rua. Fofa, tô te falando, são dez anos sustentando aquela casa com faxina em casa de bacana. Não deixei barato. E ele ainda sentiu o peso da minha mão."

"Você bateu nele?"

"Olha aqui, eu encero salão de festas é no muque. Bati sim, e bati gostoso, enterrei meus dedos naquela cara podre. A minha pessoa não é muito estudada, mas sabe advogar em defesa própria."

"Olha aí o Cidade Tiradentes. Vambora."

Nola finge ler o livro que tem entre as mãos enquanto escuta a conversa, sentindo um misto de admiração e horror pela mulher. Apertada num pequeno *jeans*, a mulher traída sobe no ônibus, cheia de sacolas e orgulho.

Um homem de meia-idade fuma um cigarro barato e fedorento ao seu lado.

"A senhora sabe se já passou o Terminal Guarapiranga?"

"Eu não vi..."

"Tá esperando qual? O Lapa 104 só passa mais tarde."

"Na verdade, eu..."

"Mas o circular Imirim pode servir pra senhora. Tá indo pra onde? Nunca vi a senhora aqui, não. Trabalha por perto?"

O homem fala de itinerários de ônibus com demasiada dedicação, e são mulheres como aquela que fazem do mundo um lugar mais bruto, mas também, pudera, ele havia comido do feijão dela e depois comido a sua amiga. A indesejada baforada de rústica realidade força Nola a um subterfúgio recorrente, em casos como esse. O pobre homem a seu lado talvez não mereça isso, mas ela passa a lhe dar ares de psicopata manso. Olha por dois segundos para aqueles olhos secos e amarelados e imagina-se sendo atirada em pedaços no rio Tietê, na manhã seguinte. Ficção suficiente para justificar para si mesma a fuga assustada e mal-educada do ponto de ônibus, chapeuzinho vermelho fingindo-se assustada com o lobo mau. Passar-se por louca é mais fácil do que se explicar, dizer que não quer tomar ônibus algum, que está no ponto apenas sequestrando um pouco da vida alheia para esquecer de si mesma.

10

Lúcia alterna seu olhar entre Daniel e o garoto da lancheira

Lúcia alterna seu olhar entre Daniel e o garoto que se parece com ele, estampado em sua lancheira. Quer apresentar essas crianças a ele, perguntar se pode ouvir a música que embala a ciranda, quem sabe não poderiam ser amigos?

O garoto termina de contar a ela como havia resgatado dois filhotes de gato que encontrara presos num bueiro na última chuva, quando duas meninas se aproximam, segurando garrafinhas de refrigerante. Estela segura ainda um salgado gorduroso. Marisa diz:

"Daniel, o seu pai é militar?"

Ele responde, sem nenhum constrangimento:

"Não. Meu pai é mecânico. Por quê?"

"Nada não. Meu pai me disse para eu tomar cuidado com as amizades." Dizendo isso, dirige um olhar malicioso para Lúcia, que tenta esquivar-se da conversa. Volta-se para Daniel. "Você quer um pouco de Fanta?"

Ele sorri e aceita ingenuamente. Lúcia observa uma garota gorda, sentada só, num banco a poucos metros dali. As bochechas fofas e coradas seguram a pesada armação dos óculos que lhe cobrem o rosto. Tem os cabelos claros e cacheados, mal organizados por um elástico grosso no alto da cabeça. Devora lentamente um sanduíche. Lúcia detém-se no presunto, a coloração rosácea das infinitas camadas espessas que recheiam o sanduíche e fazem com que a baguete pareça tão fina, aquela cor que lembra ter visto, talvez em alguma parte de si própria, talvez num animal ferido, cor de carne viva, e a garota gorda e monótona a devorá-la.

"Meu pai me ensinou o que são os comunistas", Estelinha insiste, "e disse que se eles vencerem, teremos que dividir nosso lanche com gente como vocês." Riem às gargalhadas. Lúcia e Daniel se entreolham, indignados.

"Aliás, Daniel, você sabe por que a Lúcia não está usando a saia do colégio hoje?"

Num piscar de olhos, Lúcia sente um tranco, o mundo dispara acelerado e todo o presunto vivo vai parar dentro da enorme boca monótona, deixando apenas um pedaço nu de pão entre as mãos gordas. No imediato desespero, seus olhos buscam uma superfície mais viva do que as paredes, bancos e o chão sujo que a rodeiam, onde possa mergulhar e se esconder. Um pombo escuro come as migalhas esquecidas no pátio, Lúcia sente nojo, cerra os olhos para fugir para dentro de si e, então, a frase proferida no escuro toma proporções enormes.

"Porque ela fez xixi na cama!"

Quando tinha dois anos de idade, Lúcia fora levada pela madrinha, dona Iaiá, para um passeio na praia. Era um domingo lindo, de céu escancaradamente azul e brisa suave no rosto das crianças. Ela havia se refestelado com um picolé de coco na areia e brincava de pá e baldinho à beira d'água. Dona Iaiá levou-a para um banho de mar. Do alto do colo daquela gorda e confortável senhora, Lúcia olhava para a praia e sentia-se dona do mundo. Ria-se do movimento desajeitado das ondas na barriga da mulher. Eis que, de repente, uma dessas ondas cobre-lhe o corpo até o topo da cabeça. Ela sente-se afundar, enquanto a água salgada penetra por seu nariz e sua boca, em sucessivas golfadas, e ela então experimenta, na ponta da língua, o indizível sabor do desespero. A submersão não chegou a durar mais do que um segundo, pois dona Iaiá prontamente a trouxe para a superfície. Mas aquele momento ficaria em sua memória para sempre. E, mesmo passados muitos anos, quando ela já houvesse esquecido o evento em si, a sensação pura, transformada em sensação padrão para momentos de pânico, voltaria a acometê-la quando sentisse que perdia o controle. E, diante das garotas maldosas, ela encontra-se, novamente, sob o terror das impiedosas águas salgadas.

Seu coração bate forte, de vergonha, de raiva. Como elas poderiam saber? Será que exalava cheiro de urina? Descobre, então, na mão de uma delas, entre os dedos e a pequena garrafa de vidro, um papel amassado. É o bilhete de sua mãe. Sente ódio pela menina que havia fuçado o lixo e odeia sua própria mãe. Como haveria de odiar os acasos da vida. Como haveria de odiar a si própria, pensou, e todos os erros que viesse a cometer em sua vida. Num repente de raiva incontida, pula sobre a menina e arranca o bilhete de sua mão, deixando uma poça de Fanta no chão. Sem encarar Daniel, pega a lancheira e sai correndo em direção ao seu amigo, o pônei. Passa por uma lixeira e ali arremessa sua lancheira com o desenho da ciranda. Nunca mais poderá voltar à escola, muito menos olhar para Daniel.

O pônei a recebe com o sorriso exótico, como de costume. Como pode estar sorrindo? Estará rindo dela? Lúcia lhe dá um pontapé e em seguida desculpa-se, afagando sua crina. Senta-se com as pernas encolhidas entre os braços. As lágrimas saltam sem pedir licença e ela sente-se menor que uma ervilha. Suas mãos pressionam com força o bilhete amassado entre os dedos, que parecem até sangrar. O cheiro de borracha das bolas, no cesto ao lado, a faz lembrar-se dos balões que iria escolher para a festa de aniversário. Não, não haverá mais festa! Terão que encontrar outra criança para protagonizar o aniversário do Sítio do Pica-pau Amarelo. Nunca mais voltará pra casa. A mãe deveria agora estar se divertindo, imaginando a situação. Pois ela que fique assistindo a todos os centos de bolinhas de queijo e brigadeiros estragarem sobre a mesa, enfeitada com Emílias, Narizinhos e Pedrinhos, pois ela se enfronhará numa floresta qualquer e celebrará seu aniversário com a Cuca, a bruxa verde e repugnante, ela não deve ser assim tão má, nada nem ninguém pode ser pior do que o mundo à sua volta.

11

Um jardim da infância surreal, desenhado por Dalí e dirigido por Almodóvar

"Oi, querida, como está você?", pergunta a enfermeira mulata, de aproximadamente um metro e oitenta, que viera ali fora fumar. Nola pensa por dois segundos se pede ou não um cigarro a ela.

"Tudo bem. E ela, como está?"

"Dona Aurora? Um amor, como sempre. Sua mãe é um anjo, dona Nola, às vezes digo a ela que quero levá-la pra minha casa."

Gininha, a enfermeira robusta com coração de manteiga. Tem uma energia incrível e nunca se deixa contaminar por aqueles que começam a ver um túnel de luz e gritar coisas desesperadas. Desdobra-se toda em afetos e atenção. Um verdadeiro milagre, principalmente comparada às suas colegas de trabalho.

"Ela está tomando os remédios direitinho?"

"Mais ou menos... anda com uma insônia brava e não quer tomar as bolinhas pra dormir. Diz que derretem o cérebro dela. Daí, sabe o que ela faz?", Gininha dá um trago profundo, como que tomando força para prosseguir. "Acende uma vela e anda pelo corredor com a cadeira de rodas, estaciona ao lado da cama de alguém e desenha o pobre dormindo!"

Nola ri como há muito tempo não ria. Gininha é tão positiva, uma dessas almas caridosas, que dá vontade de ter por perto o tempo inteiro. Ela fica imaginando a mãe, magrinha, dentro de um camisolão azul, empurrando as rodas de sua cadeira pelos corredores da casa no meio da noite, carregando um castiçal na mão, um caderno e um lápis no colo. Por que ela ainda quer viver? Por que não simplesmente se entope de bolinhas e dorme como um bebê durante a noite inteira? Nola mal pode esperar para ver os desenhos.

"E alguém sabe disso?"

"A senhora tá doida? Se alguém fica sabendo desses aprontos da dona Aurora... Passeando sozinha à noite na cadeira de rodas segurando uma vela e espiando os outros!"

Uma música estridente tocou. É o celular de Gininha. A mulher ri feito criança. "Olha o toque que o meu filho colocou pra mim! Vê se pode!" Tira o aparelho do bolso de trás da saia branca e engata uma conversar mansa.

Nola passa pelo portão de entrada. No jardim, alguns velhinhos aguardam seus parentes. Um homem que parece ter cento e cinquenta anos está sentado à mesa, segurando algumas cartas de baralho na mão. Um aparelho qualquer respira por ele. Do outro lado da mesa, outro homem, aparentando noventa e oito, fuma avidamente e concentra-se nas cartas. Nola observa por um tempo. Depois de uns cinco minutos, o mais jovem descarta. Uma enfermeira, sentada no banco ao lado, aproxima-se do mais velho, cochicha alguma coisa em seu ouvido, tira uma carta de suas mãos e joga na mesa. O outro velho retruca:

"Diablos, se era pra jugar em duplas, porque non me avisaron? Eso, si, você ayuda ele e yo que saio perdendo!"

O espanhol agora parece mastigar o cigarro. As mãos do outro ficaram trêmulas e ele deixa cair todas suas cartas no chão.

Nola desvia sua atenção para a outra mesa, onde três senhoras conversam compulsivamente, como galinhas de antigamente que cresciam livres nos quintais. Uma conta para as outras:

"Eu estudei em colégio francês e naquela época moça não usava calças."

Após um silêncio, outra retruca:

"A vida é assim. Estou aqui o dia inteiro e ainda não me deram comida."

"E também não fumavam, que isso era coisa de biscate."

"Como tinha biscates por aí, não?"

"Ih, minha filha, hoje tem muito mais..."

Há uma quarta senhora, que não se manifesta, apenas acompanha a conversa com o olhar perdido e a boca entreaberta, como se eternamente em choque.

"E eu era a melhor bordadeira da turma, nunca errei um ponto em toda minha vida!"

"Ah, você fazia o bordado fradinho?"

"O bordado fradinho! Minha avó dizia que bordado fradinho era coisa de gente deselegante!"

Um outro silêncio as interrompe abruptamente. Seus olhares tediosos jamais se cruzam, parecem imersas num diálogo interior. Uma delas parece ter um tique nervoso e lambe os lábios sem cessar.

"E eu, estou aqui o dia inteiro e ainda não me deram comida."

Aquelas personagens e diálogos, sua condição no mundo, poderia deixar qualquer pessoa que entrasse ali seriamente deprimida e claustrofóbica. Para não dizer homicida. Mas em Nola o efeito era contrário. Ela parecia divertir-se em meio àquelas situações, um jardim da infância surreal, desenhado por Dalí e dirigido por Almodóvar. Aqueles pulmoes envenenados, cérebros se liquefazendo, ideias demasiadamente espontâneas, peles que se rompem por vontade própria, ossos se despedaçando como blocos de areia, veias roxas e grossas, canais urinários infeccionados, juntas atrofiadas, memórias perdidas, suores bolorentos, pestanas antigas, olhares ávidos ou insolentes, tudo aquilo era humano e real, mas que o mundo lá fora via como um universo paralelo, uma realidade muito particular.

As flores do jardim eram as únicas coisas jovens e com brilho por ali e, mesmo assim, pareciam asfixiadas. Os móveis, no interior do velho casarão, também pareciam ter sido internados. Um conjunto mobiliário desconexo cujas peças pareciam, como era o caso de alguns pacientes, estarem presas à sua melhor época. Camas patentes ou das Casas Bahia, cristaleiras de jacarandá, doação de algum neto desalmado, cadeiras *art nouveau* ou simplesmente qualquer tralha que alguém levou; sofás um, dois e vários lugares cobertos por mantas envelhecidas. As paredes pareciam pegajosas, mesmo quando estavam recém-pintadas. Os pisos variavam de cômodo para cômodo: azulejos remendados, assoalho, tábuas e cimento. Não havia nada encerado ou coberto por tapete, para evitar escorregões. Nenhum elemento que remetesse à sensação de lar, aconchego. E, de maneira geral, tudo era fosco, e não havia flanela, lustro ou muque de mulher traída que pudessem trazer brilho àquele ambiente. Seringas, fraldas, babadores, andadores, bengalas, cadeiras de roda, tipoias, equipos, lancetas, aparelhos de pressão, soros, travesseiros antirrefluxo, bíblias.

"Dona Nola, sua mãe a está esperando. A senhora trouxe seu irmãozinho hoje ou ele está na escola?"

"Não, dona Neusa, hoje ele está na escola."

"Ah, que bom. Assim que é bom, ele deve ser um menino muito estudioso. E você, linda como sempre. Já arranjou um namoradinho?"

Dona Neusa é a melhor amiga de dona Aurora ali dentro. Nola não sabe muito bem o que elas conversam, mas tem a impressão de que a velhinha traz sempre atualidades com no mínimo vinte anos de atraso.

"Dona Neusa, a senhora tingiu os cabelos essa semana? Onde estão todos aqueles cabelinhos brancos?", diz

Nola, em tom docemente gozador olhando para a cabeça branquinha da senhora.

"Ah, você reparou? Pois é, eles estão ficando escuros de novo!". Nola notou que a mulher buscava alguma informação que estava perdida em sua mente. "Você trouxe seu irmãozinho hoje ou ele está na escola?"

Nola sorri e ajuda a mulher a descer os degraus que levam ao jardim, beija sua testa e segue. A mãe certamente está no quintal, sentada na cadeira de rodas, olhando os passarinhos nas gaiolas. A sala de TV está cheia, mas poucos olhares se detêm na tela. Bengala de quatro pontas, braçadeira para injeção, tira de glicose, sonda, meia antitrombose, fluxômetro, inalador, cateter nasal, terços, óculos grossos. Nola já havia percebido que ali ficavam não aqueles que gostavam dos programas de televisão, mas aqueles que não tinham escolha. E, como as enfermeiras não podiam simplesmente deixá-los virados para uma parede, os colocavam ali, dispostos como bonecos num cenário à espera dos atores. As pupilas daqueles homens e mulheres eram esbranquiçadas e úmidas e não pareciam muito interessadas nos calouros do Raul Gil.

O quintal é amplo, com algumas árvores, muita sombra e poucas flores. Dona Aurora sorri para os periquitos e canários. Nola aproxima-se por trás e pousa a mão sobre seu ombro.

"Eu sei, Nola, não é correto deixar esses bichinhos aí presos. Eles estão tão cheios de vida... mas, de que outra forma eu poderia ouvi-los e me lembrar de que existe um mundão aí fora cheio de plantas e animais?"

Nola agacha-se ao lado da cadeira e beija-lhe a mão.

"Oi, mãe."

Dona Aurora oferece-lhe aquele mesmo olhar, aquela mesma doçura de quando os filhos voltavam à sua casa depois de uma viagem com os amigos. Faz sempre questão de estar bem apresentada para receber a filha. Cabelos penteados para trás, preso com fivela de pérolas. Batom cor de terra e a correntinha com a imagem da Nossa Senhora Aparecida despontando entre as golas engomadas da camisa bege bem passada.

Sua mão direita se enfia em algum lugar da cadeira de rodas e ela tira dali uma daquelas vaquinhas de madeira com elástico, que se manipula pelo fundo. Dona Aurora mexe na vaquinha e faz com que cumprimente Nola.

"Lembra desses bichinhos? O Tom adorava. Eu ganhei essa vaquinha ontem, no bingo que o pessoal organizou aqui. Não ganhei porque tinha uma cartela boa, mas sim porque os outros mal conseguiam ler os números que tinham."

As duas riem e a mãe pergunta:

"Como está o nosso garoto? Nosso Clark Gable?"

Nola ri.

"Eu sei, eu sei. O Tom não tem bigode. Mas sabe que ele até ficaria bem de bigode..."

Nola faz uma cara de estranhamento e as duas voltam a rir. Ela puxa um banco de ferro que estava por ali e senta-se em frente à cadeira de rodas.

"Agora a senhora vai ter que parar de olhar esses passarinhos e olhar um pouquinho pra mim."

"Ele está bem? Está trabalhando?"

Nola estende-lhe a caixa.

"Ele mandou isso aqui pra senhora. Pediu mil desculpas porque não pôde vir, mas tinha um teste muito importante hoje."

"Pra alguma novela?"pergunta dona Aurora muito interessada, abrindo o pacote com entusiasmo.

Nola hesita e responde sem graça:

"É, para uma novela sim. Mas acho que só vai passar em alguns estados. Produto regional, sabe?"

"Pão doce! Eu adoro pão doce! Aliás já está quase na hora do nosso cafezinho", diz alisando o queixo da filha.

Nola afunda as cutículas utilizando-se das unhas da outra mão, numa forma de esconder o nervosismo. Desvia o olhar.

...Stars fading but I linger on dear
Still craving your kiss
I'm longin' to linger till dawn dear
Just saying this
Sweet dreams till sunbeams find you
Sweet dreams that leave all worries behind you
But in your dreams whatever they be
Dream a little dream of me

Dream a little dream of me, The Mamas & The Papas

12

Seus dedos ainda sangram um suor espesso

Seus dedos ainda sangram um suor espesso, de raiva. Lúcia decide picar o bilhete em um milhão de pedaços. Rasga uma vez. Para. *Não, eu preciso ler antes, preciso saber as exatas palavras que ela usou*. Então une as duas metades do papel e vai lendo cuidadosamente, decifrando letra por letra, num trabalho laborioso.

Prezada dona Gertrudes,

Queria me desculpar pelo atraso da Lúcia na escola hoje. Eu perdi o horário de acordá-la e ela acabou perdendo a perua. Desculpe também por ela não estar usando a saia do uniforme, mas eu lavei ontem e não deu tempo de secar. Por favor, qualquer problema me telefone. Marta.

Lúcia lê e relê o bilhete. Mastiga, mas não digere. Seus olhos suam. Ela cometeu um crime hediondo. Assassinato em primeiro grau. Matricídio. Acusação sem provas, baseada em falsas conjecturas. Condenação cega e injusta. Irreversível? Será que a mãe algum dia a perdoará? Valerá a pena voltar para casa com as mãos sujas de sangue e ver Marta na cruz?

Ela aperta forte os pedaços de papel contra o peito. Pede desculpas à mãe e a Deus. César iria odiá-la e ela deveria a ele a própria vida para sempre. Quando Marta pedisse a ela que lavasse a louça depois do jantar, César estaria ali, à espreita, vigiando, caso ela pensasse em recusar. Ele saberia de tudo e ela não teria escapatória.

O sino tocou anunciando o fim do recreio. Lúcia sentiu um gosto amargo e pastoso na boca. Continuou imóvel, montada no pônei de plástico. Não cogitava moverse pelos próximos cem anos. Não poderia enfrentar o vexame do pátio, o olhar decepcionado de Daniel, as risadas sarcásticas das meninas, a repreensão da professora, o crime que cometera em sua própria casa.

A festinha de aniversário estava marcada para dali um mês. A avó tinha confeccionado a roupinha de Emília um ano antes. Dona Iaiá lhe havia dado uma meia-calça branca, para que ela ficasse mais parecida com a boneca, e ela mesma havia feito uma peruca com fios de lã vermelhos e amarelos. Os salgadinhos chegariam de manhã, César iria buscá-los. Às três da tarde, a vizinha traria o bolo feito sob encomenda, enquanto ela terminaria de arrumar os personagens de isopor sobre a mesa da cozinha. Em seguida, sentaria com a Das Dores na cozinha e a ajudaria a enrolar os brigadeiros, passar no granulado e colocar nas forminhas prateadas. E, antes que os primeiros convidados chegassem, entraria no banheiro da mãe, que estaria passando uma leve sombra azul nas pálpebras, e lhe ofereceria as bochechas para que ela fizesse pintinhas com cajal. E durante aqueles momentos, ela conheceria a felicidade de perto, brindando sua existência.

Mas naquele instante sobre o pônei, ela só conseguia ver choro e mágoas, tudo culpa sua. Quem sabe se o César não era um cara legal? Ela entendia a morte, mas não a substituição. Oito meses antes, a chuva fina e incessante de julho. "Filha, estou levando o vovô e a vovó pra Mogi visitar uns parentes. Cuide bem da sua mãe e obedeça ao César." Ele nunca fora muito presente mesmo. Mogi, Araçatuba, Presidente Prudente. Vivia por lá. E César vivia por ali. A chuva incessante de julho trouxe também névoa e neblina e lágrimas. "Lúcia, o papai não tá bem… ele não vai voltar pra casa... nem o vovô e a vovó." Ela aceitou o carro deslizando na ribanceira, mas nunca entendeu o vazio. A avó havia ensinado a rezar o Pai Nosso e ela então rezou, noite após noite, trancada na solidão do seu travesseiro. E depois de dizer amém sempre questionava por quê Ele havia dado para depois tirar. E perguntava também, dia após dia, por que, por que, até que se cansou de nunca ouvir uma resposta lá de cima e começou a buscar explicações aqui embaixo.

Dias e meses se passaram. Ela percebeu, então, que não importava o quanto sofresse, ninguém ligaria e tudo continuaria da mesma forma. A morte era irreversível. Aprendeu também que, quanto mais próximo se está de alguém, maior o risco de essa pessoa de repente desaparecer sem nem dizer adeus. Que tudo o que era profundo e íntimo, um dia acabaria por machucá-la.

Viver parecia complicado demais e, sem dúvida, requeria cada instante de sua atenção. Ela jamais poderia descansar, ou seu mundo desabaria.

Fazia já dez minutos que o recreio havia terminado, mas ela ainda não havia se dado conta de que, em algum momento, teria que tomar uma atitude e quebrar as cascas novamente.

"Lúcia?"

A menina levantou a cabeça apoiada sobre os joelhos e olhou para dona Gertrudes, bem ali, segurando sua lancheira cor-de-rosa.

Anos mais tarde, numa sessão de psicanálise, Lúcia descreveria o sonho que teve acordada naquele preciso momento:

"*Slow motion* e não vejo mais o pátio. Vejo, sim, as bocas das crianças se movendo. Um zunido confortável, que pulsa de quando em vez. Sorrisos, risadas, palavras que não compreendo, não ouço. Tamanhos e formas diferentes, inéditas. Dentes de leite, cáries e janelas. Lentamente as feições de seus rostos começam a aparecer. Sardas, cicatrizes, marcas de catapora, vermelhidão, palidez, arranhão, maciez. Largos, intrusos, tímidos e arrogantes narizes. As mãos se movem como que puxando um cordão. Me chamam. Sorrisos, risadas, palavras que não compreendo. Um fundo verde coberto por uma fina névoa os envolve e não tenho certeza se eles tocam o chão com os pés. Seus olhares me intimidam, me chamam, me obrigam. Será que sou eu que me movo? Sinto que me aproximo deles, como se um violento jato de ar me empurrasse. Cambaleio e quase caio. Suas mãos me amparam e formamos um círculo. Do outro lado vejo um sorriso, puro e angelical, que me faz feliz. Cabelos se emaranham no movimento. Olho para as mãos que me seguram, mas não posso ver seus braços, pois uma espessa camada de névoa parece envolvê-los. Vejo suas cabeças. Cada passo para o lado é um salto no espaço e nunca tenho certeza se voltarei novamente à Terra. Giramos. O ritmo parece acelerado, mais e mais, a cada rodada. Meus braços estão sendo esticados e o movimento me deixa tonta. Rápido, muito rápido. Não vejo mais silhuetas, nem sorrisos ou cabelos, apenas manchas que parecem desenhos de lápis aquarela depois de uma severa pincelada de água. Olho para as minhas mãos e elas estão sozinhas. Começo a escutar. Cochichos, murmúrios, risadas. De quem são essas vozes? Estão por todos os lados e há uma forte gargalhada bem atrás de mim. Viro-me para tentar surpreendê-la e então meu corpo é sugado pelo vácuo, talvez o vácuo do Universo. Silêncio absoluto. Meu corpo está molhado, sinto-me coberta por um plasma. Não vejo, não ouço. Não sei mais se o que sinto na cabeça é o mesmo que sinto nos pés.'

13

Qualquer um, fora dessas paredes, jamais entenderia

Um sino grave soou. Hora do café. A senhora sentada no banco de pedra do jardim levanta-se prontamente e tenta arrastar aquele que parece ser seu marido. O velho é pele, osso e hepatite. Ela dá a impressão de ter uma vontade tremenda de chutar as canelas do pobre, simplesmente porque ele não consegue dar dois passos sem fazer uma pausa.

"Velho preguiçoso! Anda rápido, eu não quero perder o bolo de banana. Nunca tem pra todo mundo e essa velharada é gulosa e, além do que come, leva um monte nos bolsos.

"Ainda bem que você sempre me salva desses embates", diz dona Aurora. "O purgatório dos diabéticos... sabia que esse é o único momento que eu vejo esse pessoal demonstrar que ainda consegue encontrar um sentido na vida?"

Nola observa a fila que se forma no salão interno. Homens e mulheres se sustentam em seus andadores e bengalas para garantir uma xícara de café com leite e um pedaço de bolo.

"Filha, vá até lá e traga um café para nós. O pão doce dará conta de substituir o bolo. Não precisa pegar fila, vá direto ao bule."

Ela levanta-se e lentamente caminha até o salão. Não se sente muito segura "furando" a fila e teme que as consequências possam ser desagradáveis. Tenta passar desapercebida, até que a senhora que arrasta o marido toca seu ombro como o bico de um pica-pau e lhe diz:

"Mocinha, a fila é lá atrás. E idosos têm preferência."

Nola sente o sangue espalhar-se por suas bochechas e olha para os lados, buscando salvação. Alguns daqueles olhares esbranquiçados parecem condená-la, outros apenas a fitam como que hipnotizados, deliciados com sua pele jovem, sua mobilidade ágil.

"Pode deixar que eu levo o café de vocês lá fora", diz então Gininha, com um sorriso amigável e uma piscadela de olho.

"Ora, ora, quer dizer que vocês agora têm serviço de mesa também?", ralhou a velha.

"Não, dona Eulália", responde Gininha num tom gozador. "É um serviço especial para aqueles que trocaram as pernas por rodas. Pode ficar tranquila, quando a senhora estiver paralítica, também vou levar cafezinho na sua mesa, está bem?"

A velha cala-se, vira-se para o marido que leva debaixo do braço e lhe tira o chapéu. "Velho mal-educado. Na minha casa não se come de chapéu!"

"Eu soube que a senhora voltou a desenhar..."

Dona Aurora cora e faz uma expressão de embaraçamento.

"Posso ver?"

"Claro que não!", diz, num tom quase birrento. "Nola, se eles descobrem o que eu ando fazendo, colocam Dormonid no chá todas as noites!"

"Não tem ninguém aqui agora, me deixa ver, vai..."

Dona Aurora olha bem em volta, certificando-se de que estão sozinhas. Enfia a mão debaixo do assento da cadeira e tira dali um caderno.

"Essa sua cadeira é uma verdadeira caixa de Pandora."

Ela então abre o velho caderno universitário com páginas pautadas e começa a folheá-lo com saliva nos dedos. Para na página em que se veem as costas nuas de um homem muito magro, coberto até a cintura por um lençol, e a camisa do pijama no chão.

"Este é Ulisses. Não sai da cama. Tem os pés atrofiados. Acho que não dura mais dois meses. Está fraco. O mistério é que ele consegue, todas as noites, arrancar a camisa do pijama e jogá-la no chão. Esta é Laurinda", diz, apontando para a ilustração do rosto de uma mulher gorda, dormindo. "Tem um semblante bom, não é? Pois é, todas as manhãs ela acorda com um humor maravilhoso, dizendo que teve sonhos eróticos a noite inteira. Segundo ela, são efeitos dos remédios e disse que eu deveria provar." Dona Aurora ri-se e continua a folhear o livro. "Este aqui é o Papai Noel", diz acerca de um senhor que dorme com a enorme barriga para cima, coberto por uma manta até o pescoço, deixando a longa barba branca de fora. "Ele não é tão velho quanto parece. Tem o espírito brilhante e jovial. Vive intimando as enfermeiras para sentarem no seu colo pra tirar foto... é um grande gozador."

As glândulas lacrimais de Nola trabalham para produzir uma gotinha minúscula, que estaciona ao lado de um dos olhos. Sua mãe havia sido adotada, como órfã, por outra família. Não há entre seus membros nenhum grau de parentesco, mas todos parecem ter entre si um afeto acumulado, mesmo que nunca o demonstrem com gestos ou palavras. Ali, eles têm suas próprias leis e suas vaidades. Qualquer um, fora dessas paredes, jamais entenderia. Sabe-se que muitos haviam sido simplesmente despejados ali, como um brinquedo velho cujas baterias não se encontram mais para comprar. Mas o abandono de uns desperta o carinho e a atenção fraterna, materna, de outros. Sua mãe vive forçadamente num orfanato, depois de ter tido e construído sua própria vida.

"Este daqui é o seu Euclides. Homem ruim, viu Nola... Tá vendo isso que ele tem no pescoço? É daquela cirurgia, trasco...

"Traqueostomia?"

"Isso. Você acredita que ele fuma por esse buraquinho?"

"E como é que permitem fumar aqui, mãe?"

"E você acha que vai fazer alguma diferença pra eles não fumar? E quer saber mais? São os parentes que trazem os cigarros." Folheia mais algumas páginas. "E essa daqui é... é a Lurdinha. Só falava baixaria, mexia com todo mundo. Amanheceu azul e gelada na semana passada."

Nola não sabe se é melhor dizer que sente muito ou que aquilo é normal, haveria de acontecer a todo momento por ali. A morte talvez parecesse menos assustadora se acordássemos com ela ao nosso lado todos os dias.

"Então, como você pode ver, as coisas aqui não são tão ruins como pintam por aí. Pelo menos se você ainda é capaz de pensar com as próprias ideias..."

Nola está quieta, olhando fixamente para os pés da mãe, calçados com meias brancas de algodão e sapatinhos beges de couro. Qual o sentido de usar calçados se os pés não servem para nada? É como vestir uma boneca, colocá-la sentada numa cadeira, atribuir-lhe nomes e falas. Será que ela troca de meias todos os dias? Será que a sola dos sapatos ainda está intacta? Há quanto tempo ela não toca o chão com os pés?

"Faz tempo já, não é?", disse dona Aurora acompanhando o olhar da filha.

Nola desconcerta-se e volta a trabalhar com as unhas.

"A senhora ainda está sozinha no quarto?"

"Não mais. Depois que a Odete mudou com a família para o Sul, fiquei só uns dias sozinha. Foi assustador. Por pior que seja seu companheiro de quarto, quando você perde o sono na madrugada, tem sempre alguém ali. Agora tem a Lalá. Foi nadadora profissional e agora não dá dois passos sem ter medo de cair, está com a osteoporose avançadíssima."

Um dos canários na gaiola canta comprido e o assunto se desvia.

"E você, filha, como está? Muito trabalho? Algum namorado?"

"Alguns trabalhos, nenhum namorado. Estou terminando o projeto de restauração de uma biblioteca. Se tudo der certo, serei a arquiteta responsáve", responde sem grande entusiasmo. Percebendo que a mãe ainda aguardava a resposta para a outra pergunta, completa: "E ando seriamente me esforçando para sorrir de volta quando alguém olha pra mim num bar. A senhora já desistiu dos netos, não é?".

E então o semblante da mulher altera-se por completo. Por um instante, ela perde aquele ar de avozinha benfazeja; deita um olhar direto sobre a filha e busca uma voz firme em seu âmago.

"Eu não desisti. Ainda não. Se tivesse desistido, tomaria os remédios e viveria com um sorriso débil no rosto, faria parte dessa massa sem nome à minha volta. Foi você quem desistiu, Nola. Você acha que tem problemas? Acha que sua vida é miserável porque seu pai te abandonou? Pois se isso te enfraquece é porque você é covarde, minha filha."

Nola surpreende-se com a resposta e morde discretamente os lábios, enquanto olha para os periquitos na gaiola mais distante. Não esperava uma resposta tão contundente.

"Você não está numa cadeira de rodas", prossegue, "convivendo com uma doença que te corrói por dentro e por fora, dia após dia, internada num zoológico. Mas parece que você mal pode esperar para que isso aconteça, assim você poderá justificar tanta autopiedade. Agradeci a Deus o dia em que vocês me internaram aqui, pois acreditava que você finalmente começaria a viver sua própria vida." Ela pausa a fala por alguns segundos e depois prossegue, com a voz trêmula: "Eu olho pra você e não vejo... não me vejo...".

Um grupo de nuvens cinzentas estaciona sobre o sol.

"Vocês eram tão pequenininhos... O Tom mal conseguia ficar sentado, ainda estava só no peito. Você me perguntou se o papai havia feito alguma coisa errada e eu não soube responder. Eu havia comprado um chapeuzinho novo pra cada um. Branco para o Tom e amarelo pra você. Você lembra daquele chapeuzinho amarelo, que lindo? O papai era tão... tão diferente da mamãe. São Paulo era um lugar melhor naquele tempo. Você cresceu e parou de me perguntar. Você ainda se pergunta *cadê o papai?* O Tom se lembra dele? Eu acho que deveríamos nos reencontrar, passar o Natal juntos este ano. Nossa família precisa se encontrar mais... será que ele ainda dançaria comigo? O Tom... eu sei, ele não vem me ver. Às vezes eu não sei, e acho que ele realmente comprou pra mim um presente, quem sabe, um pão doce, embrulhou e mandou pra mim. Será que alguma vez ele entrou numa padaria e olhou para uma vitrine de pães cobertos de açúcar e lembrou-se desta minha cara enrugada, sorrindo como uma criança prestes a ganhar um doce? Ele se mudou? Foi pra junto do papai? Acho que este ano terei de fazer uma panela de arroz branco e uma de arroz com passas. Nem todo mundo gosta de passas. O Natal é uma noite tão bonita. Será que esses periquitos sabem disso?"

Nola fecha os olhos e tenta pensar em alguma coisa distante. Pensa em Kojak, no vestido de seda que queria comprar, nas vigas da biblioteca, na vaquinha de madeira, no pão doce, na dedicatória de Tom, no telefonema da agência, no chapeuzinho amarelo...

"Mãe..."

"Nola, eu acho que este ano nós duas teremos que montar o presépio, não sei onde anda o Tom e o papai. Está guardado numa caixa, na estante da sala. Veja se o menino Jesus não caiu atrás da estante. Não me lembro de tê-lo visto na manjedoura no ano passado."

Sua voz está minguando e ela parece perder-se de vez em algum lugar de seus pensamentos. Seu olhar subitamente torna-se frio e vago. É o sinal de que a visita de Nola está chegando ao fim. Os dedos tocam gentilmente o braço da cadeira de rodas. Ela não pode suportar, precisa ir embora. Levanta-se e beija a mãe.

"Já vai, querida? Tenha cuidado e volte sempre pra ver essa velha aqui..."

Nola despede-se sem palavras e caminha até a rua, sem olhar para os lados, dentro de um corredor escuro. Quando passa pelo portão principal, ela para. Fecha os olhos e respira fundo.

"Nola..."

"Tarcísio... o que você está fazendo aqui?"

Num segundo, ela como que acorda num outro lugar. Festas, sexo, drogas, mulheres, meninos, *gays*.

"Lembra que eu te falei do meu pai? Pois é, ele está aqui."

Festa, bexigas, cilindros de oxigênio, Alzheimer, chapeuzinho de criança, cigarros, injeções, seringas, luzes, *pi-*

ckups, serotonina, vitrolas, peitos nus, camisolas de algodão, comanda de bar, bengalas, camas de motéis, o menino Jesus, gardenal, a estante da sala, bacalhau congelado, diazepan, pó de café, cheiro de cigarro, rivastigmina, vaquinha de madeira, soro, B-25, fotógrafos, felação, bromazepan, raio X, frozen margarita, paroxetina, dia dos pais, tosse com sangue, maconha, bolo de banana, as valises de G.H., camisinha, rivotril, fivela de pérolas, cuba *libre*, cadeira de rodas, captopril, seu quarto, sua cama, seu travesseiro, seus medos.

"Desculpe, Tarcísio, eu preciso ir..."

O rapaz sorriu, entrou e foi sentar-se ao lado do velho de cento e cinquenta anos que jogava cartas. Pega sua mão e começa a dizer algo. O velho vira a cabeça em vinte e cinco graus e esboça um sorriso senil.

14

A vida, minha cara, a vida não é exatamente doce

"Lúcia, você está me ouvindo?"

"O que eu sinto com os pés é o mesmo que eu sinto com a cabeça...", respondeu a menina numa voz vagarosa e quase inexistente.

"Você o quê? Lúcia, precisamos conversar... você deveria estar em aula", *e então começa a falar com aquela voz de sempre, macia e sedutora, porém soberana e massacrante, estúpida voz de pedagoga, que só sabe falar, ditar, sobre um monte de coisas que eu deveria e não deveria fazer, como falar, me portar, me vestir, me curvar, soletrar, aceitar, sentar, discutir, calar, engolir, gaguejar, solfejar, progredir, não olhar, concordar, desistir, afastar, sumir...*

"Lúcia? Por que você não vem comigo até a minha sala? A gente precisa muito conversar."

O que a diretora disse, Lúcia não podia se lembrar. Mas levantou-se sem tirar os olhos do sorridente Daniel-de-lancheira e seguiu a mulher. Foi caminhando atrás dela, pisando em cada passo que ela havia dado e esquecido sobre o chão, o som estalado do salto baixo dos sapatos envernizados daquela mulher as acompanhava. Seus quadris largos, ornados por uma saia de crepe plissada, preenchiam toda a paisagem de Lúcia, e ela queria morder aquele traseiro, arrancar um pedaço daquela mulher e cuspir, assim como queria cuspir na sarjeta aquela escola e aquelas crianças que haviam abusado de sua inocência.

Cruzaram o pátio e em seguida suas sombras projetaram-se sobre o vidro da sala de aula, onde Lúcia deveria estar. Ela não ousou dirigir o olhar através da janela, mas imaginava o gozo frenético daqueles seres magrelos e diabólicos a rir ante a cena de sua caminhada rumo à câmara do verdugo.

"Eu sei que esse tem sido um ano muito difícil pra você", diz dona Gertrudes, sem saber de nada, sentada no magistral trono verde-escuro. "Eu não gostei do que aquelas meninas fizeram com você, aquilo foi cruel. Não se deve expor a intimidade das pessoas desse jeito." Ela para por um instante. "Eu gostaria de chamá-las aqui para te pedirem desculpas."

Desculpas?, pensou Lúcia, *então é isso?* Que tal submetê-las ao mesmo tipo de desonra, tortura e açoite que ela estava experimentando? Que tal pendurá-las pelos cabelos, no meio do pátio, e distribuir chicotes às outras crianças para que escrevessem em sua pele sua sentença? Desculpas... isso seria coroar sua humilhação.

"Não precisa. Eu não ligo", diz, mentindo.

"Você sabia que elas fizeram a mesma brincadeira com um garoto, outro dia, porque ele não veio com o *short* da escola? Inventaram que ele tinha feito xixi na cama... Eu só fiquei sabendo hoje, porque ele veio me contar." A mulher abre uma latinha vermelha cheia de jujubas e oferece a Lúcia. Ela aceita, colocando uma jujuba verde sobre a língua. "A vida, minha cara, a vida não é... exatamente... doce."

O açúcar cristal que envolve a goma derrete-se rapidamente em sua boca e, em seguida, o sabor azedo do limão torna-se mais forte e presente, e ela então mastiga lentamente a massa pegajosa, aproveitando as últimas notas doces. Lúcia agora entende sobre a podridão humana mais do que poderia imaginar. Não consegue pensar na dignidade, não conhece essa palavra, mas sente que ela existe, embora, talvez, não passe de uma mentira. Sabe que lá fora existe a dor, e que o pé de carambolas, no quintal de seu amigo, é pequeno demais, ordinário demais para tudo aquilo. O que importa ao resto do mundo se aquela lixeira tivesse sido triturada por um caminhão de lixo? Se aquelas carinhas felizes em ciranda, impressas sobre papel brilhante e adesivo, tivessem sido moídas junto com o plástico cor-de-rosa, cascas de laranja, seringas infectas e lixo atômico? Ninguém veria, ninguém saberia e esse seria, sim, um sofrimento real dentro de seu peito, vestido de uniforme azul, mas um sofrimento pequeno, que parece não ter lugar no mundo real.

As meninas penduradas pelos cabelos sendo chicoteadas, seriam também ela mesma, ali pendurada, a bater e a apanhar. Quer chorar, mas não consegue. Sente que viveu vinte anos nessa manhã.

Dona Gertrudes toma suas mãos e parece ler tudo o que Lúcia escreve com garranchos desconexos no ar pesado da sala. A mulher esboça um sorriso e deixa cair uma lágrima, a mesma lágrima que Lúcia não encontra dentro de si. Essas mãos grandes e hidratadas são mornas e sadias, com falanges avermelhadas, parecendo almofadas.

Lúcia evita a todo custo cruzar com o olhar dela. O antigo relógio-cuco alemão de madeira, pendurado no fundo da sala, lhe causa medo. Na escrivaninha de madeira escura há um copo, com resto de café, sobre a pilha de papéis ao lado do portarretrato que emoldura o rosto da jovem Gertrudes. Num instante de lucidez ou de loucura, Lúcia percebe que está transparente e que é possível àquela mulher enxergar seus pensamentos. Tenta chacoalhar-se e criar uma bagunça, tornar-se ilegível, tornar-se um enigma, uma caixa feia e hermética, dessas que você simplesmente desistiria de abrir. Não quer ser a caixa cor-de-rosa com sorrisos joviais estampados no rosto, cantando sempre uma canção bela e desconhecida, guardando dentro de si um tesouro único. Quer uma chave. Quer poder trancar-se, engolir a chave, desaparecer nas águas.

A mulher solta as mãos de Lúcia e oferece-lhe pouco mais que o esboço de um sorriso.

"Você gostou da foto? Sou eu, quando era mocinha. Devia ter uns dezoito anos. Era bonita, não?"

Lúcia tenta elaborar uma resposta adequada, mas a única coisa que lhe vem à mente é: "A senhora não era loira".

"A loirice, minha querida, pode ser um sinal da idade. Quando já não podemos vencer os cabelos brancos, ficamos loiras!"

Por um instante, Lúcia desprende-se de seu sofrimento e experimenta inquietações rotineiras. Quanto tempo faltaria à sua mãe para que ficasse loira também? Não a queria loira, gostava dos cabelos negros e lisos batendo nos ombros. Por que dona Gertrudes não tinha uma foto dos filhos ali? Quando aprenderia a ler as horas nos relógios de ponteiros e por que esses tinham tamanhos diferentes?

"A propósito, foi esse mesmo menino, com quem também fizeram a brincadeira de mau-gosto, quem pegou a sua lancheira do lixo e me entregou. Ele me pediu que te devolvesse para que você pudesse trazer seu lanche amanhã e passar o recreio com ele de novo."

Lúcia sorri, então, um sorriso pequenino dentro de si.

Gertrudes

Filha mais velha de pai alcoólatra. Na escola e na rua, era motivo de riso e piadas pelos vexames do pai. Quando criança, sonhava em ser patinadora profissional. Um desvio de vértebras interrompeu seu sonho. Para ajudar no sustento da família, foi trabalhar como garçonete enquanto fazia o magistério. Sua única amiga, Lili, casou-se com um marinheiro alemão e desapareceu no mundo. Gosta de sorvete de flocos e romances *Júlia* ou *Sabrina*. Nunca se casou. Engravidou de um namorado, mas o pequeno

Vitor morreu com poucos meses em seu ventre. Gosta de óperas populares, vestidos floridos e óleos de banho. Conseguiu um financiamento no banco e fez um tratamento de correção dentária no ano passado. Vive com dois cães vira-latas, um gato siamês, dois canários e um papagaio. Sonha em adotar uma criança e abrir uma papelaria numa cidade do interior.

15

Chegar em casa com um conforto vazio

Voltar para casa de ônibus faria mais sentido. O trajeto mais demorado lhe daria o tempo necessário para que pudesse despejar todo aquele entulho emocional ao longo do caminho. Poderia chegar em casa com um conforto vazio. As palavras da mãe, ela as havia guardado num saquinho velho e pegajoso que não tinha coragem de abrir.

"Senta direito!"

A jovem ficou em silêncio com a cara amarrada grudada no vidro.

"Não encosta assim no vidro, tá cheio de bactérias."

"Por que você tem que ir me buscar? Eu sei voltar sozinha. Vou largar essa merda de curso de inglês."

"Olha a boca! Vou te buscar pra você não ficar aprontando por aí. Achei um cigarro na sua bolsa outro dia."

"E daí? A senhora também fuma."

A rigidez da mulher se rompe por um instante enquanto busca na imagem da filha uma resposta verdadeira.

"Eu fumo porque quando tinha a sua idade, não tinha essa pele bonita que você tem."

E antes que a garota possa pensar numa resposta atravessada que faria a mãe sentir-se infeliz por muitos anos, João, o motorista do ônibus, que havia comido uma *mousse* de maracujá vinte minutos antes de entrar no turno vespertino, freia bruscamente o veículo, provocando um som agudo de engrenagens cansadas, enquanto o corpo do rapaz é arrastado pela motocicleta.

O homem que cochilava no décimo terceiro assento desperta assustado com o tranco violento, ampara-se no banco à frente e leva a mão ao coração. Nola, que até então cantarolava para si mesma *olha que chuva boa, prazenteira, que vem molhar minha roseira, chuva boa, criadeira, que molha a terra, que enche o rio, que limpa o céu, que trás o azul*, sente a parada brusca que chacoalha seu corpo, seguida de um grito: "O ônibus pegou um motoqueiro!". Um ligeiro formigamento lhe percorre as extremidades e um frio fino cresce por dentro.

A mulher à sua frente grita enquanto ampara a filha que tem a boca cheia de sangue. "Você vai ficar bem, filha, não foi nada", repete nervosamente. A menina coloca os braços em torno do pescoço da mãe e chora quieta.

Ileso, o homem tira a mão do coração e oferece ajuda às pessoas que haviam sido lançadas ao chão pela freada. Um outro, o homem alto e desengonçado que havia operado a vista dois dias antes, aceita o apoio para se recompor. Sua cabeça parece latejar e o embaçado que leva dentro dos olhos torna-se ainda mais denso. Um garoto, de no máximo três anos, berra inconsolável, enquanto o pai, igualmente inconsolável, examina, com temor, se algum osso daquele corpo tão frágil não teria se rompido no momento em que fora arremessado pela escada contra a porta.

Nola dirige seu olhar timidamente para fora da janela e vê o motorista ajoelhar-se ao lado do motoqueiro e chorar, enquanto uma multidão de curiosos se junta à sua volta.

As mãos sujas de sangue, João tem um bom coração, queria se reconciliar com o filho, só mantém esse emprego por ele. Seu sonho era dirigir um caminhão Brasil afora. Em treze anos na companhia de ônibus, nunca dirigiu uma ofensa verbal a qualquer pessoa no trânsito. Na solidão de sua quitinete, coleciona réplicas de embarcações antigas. Compra os *kits* pela internet, o carteiro entrega, ele abre uma lata de cerveja, lê o manual e passa horas montando navios, fragatas, encouraçados, peça por peça, com a perícia de um cirurgião. Quem sabe o filho não tomaria gosto por seu *hobby* também? O motoqueiro entrou de repente, pobre rapaz, por que eu?

A mulher que tem mais ou menos a idade de Nola olha para ela buscando conforto, cumplicidade. Esfrega compulsivamente a mão na cabeça, tentando aliviar a dor do choque contra o vidro. Tem um olhar doce e assustado. Sua bolsa, escancarada ao chão. Um livro de autoajuda, batom, barra de chocolate e os óculos de leitura com a lente esquerda partida.

Nola não é capaz de retribuir a atenção. Mantém-se incólume. Fecha os olhos e recorda-se de um documentário que assistiu na faculdade sobre o edifício de Prora, numa aula de arquitetura do pós-guerra. Criada em 1933, a KDF – Kraft Durch Freude (Força pela Alegria) foi uma das grandes organizações estatais do Terceiro Reich. Era responsável por promover atividades culturais, recreativas e lazer para os operários alemães e também de administrar Prora, um balneário planejado pelo Partido Nazista na bela ilha de Rügen, construído entre os anos de 1936 e 1939.

A principal instalação dessa colônia de férias era uma das maiores e mais complexas edificações construídas pelo nacional-socialismo. Com dois quilômetros de extensão, ao longo da baía, o austero edifício abrigaria 20 mil hóspedes, distribuídos em cômodos que mediam 2,5 por 5 metros. Sua construção foi abandonada em 1942. Durante os bombardeios sobre Hamburgo, muitas pessoas se refugiavam no edifício da estância. Já em 1945, o Exército soviético passou a controlar a região e utilizá-la para fins militares.

Desde aquela aula, a gigantesca muralha em forma de prédio assombrara Nola. Mantém vivo em sua memória um plano-sequência do documentário: uma câmera percorre lentamente os dois mil metros do edifício de uma ponta a outra. Nenhuma trilha sonora, nenhum comentário, nenhum personagem, nada, apenas o barulho do mar. Era um reflexo fiel do nazismo. Magnânimo, sedutor, assombroso, obscuro e que exalava morte. Uma infinidade de pequenas janelas equiláteras pontilhava as paredes sóbrias, extremamente sóbrias, de cor cinza, e dava ao prédio o aspecto de um presídio, colossal esqueleto definhante de um misterioso organismo.

Nola pensa agora em Prora como um imenso gaveteiro em que se pode guardar a história do mundo, ou a história do seu mundo. Ela abre minuciosamente cada uma daquelas janelas como se fossem gavetas, cujo fundo não se pode ver, e ali coloca alguém, algum momento e seus respectivos pertences. Cataloga, assim, a própria vida, a fim de que as memórias não mais a atormentem. Já que não pode extingui-las, que fiquem trancadas, em silêncio, cada uma em seu lugar, amordaçadas por uma lógica cruel. Tom, a coleção de discos, o *flyer* para uma festa no fim de semana. Tarcísio, a garrafa de champanhe, os *nuggets* para gato, o pai doente, o cilindro de oxigênio. Dona Aurora, os pés de boneca, o caderno de desenho, o carro com duas crianças. Pablo, seus olhos negros, o guardanapo, as calcinhas de algodão. Kojak e a borboleta em caixas separadas? Seu pai. Não há nada para guardar ali? Ele está sozinho no escuro e tenta insistentemente entrar na gaveta de dona Aurora e compartilhar seus pertences, mas a mulher começa a se debater e a repetir as palavras antes ditas no asilo, que ficam impressas no ar formando delicadas espirais. Com toda a força, Nola empurra a moça do ônibus para uma gaveta bem distante das outras, mas sua cabeça parece não se encaixar ali e seus olhos melindrosos crescem à medida que ela os fita. Betty, sua primeira cachorrinha conseguiu abrir uma porta e começa a circular livremente, parece curada do câncer, uma desordem se inicia e as gavetas-janelas saltam de seus encaixes e agora se movem no ar, tomando cores e formas diferentes, e tudo começa a se misturar, Tarcísio leva a garrafa de champanhe para a janela de Tom, tranca o pai numa caixa pequenina e o cilindro de oxigênio em outra, Kojak sai de seu lugar e late fora da janela de Tom, a coleção de discos flutua em estilo Mary Poppins e perde sua ordem alfabética, John Coltrane caminha para fora de seu disco, improvisando uma melodia melancólica, e aproxima-se de Madonna, que faz uma coreografia no ar acompanhada por dois bailarinos, um deles sendo Morrisey e, o outro, o jovem talento dos Jacksons Five. As luzes se apagam e uma festa vazia começa. Pablo, Gininha, dona Eulália, a vizinha patricinha que mora no andar de cima, o dono da padaria onde sua mãe ia todos os dias, o rapaz com patins no supermercado, o Santo Antônio na porta da casa de sua tia, Caroline, o veterinário de Kojak, o supervisor da restauração da biblioteca, a bibliotecária e seu nariz torto, os personagens dos livros que lera na infância, o vestido branco que nunca usou, pois a empregada o manchara, a prateleira de cima da estante de seu quarto onde guarda projetos inacabados, seu lenço de papel favorito, o Hino da Bandeira, a música do caminhão de gás, a excursão ao Pico do Jaraguá na quinta-série, o cheiro da manteiga do asilo, o cabelo de Tom sempre molhado ao sair do banho, a toalha com seu nome bordado, um copo quebrado que um dia lhe cortou a mão e a primeira vez em que ela degustou o próprio sangue, as listras perfeitas do pijama do pai, o estrogonofe que apodreceu fora da geladeira, o olhar indiferente do rapaz quando ela lhe declarou o seu amor, o barquinho de papel com uma moça de *playmobil* que a enxurrada levou, a piscina de bolinhas onde quase se afogou, o gosto da ponta do lápis que mastigou no vestibular, o assombroso breu de seu quarto quando a mãe apagava a luz e dizia: “Boa noite minha filha”.

"A senhora está bem?"

Nola ouve a voz, que não parece vir de nenhuma daquelas janelas e, de repente, o edifício de Prora é novamente um grande vazio escancarado. Sente um calafrio e busca desesperadamente compreender onde tudo aquilo fora parar.

"Moça?", o policial insiste.

Nola abre os olhos assustada. Olha à sua volta. O ônibus está vazio. Lembra-se do acidente. O motorista ajoelhado. A menina sangrando. A mulher de olhos ternos buscando sua amizade.

"Onde está todo mundo?"

"A senhora desmaiou? Não lembra de nada?"

"Sim, quero dizer, não, não desmaiei. Estou bem. O motoqueiro... o que aconteceu?"

"Foi removido. Talvez sobreviva."

Nola olha novamente para fora e onde há pouco vira o corpo do rapaz resta agora uma escura mancha de sangue sobre o asfalto. No céu, as nuvens que testemunharam o acidente foram para bem longe. O mundo prossegue, indiferente, e ela não tem nenhum álibi que comprove sua existência.

"Preciso dos seus dados para um depoimento."

Ela fecha os olhos e Prora continua lá, vazio, abandonado. No entanto, algo parece mover-se. Um último suspiro de vida, incorporado nas asas amarelas da borboleta. A força que emprega para manter os olhos fechados levanta suspeitas e leva o policial a perguntar-lhe:

"A senhora está enxergando?"

Então ela se lembra do rosto cálido da mãe a observar o seu, rosto imune ao mundo, ela já indiferente a si mesma, e se lembra de suas últimas palavras antes de mergulhar no vazio escuro da demência. "Eu não vejo você..."

O acidente. Corações agoniados à sua volta. Um rapaz de vinte e seis anos na UTI. O melhor a fazer é mesmo esconder-se nesse devaneio egoísta, escarafunchar memórias perdidas, autocomiserar-se, pregar seus sofrimentos numa cruz e trancafiá-los no hotel nazista, esquivando-se da verdadeira dor de estar viva e de estar presente onde realmente está?

Sente-se miserável, odiosa e pequena. No fundo, queria que o policial lhe desse um golpe de cassetete, queria buscar aquela moça e levá-la para tomar chá em casa, enquanto assistiam a alguma comédia romântica na TV. E, mais uma vez, fecha os olhos. Lá está a praia. Mas o hotel desapareceu. Ali está ela. Viva. E as palavras de Burle Marx fazem mais sentido agora do que na aula de paisagismo: *Um jardim é o resultado de um arranjo de materiais naturais, obedecendo a leis estéticas e entrelaçado com a visão do artista, sua experiência passada, suas incertezas, aflições, suas tentativas, seus erros e seus sucessos.*

Nesse preciso instante, ela decide começar a projetar o seu próprio jardim.

Olha
O jasmineiro está florido
E o riachinho de água esperta
Se lança em vasto rio de águas calmas
Ah, você é de ninguém
Ah, você é de ninguém...

ESTÁ CHOVENDO NA ROSEIRA, TOM JOBIM

16

Este é seu pequeno segredo

Este é seu pequeno segredo. Quando se encontra sozinho em casa, Kojak fareja debaixo das camas sem saber exatamente o que busca. Certa vez encontrou, sob a cama de Tom, um fino balão de látex com uma das extremidades amarradas, e não levou muito tempo para descobrir o gosto levemente salgado do líquido leitoso guardado ali dentro. No quarto de Nola, as atrações não eram tão evidentes. Ele deveria arrastar a língua para descobrir, enfiados entre o tacos antigos, as minúsculas migalhas de batata *chips*, de biscoitos de morango com chocolate, de granola, de casquinhas de M&Ms. Neste dia, descobriu que o quarto de Nola vinha sendo invadido por agentes de uma organização secreta! Eles surgiam por detrás de uma tomada, formavam uma longa fila e furtavam as pequeninas migalhas. Kojak estudava minuciosamente aquela ação, quando ouve o conhecido tilintar de chaves acompanhado do rangido da porta do elevador. Levanta-se rápido e corre, estabanado, enquanto prepara seu melhor sorriso para recepcionar os donos da casa. Estático, diante da porta, nota que esta se demora muito para ser aberta. Num movimento de dúvida, a cabeça pende levemente para o lado esquerdo, enquanto franze a testa. As vozes no *hall* lhe são desconhecidas, o cheiro dos sapatos também. As chaves novamente tilintam, e faz-se ouvir o barulho da porta dos vizinhos, que se abre. Kojak guarda então o sorriso para uma outra ocasião. Deixa que as orelhas amoleçam sobre a cabeça e, cabisbaixo, retorna em passos lentos para o quarto a fim de concluir suas investigações.

17

Não escolher sempre foi uma escolha

"Nossa, eu tô congelando!"

"Não exagera, meu amor..."

"Você diz isso porque está aí, toda coberta com blusa de lã e casaco."

"Querido, eu não falei pra você pegar uma jaqueta antes de sair? Você é teimoso, acha que macho que é macho não sente frio, então tá, agora fica aí encolhido dentro dessa camisetinha."

"Me dá um abraço, pelo menos..."

Debaixo do toldo da loja, Nola observa o casal subir a rua num abraço atrapalhado. Cantarola a canção dos Beatles: *In my life, I love you more...* Enfia mão no bolso da calça e encontra um papel de bala de canela, que havia chupado provavelmente há um mês, numa noite de lua crescente. Sente fome agora. Já é tarde e não comeu nada desde o bolo de cenoura. Ah, sim, o pão doce, não o havia provado dadas as "complexidades emocionais" ali caramelizadas. O que fazer? Caminhar de volta pra casa? Talvez. Talvez nunca mais volte para casa, quem sabe? Precisa recuperar, pensa, os trinta e tantos anos perdidos nessa sua melancolia. Mas como?

Perambula rua Augusta acima, deixando o olhar ávido ser cativado por vitrines de toda espécie. Brinquedos, sapatos, perucas, maquiagens, casacos, calcinhas de algodão, de náilon, de chocolate, pijamas, fantasia de pirata, panela, frigideira, chapéus, bonés, boinas, mochilas, pochetes, bolsas, malas, frasqueiras, óculos, bilhetes de loteria, relógios (compra, vende, conserta-se), chaves, carimbos, perfumes, artigos militares, joias, bijuterias, celulares, viscoses, sedas, paetês, crepes, couros e gorgurões, quadros, livros, revistas, canetas, canecas, confeitos. Não se trata mais de alegorias do consumo, e sim de elementos mágicos que ganham vontade própria e dançam diante de seus olhos. Ela quer tudo e não quer nada.

Uma senhora, à beira de seus setenta anos, conversa com o vendedor da loja.

"Essa daqui é parte de um conjunto, são cinco peças, sendo três malas grandes com alças reforçadas e rodinhas, uma frasqueira e uma bolsa a tiracolo. Se não me engano, essa eu tenho em vermelho e também marrom, estampado."

"Cinco peças é muita coisa."

"É o modelo família, senhora. Dá pra acomodar perfeitamente as coisas da senhora e do seu marido e também de dois filhos."

"Olha bem pra mim, tenho cara de quem ainda viaja com os filhos? Marido... se deixar o Irineu passa o resto da vida diante da TV. Esqueça esses conjuntos, garoto, quero duas peças, só."

"Viagem longa ou curta? Verão ou inverno?"

"Longa, alguns meses. Pra mim é sempre outono em Buenos Aires."

Seria verdade? Sempre outono em Buenos Aires? Nola pensa se deveria também comprar um conjunto de duas malas, mas então o vendedor lhe perguntaria "viagem longa ou curta, verão ou inverno?" e ela não teria uma resposta pronta.

Passa em frente a um boteco-restaurante, que fica entre uma loja de artigos para skatistas e outra de artigos religiosos, e sente o cheiro maravilhoso da cozinha gordurosa. Dane-se a dieta! Olha para a lousa dependurada atrás do balcão, olha para dentro e hesita por um breve instante. *Dane-se tudo, hoje eu vou comer um PF!* Entra, monta na banqueta de metal fixa no chão e debruça os cotovelos sobre o balcão de fórmica.

"Pode falar, flor do dia!", diz o rapaz, vestindo um imundo jaleco branco e um pano úmido no ombro.

A dois bancos de distância, um homem barrigudo, com a camisa regata levantada até a metade, mantém os olhos enfiados na seção de esportes de um jornal barato. Atrás dela, numa máquina caça-níquel, uma velhinha segura um saquinho cheio de moedas e tenta a sorte. Dada a composição do cenário, chega logo à conclusão de que só pode ser ela própria a tal "flor do dia".

"Um bife a cavalo, por favor."

"Ih, o cavalo fugiu, só ficou a mula...serve?", diz o rapaz, gozando, com um palitinho entre os dentes. Tira o pano dos ombros e limpa os quarenta centímetros de fórmica à sua frente. Ela assente com a cabeça e aceita a carona na mula.

"Vai querer o bife no ponto?"

Ela ri, deslumbrada. E não é que é possível escolher o ponto do bife? E ela que achava que só existia "ponto de boteco". Descobre, nesse momento, diante da escolha ordinária entre o "bempassado", o "ao ponto" e o "malpassado", um mundo de possibilidades. Será que ela também tem, afinal, um leque igual de escolhas na vida? Caminhos, ramificações, subterfúgios, escapadas, pulos, rodopios, atalhos, tudo isso sempre fez com que se movesse. Ter sempre acreditado em não ter opções, que a vida é quem escolhe, talvez tenha sido sua maior negligência, cometida contra o próprio curso das coisas. Não, pensa agora, o mundo em si não é uma bola sólida com algumas placas indicando este ou aquele caminho, é, sim, percebe, uma massa indefinida que ela pode moldar como quiser, dentro de si, escolhendo infinitos outros possíveis caminhos e transmutando-se a cada instante. Entende, agora, que não escolher já é por si uma escolha. Então, com convicção, responde em alto e bom som:

"Ao ponto!"

"E o ovo, bem molinho?"

Ela assombra-se, com alegria, diante de cada nova possibilidade. E agarra-se às suas escolhas, exultante.

"Não, quero a gema firme e a clara bem torradinha por baixo!"

O rapaz sorri com as sobrancelhas e passa a ordem para o operador da chapa.

No corredor do bar, uma família almoça lanches e petiscos. Dizem alguma coisa ao garçom e este grita para o balcão: "Japonês, sai mais carne-seca, camarão e coxinha!".

Sentado na mesa detrás, e com o corpo encostado à parede de azulejos, o homem magro de aspecto pouco saudável toma lentamente a cerveja escura e bate com o dedo indicador sobre a mesa, compassando seus devaneios. O jovem policial de espinhas no rosto toma um refrigerante, sem sonhos. Na última mesa, um rapaz gordo se afoga no recheio de calabresa e catupiry de seu pastel. O pai de família diz à mulher:

"Ele trabalha em banco, entende dessas coisas".

"Mas esse dinheiro é pra pagar a prestação da casa! Ô moleque, olha o óleo pingando na blusa!"

Na outra mesa, a senhora de pele oleosa, cujos cabelos haviam sofrido um processo de alisamento malsucedido, volta-se ao filho já moço, com emoção:

"Jorge, teu irmão pode te arranjar um emprego! Ele tá tão bem encaminhado... não seja orgulhoso."

"Mãe, já disse pra senhora, não vou trabalhar de motorista! Fiz o curso técnico pra quê?"

Nola olha para as próprias mãos e pensa que deveria pintar as unhas. A lembrança de que não costuma usar esmalte é imediatamente barrada por uma deliciosa indecisão, branco, rosa, ou vermelho? (Mal sabe ela que dentro de dois dias estará maravilhadamente perdida na seção de esmaltes de uma loja de cosméticos, tentando escolher não entre o branco, o rosa e o vermelho, mas sim entre Paixão, Romance, Harmonia, Rubi, Pérola, Pêssego, Lolita, Renda, Geada, Flerte, Inveja Boa, Alvorada, Salto Alto, Exótica, Licor, Gabriela, Pura Luxúria, Tieta, Final Feliz, Saturno, Candura, Vermelho Ivete, Noite de Gala, Flor de Liz, Casual, Bali, Encanto, Minissaia, Astral, Beijo Bom, entre outros nomes, por assim dizer, criativos, com os quais os fabricantes de verniz para unhas batizam seus produtos.)

"E pra beber? Uma cervejinha?"

Sente-se como a criança que precisa que o dono da *bonbonnière* fique balançando pirulitos na sua frente, para arrancar dela um sorriso. E até que isso não é de todo ruim.

"Isso, traz uma cerveja. Preta, por favor. Não, não, traga a mais gelada", diz com convicção.

O rapaz lhe dá uma piscadela e em seguida volta com uma garrafa de Bavaria. Enche dignamente o copo americano, deixando um dedo e meio de colarinho. Nola vira o copo e pensa que talvez devesse sorrir para o mundo.

"Japonês, dois pizza e uma coxa creme."

Nola come vorazmente, fazendo uma grande "galhorfa" com a montanha de arroz, feijão, farofa, tomate, cebola crua, batatas fritas, alface, vinagrete, bife e ovo. A velha do caça-níquel vem sentar-se a seu lado e o rapaz serve-lhe um prato de arroz e feijão. Ela coloca dignamente o saquinho plástico com as moedas em cima do balcão, pede licença e enfia a colher debaixo do arroz, à procura do feijão.

"A senhora aceita um copo?", oferece Nola, levantando a garrafa.

A mulher sorri timidamente. O rapaz acrescenta um copo ao balcão. Ela bebe vigorosamente num só gole e, após devolver o copo à mesa, agradece: "A senhora é muito gentil. Deus lhe pague".

"Senhora não, senhorita", responde Nola, numa descontração que não lhe é comum.

"Meu marido não sabia beber. Tomava tudo o que aparecia pela frente, era um pudim de pinga, como diziam. Daí se encheu de mim e me botou pra fora de casa. Durmo aí, debaixo dessa marquise. Acho que posso ser considerada uma senhorita novamente", diz a velha sorrindo, com uma casca de feijão entre os dentes, franzindo as bochechas debaixo dos olhos.

Nola ri, sem pensar no trágico que é aquilo. O rapaz chega-se ao balcão e entra na conversa:

"Eu já falei pra dona Dirce que eu caso com ela! Vou ser um marido pra lá de bom!"

"Sai pra lá, você deve ficar a noite inteira fedendo a fritura. Até os cabelos devem estar engordurados...", retruca a velha, rindo mais ainda, sem lembrar-se de seus cabelos lavados pela água da chuva e de suas vestes maltrapilhas, suadas durante uma vida inteira.

"Que maldade dona Dirce, a senhora não sabe que eu fico cheirosinho depois que tomo banho? Passo até desodorante!", responde o rapaz brincalhão.

Nola desvencilha-se da conversa e fica imaginando a cena. A mendiga casando-se com o rapaz do boteco, que teria tomado um banho de duas horas naquele dia, o ex-marido bêbado perseguindo os dois com uma faca, dirigindo um Opala amarelo, a festa de casamento com arroz, feijão, bife, ovo e máquinas caça-níquel. Nola, a madrinha.

"*Saiba que o meu grande amor hoje vai se casar... mandou uma carta pra me avisar...*", o rapaz começa a cantar, em tom jocoso. "Já pensou no marido da senhora quando soubesse..."

Nola então sorri pelos pequeninos cantos da boca. Paga nove reais e setenta, mais dois de gorjeta ao simpático rapaz pelo "flor do dia". Deseja felicidades ao futuro casal e sai. Que dia da semana era mesmo? Sexta. Qual seria a flor de sexta?

18

Os nossos antepassados
eram muito prevenidos
Diziam: matos têm olhos
e paredes têm ouvidos
Os crimes são descobertos
por mais que sejam escondidos

No intuito de aliviar a conturbada manhã que viveu, dona Gertrudes oferece à menina a oportunidade de assistir a uma aula da quinta-série. Lúcia aceita a oferta com falsa indiferença, mal escondendo a excitação e o calor que lhe coram o rosto. Depois de deixá-la na sala, Gertrudes dá uma espaçosa caminhada pelo pátio vazio enquanto reflete: *Teria dado uma boa mãe?*

Agora sim, gente séria, gente adulta! Jovens de dez, onze anos, aprendendo o que realmente vale a pena na vida. Nada daquelas histórias de falso caramelo, como a da menina que vai à feira com a mãe e tem uma barraca com onze laranjas, ela compra cinco, quantas sobram para o feirante. Nada de redações de um parágrafo sobre como foi o meu fim de semana, o mesmo-de-sempre-obrigada.

Nada de espadas de jornal no dia da independência e brotinhos de feijão no potinho de Danone. A vida aqui realmente se deixa ser descoberta, sem censuras. Eles são estudantes, e não crianças enjauladas. Sentam-se em carteiras individuais, sobre as quais colocam cadernos espirais e livros diferentes, um para cada matéria. Escrevem com caneta, o lápis serve apenas para rascunhos. Aliás, nem lápis usam, e sim lapiseira, de ponta fina, grafite 5 ou 7mm, que produz uma escrita elegante e precisa. As palavras deles não parecem despegar-se das linhas do caderno, como acontece com as suas, assim, sem mais nem menos, como quando escreve "Papai pregou um prego no porão", o rabicho do "o" de "prego" espicha-se demais e leva consigo o "no porão" para o alto, até quase grudar na linha de cima. E onde estão os carimbos com estrelinhas, joaninhas e solzinhos sorridentes que a professora usava quando faziam bem a tarefa?

Quando entrou na primeira série, a professora de Lúcia entregou a cada aluno dez pregadores de roupa, desses de madeira, e mandou que eles os pintassem em casa. Eles seriam utilizados na sala de aula para pendurar seus próprios desenhos. Ela sugeriu que eles pintassem flores, pintinhas, listras, carinhas, bichinhos. No dia seguinte, Lúcia apareceu orgulhosa com dez crocodilos, famintos, segundo ela. Quando viu aquilo, a professora não lhe disse uma palavra. Pegou o pregador de um garoto que havia pintado o símbolo de um time de futebol e falou: "Vejam, que bacana, que original!", depois pegou os de uma menina que havia desenhado um coração na ponta de cada um e ressaltou, "que gracinha". Não era possível, ela seria cega, seriam todos cegos? Aquela família de crocodilos merecia ser exposta na feira de ciências do colégio, tamanha sua originalidade e perfeição, e a professora elogiava corações? Uma garota se aproximou e disse que nem de longe pareciam crocodilos, que estavam mais para lagartixas. Lúcia então pegou um deles, pregou no nariz sardento da menina e ainda rebateu: "Mas que eles mordem, mordem!"

Deve ser bom, crescer, afinal, e esse ambiente da quinta série parece propício a isso. Ela tenta conservar uma expressão grave, *blasé*, perante tantas novidades, pois um verdadeiro adulto, sabe, nunca poderá deixar transparecer o frescor de uma novidade. Antes, pelo contrário, suas reações devem ser, em qualquer ocasião, monótonas como uma caixa de papelão. Mas seus instintos de criança teimam em fazer cócegas em sua curiosidade e, vez ou outra, deixa escapar olhares maravilhados.

A professora trouxe um texto de literatura de cordel e pede a uma das meninas que leia o primeiro parágrafo.

"... paredes têm ouvidos. Os crimes são descobertos por mais que sejam escondidos."

A professora interrompe e pede para que os alunos analisem as frases e identifiquem as figuras de linguagem, anotando-as em seus cadernos universitários. Lúcia não tem cadernos universitários, apenas a apostila da primeira série, e tampouco sabe o que são figuras de linguagem. Mas aproveita o silêncio monástico que baixou no ambiente para concentrar-se nessas últimas palavras, que parecem ter sido dirigidas a ela. "... paredes têm ouvidos. Os crimes são descobertos por mais que sejam escondidos." Pensa na mãe. Imagina-a fritando filés de frango no almoço daquele dia, "Lúcia, fiz frango à milanesa, que você adora. Troca esse uniforme da escola, depois do almoço quero que você venha comigo, vamos comprar umas coisas para a decoração da sua festa." Aquela doçura, que é tão viva na mãe, não em palavras e carinhos, mas em pequenos atos como esse, Lúcia foi tão injusta com ela. Será que conseguirá agir como se nada tivesse acontecido? É como se tivesse as mãos sujas de sangue, evidente demais para esconder. Qual será a reação dela quando descobrir? E ela, será capaz de confessar "mãe, eu te odiei?"

Passados alguns minutos, a professora pede num tom medidamente angelical:

"Antônio, você pode ler os próximos parágrafos para nós?"

E o garoto de lentes pesadas prossegue:

Em oitocentos e seis
Na província da Bahia
Distante da capital
Três léguas ou menos seria
Sebastião de Oliveira
Ali num canto vivia
Ele, a mulher e duas filhas
E um filho já homem feito
O rapaz era empregado
E estudava Direito
O velho não era rico
Mas vivia satisfeito
As duas filhas eram moças
Honestas e trabalhadoras

Logravam na capital
O nome de encantadoras
Chamavam atenção de todos
As grandes tranças tão louras.

O nome do livro é *História do cachorro dos mortos*, de Leandro Gomes de Barros, e mais parece um gibi. A professora começa a discorrer longamente sobre a história e o que é a literatura de cordel, deixando Lúcia fascinada, tanto pela sua eloquência quanto pelas palavras e expressões que nunca ouvira. Figuras de linguagem, cachorro dos mortos, província, metáfora, antepassados, literatura, poesia, sertão, crime, tudo fervilhando em seu caldeirãozinho sem saber que o caldo talvez tarde muito a ficar pronto. Pensa nas filhas moças, honestas, trabalhadoras, encantadoras, de tranças louras. Os cabelos de Lúcia são curtos e castanhos, mas ela agora vive com uma esperança dentro de si: não a de ter tranças louras, mas de vir a ser uma moça honesta e trabalhadora.

Certa vez ouviu uma conversa da mãe com a vizinha, dona Beatriz. Seu filho de dezessete anos havia engravidado uma menina. Ele não tinha emprego, não gostava de trabalhar. Dona Beatriz deu-lhe um tapa no rosto, quando soube da notícia, e o colocou para fora de casa. Ela disse que não haveria de sustentar filho dos outros, muito menos de um vagabundo como ele. Pois bem, ele mudou-se para a casa dos pais da namorada e foi obrigado a casar-se. A menina estava para nascer e dona Beatriz dizia que não seria avó de ninguém. Lúcia não atinava bem com os problemas mais complexos da história, mas acreditou que aquele era o típico mundo adulto, frio e sórdido. Dona Beatriz havia perdido um filho, uma nora e um neto. O rapaz perdera a mãe, a coleção de pôsteres que deixara no quarto e sua filha nasceria dentro de uma família estilhaçada. O que Lúcia não sabia é que, quando a menina nascesse, dona Beatriz haveria de chorar feito criança e iria correndo ver a neta, carregando uma mala de enxoval de crochê que ela mesma havia feito durante aqueles meses. Não sabia que o perdão é mais difícil, porém possível, e que o coração dos adultos é feito da mesma matéria que o seu. Depois ficaria sabendo que dona Beatriz se havia mudado para a edícula da casa, deixando a nova família morar na parte da frente, já que a casa dos outros avós era muito pequena. Aos domingos, eles passaram a almoçar juntos e a palitar os dentes falando coisas boas e coisas más, sobre eles mesmos e sobre o mundo.

19

É preciso buscar a alavanca de emergência

A mulher de terninho bege-monótono para em frente ao boteco, na banca do velho das cocadas. Entre branca, queimada e com abacaxi, escolhe a branca. Deve ter seus quarenta e tantos anos, secretária ou recepcionista, Deise ou Soraia. Os saltinhos do sapato baixo precisam ser trocados, bem como a calça do conjunto, que parece ser acidentalmente um número menor que o seu. Tem pele e cabelos cansados, precisa emagrecer, sabe disso, mas a solidão, ah, a solidão... é só uma cocada, que mal tem, a vida tem que ter alguma alegria. Enquanto decide que rumo tomar, Nola nota o minúsculo pedaço de pano que escapa debaixo da calça da mulher, denunciando uma roupa íntima com estampa de oncinha. Todas as manhãs, ela deve passar óleo de amêndoas perfumado em todo o corpo, vestir um conjunto de lingerie sensual e esperar que um milagre aconteça, enquanto assiste a tudo escondida sob o terninho bege-monótono da Collins.

Na quadra de cima, uma boneca sentada numa velha cadeira de rodas chama a sua atenção na porta do bazar das oportunidades. Tralhas e cacarecos em geral, Nola não teria coragem de colocar nenhum daqueles objetos dentro de sua casa, mas é bom saber que existem em algum lugar, nunca se sabe quando podemos precisar de uma antiga garrafa de Coca-cola, de um secador de cabelos com touca ou, talvez, da peça de um lustre de cristal cujo modelo deixaram de fabricar há trinta anos.

Malvinas – começa a invasão – é a manchete de uma Revista Veja, de 1982, que Nola toma nas mãos. O charme antigo das propagandas ali impressas recheia o leque de notícias que ora lhe parecem tão antigas, ora tão próximas e familiares. *Reagan aplaude o Proálcool. Depois da novela burocrática, Mastroianni e Sonia Braga voltam a Parati para o reinício de Gabriela. As portas mais importantes deste país estão abertas ao público que usa* jeans *e* blazer *Pierre Cardin. O papa entra na guerra. As máquinas do sonho – os fliperamas perdem a má fama, conquistam multidões de brasileiros e engolem meio milhão de fichas por dia. Andropov deixa a KGB. Telefunken – sistema original alemão. A facção militar da organização separatista basca ETA comunicou ao governo espanhol que não realizará ações terroristas contra a Copa do Mundo de Futebol. Sophia Loren no xadrez. Retire em todas as drogarias e farmácias o Indicador Popular da Homeopatia Dr. Alberto Seabra. Maluf 82 – Uma campanha para 350.000 votos.*

Festival de Cannes – por sua imaginação inesgotável e fantástica simplicidade, E.T. – O extraterrestre, *emocionou mais do que qualquer outro filme. De Quito, o poderoso ministro do petróleo da Arábia Saudita chega a Manaus para uma visita ao Brasil. Entre os dez livros mais vendidos de não ficção,* Eu, Christiane F., 13 anos, drogada e prostituída. *Figueiredo recria a cobrança fiscal em cascata. Mal de Sócrates, a virose respiratória ataca o capitão da seleção. Calculadora eletrônica tem que ser igual à secretaria da gente: bonita e eficiente.*

Nola detém-se alguns minutos em uma reportagem intitulada "Perigo nas curvas". Um levantamento dos acidentes nas estradas do estado de São Paulo revela um número assustador. Algumas tragédias relatadas, dentre elas a de um homem que levava os pais idosos em viagem ao interior, sob forte chuva; um problema nos freios, a estrada sem acostamento ou barreira de contenção, um caminhão desavisado, três mortes instantâneas. O homem deixava uma filha, Lúcia, de seis anos. No canto da página, duas fotos justapostas: de um lado, o Passat totalmente destruído na ribanceira, do outro, a menina com o olhar estático, em seu quarto, segurando a foto do pai e dos avós. No que teria se transformado aquela garota?

Seu celular toca e Nola tem que sair do lugar para buscar sinal, por que não comprava um aparelho novo? A chamada vem da casa de Paulo. Deve atender?

"Oi, minha linda, como você tá?", saudou a voz dengosa da baiana.

"Tudo certo, Dominique, e você?"

"Na paz. Estou te ligando pra te lembrar da festinha de Luís Guilherme no domingo, vai ser muito boa, viu?"

"Ah, Dô, vou fazer de tudo pra ir", mente. Por que alguém batiza o filho de Luís Guilherme?

"O baixinho gosta muito docê... e o Paulo também..."

Nesse momento, Nola percebe um sutil tremor na voz da mulher e não consegue responder.

"Quem sabe vocês não podem conversar. Vai ter cada coisa gostosa, quero dizer, vai ter aquelas coisas que criança gosta, mas também estou preparando uns quitutes baianos. Você já provou minha comida?" Ela tenta disfarçar, mas Nola sente o nervosismo na voz. "O Paulo sempre te escuta, você podia dar uns conselhos a ele, sabe?"

A festinha de aniversário está ficando cada vez menos atraente e tudo indica que será mais uma daquelas armadilhas nas quais Nola tem tanto talento para cair. Interceder, contra sua vontade, na crise de casais, na briga entre mãe e filho, na rixa entre amigos, nas disputa no trabalho, dar conselhos, ouvir, amparar, segurar a mão raivosa, assim, de forma meio desastrada, para que depois, quando tudo estivesse bem, ela fosse então acusada de se meter onde não havia sido chamada, como sempre acontecia. É preciso buscar, agora, a alavanca de emergência para escapulir da situação.

"Vai ficar tudo bem, você vai ver, o Paulo é assim mesmo. Eu tenho um compromisso no domingo, mas passo lá sim, nem que seja só pra dar um alô."

"Seria importante, Nolinha... muito obrigada, viu? Nem sei como te agradecer..."

"Dô, estou entrando no túnel, acho que o sinal vai cair... alô, alô?" Desliga o celular. Olha para a rua à sua volta buscando um túnel. Sente-se um monstro verde e pegajoso. Por que ela tinha que salvar o mundo, intervir nos problemas alheios, como era possível sempre atrair esse tipo de situação? Não, hoje ela se dedicaria única e exclusivamente aos seus próprios problemas! Ah, mas não era isso que vinha fazendo por toda a vida? Dedicar-se aos seus problemas, cultivá-los, analisá-los, torná-los um fardo pesado? Dominique. Uma boa moça, sem muitas perspectivas, mas de coração sincero e amorosa. Se telefonou, e disse o que disse, em meio ao convite da festa do filho, não seria porque realmente está precisando de ajuda e não tem mais ninguém com quem contar? Nola sente que a barreira que separa sua vida da vida das demais por vezes parece estar muito próxima de sua pele e é preciso lutar com todas as forças para empurrá-la para bem longe. Para e se pergunta por alguns segundos. *O que estou fazendo comigo? O que estou fazendo com os outros?*

Após algums passos a esmo, entra numa pequena floricultura, cuja fachada é uma estreita porta de vidro que dá diretamente na calçada.

"Boa tarde... será que o senhor saberia me dizer qual é a flor de hoje?"

O homem limpa os espinhos de um maço de rosas brancas que está sobre o balcão e lança a Nola um olhar curioso.

"Bom dia, senhorita. Flor de hoje? Como assim?", pergunta numa voz vagarosa e jocosa, fingindo não compreender, como de quem está prestes a contar uma piada.

"Não sei, o senhor não acha que existe uma flor para cada dia da semana?"

"Para cada dia do ano de sua vida", ele interrompe, agora com ar de sabedoria e tom paternal. "Vamos lá, olhe à sua volta, para todas essas flores, e me diga: qual é a flor para o seu dia de hoje?"

Supersticiosa, Nola passeia o olhar, sem muita intenção de achar coisa alguma. Dálias, gérberas, rosas, crisântemos, girassóis, helicônias, lírios, narcisos, tulipas, violetas, antúrios, orquídeas, magnólias, azaleias, cravos, camélias, pétalas, espinhos, línguas, caules, bulbos. Se pergunta se não deveria estar à procura de um espelho onde pudesse enxergar seu próprio reflexo. E se acreditar poder encontrar a flor do seu dia, e sua escolha for acertada, ela terá descoberto a flor de sua intimidade, uma flor única, do único dia desse ano de sua vida. Ela olha e olha e não consegue ver nem um pouco de seu eu em nenhuma daquelas flores.

Percebendo as voltas em que os pensamentos dela se perdem, o velho se dá por vencido e diz:

"Tudo bem, eu admito. Ela não está aqui."

Nola suspira, aliviada. Bom que não tivesse feito nenhuma escolha desesperada só porque se sentiu encurralada.

"Está no quartinho aqui atrás. Por um instante achei que fosse... bem, deixe me ir buscá-la."

Satisfeito, enxuga as mãos no avental, limpa os óculos e entra numa porta nos fundos. Nola observa novamente o interior da loja, pensa nas flores repousando no molho preguiçoso dos baldes e se cada uma delas poderia mesmo se encaixar em algum dia de sua vida. E pensa na morte, na sua morte. Qual seria a flor daquele dia? Se os amigos e parentes organizassem seu funeral, provavelmente acertariam. Caso não tivesse amigos nem parentes, teria que confiar no gosto de um agente funerário qualquer, que certamente escolheria crisântemos, porque era esse o costume. Nola tenta lembrar-se da última vez em que refletiu sobre isso. Nunca havia pensado no que seria a causa de sua morte, mas, por vezes, imaginou-se deitada, jovem, de algodão no nariz e os pés descalços, grandes, que pareciam não caber no caixão vermelho. A sala do velório sempre vazia. As grandes portas de madeira escancaradas deixando entrar a luz do entardecer, enquanto um misterioso vento sopra folhas secas, formando pequenos redemoinhos em volta do caixão.

A porta da rua se abre, fazendo vibrar o som seco da antiga sineta. Um rapaz entra, carregando nas costas um pesado saco de terra, testa suada, camisa e dedos marrons. Coloca o saco ao lado de Nola e olha para ela. Estática e extasiada, ela instantaneamente fecha as portas do velório. Ainda ofegante, ele a cumprimenta, enxugando a testa com uma ponta da camisa, deixando o peito nu. Ela faz de tudo para não lançar um olhar para aquele abdômen, mas é inevitável, e fica hipnotizada até que a camisa volte a cobri-lo.

O velho retorna, com os óculos deslizando na ponta do nariz. Carrega um olhar intrigado e feliz. Nas mãos, traz um buquê com três botões. O rapaz olha para as flores e em seguida para Nola. Devolve ao pai um sorriso de cumplicidade, bota o saco de volta nas costas e mete-se no quartinho.

Nola parece haver se esquecido das flores (de que pétalas estaria falando o tal homem? Uma plantação de lavanda... somewhere *April and Paris* em seu coração).

"Rainha da noite", diz o velho, oferecendo os singelos botões.

De repente, a "flor do dia" passa a ser a "rainha da noite". Como as mães que acordam agoniadas pelo choro manhoso, talvez faminto, de seus bebês que ali-repousam-no-outro-quarto; como os milhares de prostitutas de São Paulo ou Paris, que fingem serem pagas pelo ofício, enquanto, na verdade, carregam, escondidos, a coroa e o cetro; como as cantoras da noite que habitam cada fundo de palco empoeirado, tentando entoar suas próprias canções, disfarçadas num repertório de *covers* e duetos submissos; como a aborígine australiana que, no meio da noite, levanta-se e lê nas estrelas que é hora de mover-se sobre o deserto e buscar abrigo noutro lugar.

"Botões .. Mas eu não quero botões. Quero as flores de hoje", responde.

"Pois aguarde. As flores virão, antes que o dia se acabe. E amanhã mesmo terão partido, quando suas fragrâncias decidirem extinguir-se e voltar para as células do ar."

Nola pensa: *Sou obrigada, tenho que aceitar essas flores? Ou melhor, tenho que comprá-las, embora a questão do dinheiro seja o melhor disso tudo? Mas quem disse que eu entrei por essa porta pensando em algo assim? Não, eu só bebi dois copos de cerveja a mais, e que mal há em achar que deve haver poesia no mundo, na vida, no cotidiano, nos postes, nas luzes de néon? A estúpida entrou na floricultura buscando sua flor do dia, pois bem, ai está. Na verdade eu não queria ter perguntado nada, queria simplesmente ter entrado por essa porta, olhado para um maço de lírios brancos e pensado: Que lindos! Vou me dar de presente! Essa é a minha flor do dia! Quem mandou perguntar ao velho intrometido? Vou resolver a questão de forma racional, vou descer do balanço, que vai alto demais, e então abrirei os olhos e o mar estará parado, demarcando o meu horizonte lógico e cartesiano, pois é só disso que eu preciso. Chegarei em casa, colocarei um vestido, não sei que vestido, o vestido branco, não, eu não tenho vestido branco, sim, o laranja, passarei uma colônia Johnson e entregar-me-ei a Morfeu. Velhos estúpidos. Para o inferno com flores que virão me visitar antes do anoitecer me trazendo diabos-sei-lá-o-quê de revelações, eu não entro em floriculturas para comprar psicanálise.*

"Tudo bem, quanto é?"

O homem me olha com olhos de tamanduá que acabou de devorar formigas vermelhas e responde o que eu não quero ouvir, em hipótese alguma.

"Pode levar. São um presente, do meu filho."

"Não, obrigada, eu não aceito presente de estranhos", digo, numa rispidez imediata e inesperada, enquanto levo meu coração a vinte léguas dali.

Ele suspira e talvez pense no buquê de flores rejeitadas, ele um garoto baixo e tímido segurando rosas vermelhas, apaixonado pela garota linda e misteriosa que riu, riu alto demais.

"Está bem. São oitenta reais."

Ofendida, chocada, penso naquela obra de arte conceitual, sem valor, que de repente se transforma na grande obra-prima do mundo.

"Como assim, oitenta reais? São três botões de flores que eu nem sei que cara têm!"

"Por isso mesmo. São exóticas, difíceis de encontrar. Esse tipo de luxo custa caro, mocinha."

Revoltada, mas sem se deixar vencer, Nola tira da bolsa a carteira e pega o talão de cheques. Mas decide pagar em dinheiro, algumas notas que tem ali e que devem somar os oitenta. Se der o cheque, ele certamente pedirá o número de telefone no verso, e ela não quer correr risco nenhum, não quer nunca mais saber desse lugar, dessa porta, desses homens mancomunados com a botânica dos deuses. Catou as notas, contou, grunhiu para ele:

"Só tenho setenta e três e dois passes de metrô."

"Tudo bem. Me dê o dinheiro e fique com os passes. Depois você acerta o resto."

Nola toma as flores e sai, como alguém que recebe um filho que pensava ter morrido no parto e surpreende-se, atônita, com a vida insistente. Três botões verdes de flores que ela ainda não viu, presos na ponta de três galhos verdes e nus. Ainda não tem certeza se o filho é mesmo seu. O melhor é dar tempo ao tempo e esperar pelo reconhecimento das feições e da fala, antes de oferecer o peito.

Toni está só, sentado no boteco, apreciando a cerveja morna enquanto aguarda a próxima sessão de cinema no Espaço Unibanco. Uma moça passa por ele levando três botões de flores nas mãos. Tem cabelos escuros e um olhar doce e confuso. Lembra-se que jamais presenteou uma garota com flores. Lê seu horóscopo no jornal: "Câncer – 21/06 a 22/07 – Não despreze as oportunidades para expressar seu amor. Se o mundo lhe parece hostil, lembre-se de que você está aqui para torná-lo um lugar melhor. O alinhamento com Vênus no dia de hoje favorece as paixões. Olhe à sua volta e emocione-se."

Toni abandona a ideia de ver *O bandido da luz vermelha* – exibição especial da cópia restaurada. Sganzerla pode esperar. Então sai, desce a Augusta, entra numa loja de mágicas, compra o *kit O mistério das cartas e lenços – Nova edição*, imediatamente aprende truques geniais e torna-se mágico profissional. Anos depois, conseguirá sua maior façanha: durante uma apresentação no saguão de um imponente hotel, fará uma bela jovem desaparecer e reaparecer em sua suíte, eles se casarão e se tornarão sócios, ela subirá aos palcos em traje de banho, deitar-se-á numa caixa e ele a cortará ao meio. Todas as manhãs, ele presenteará sua amada com flores. À noite, na cama, haverão de se amar e planejar uma viagem ao redor do mundo.

20

Somos cada vez mais retrô

O poente agrinalda os céus todos os dias, independentemente de nossa vontade e do nosso estado de espírito. Como caixotes de vidro e concreto, os edifícios perfilam-se ao longo da avenida Paulista. Conjunto Nacional, Floy Chaves, Arcádia, Olivetti, Chipre, Três Marias, Nassib Mofarrej, Pauliceia, Saint Honoré, Savoy, Queen Elizabeth, Torre Paulista e o pobre Dumont Adams, verdadeiro fantasma situado no 1.510, bem ao lado do Masp. Diferentes dos arranha-céus de Nova York, com seus narizes pontiagudos esnobemente empoleirando-se no infinito das nuvens, os prédios da Paulista, independentemente da data de sua construção ou escola arquitetônica, formam um conjunto menos ousado, que apenas evoca os ares de uma metrópole que foi vanguardista. Hoje queremos o futuro, mas somos cada vez mais *retrô*.

O sol se põe na ponta da Consolação. Sabemos disso porque aqueles que caminham nessa direção, por volta das cinco da tarde, do lado direito da avenida, usam óculos de lentes escuras. No lado oposto, um vento curvilíneo sopra um ar fino de poeira e frio, empurrando os transeuntes para o buraco da estação de metrô. Seria ingenuidade acusar como malfeitora a barreira física que os prédios impõem aos raios do sol poente, porque, na verdade, a luz do dia, ali, existe apenas para impulsionar o ânimo para o trabalho. Cessa o expediente, cessa a luz. Como se alguém manipulasse uma chave de liga e desliga, dando-nos a confortável sensação de dia e noite sem que precisemos acompanhar as sutis belezas cromáticas de tais passagens.

Quando jovem, Nola havia lido Julio Verne e secretamente alimentava para si o desejo de um milagre: o dia em que poderia visualizar o raio verde (ou *rayon vert*) no horizonte da avenida Paulista. Mas enquanto esse dia não chega, ela limita-se a olhar para o céu de néon e tungstênio em busca de uma estrela.

"Ei, moça, quanto custa esse cachecol?"

"Cinco reais."

"E esse outro aqui?"

"Dez. Esse é *cashmere*."

A *cashmere* lhe parece tão autêntica quanto o brinco de brilhantes daquela ambulante.

"Pode provar se quiser. Toma um espelhinho. Azul fica bem pra você. Tem a luva e o gorro que faz par, quer ver?"

Nola prefere não arriscar e fica só com o cachecol azul turquesa. Na barraca ao lado, um jovem simpático e surrealista vende cópias piratas de DVDs. Magérrimo, vestindo uma camisa do Corinthians lançada há pelo menos dez anos, boné do Lakers, tem um sotaque fanho, metralhando palavras no ar:

"Olha só colega, promoção italiana, Antonioni, você compra *Blow up* por quinze reais e por mais cinco leva *A noite*. Dois filmaços. Tem também o *combo spaghetti*, você leva um Pasolini, um De Sica e um Fellini por vinte e cinco reais. Amanhã tem promoção de *croissant*, levando um Truffaut, um Godard e um Ozon, você leva inteiramente grátis um Jacques Tatit. E aí, fechou?"

Nola passeia um olhar *blasé* pelas capas dignamente falsificadas. Sente vontade de apalpá-las, como frutas na feira. Pasolini, Godard, Tarkovsky, Kieslowski, Eisenstein, Jean Epstein, Bigas Luna, Billy Wilder, John Cassavetes, Jacques Rivette. Peras, alcachofras, manga, mandioca, alface roxa, lisa, crespa e americana. Suspira fundo e pergunta insolente:

"Não tem *Noite vazia*, do Candeias?"

"Pô, colega, Candeias tá em falta. Trabalho mais com produto importado. Curte um Sam Pekinpah? Produto de primeira. O pessoal tá levando bastante."

Não seria assombroso um mundo todo assim, com intermináveis possibilidades de escolha a cada instante? Mas Prora não está mais disponível para ajudá-la a organizar suas coisas, e Nola não gosta da ideia de ver seus fantasmas, tão familiares, emaranhados em lembranças, desejos e sonhos, vagando a esmo pelos labirintos de sua mente, assim, sem rótulos e coleiras, com vontade própria, podendo a qualquer momento se voltar contra ela.

"E aí, fechou, colega?"

There are places I remember
All my life
Though some have changed

A loja de discos havia tido tempos melhores, quando se podia fuçar nas capas e contracapas dos enormes vinis. Hoje, o passatempo com CDs não é tão divertido e o plástico duro parece tornar a música higiênica demais. Mas Nola entra assim mesmo, não atraída pelo conteúdo dos discos, mas pelo prazer dos nomes impressos, fazendo os CDs correrem entre os dedos freneticamente. Cantores, bandas, orquestras, coleções, suítes, coletâneas, ao vivo, *singles*, *special edition*, remasterizado, réquiens, *the best of*, prelúdios, trilhas sonoras de novelas, cantatas, *big hits*, *soundtracks*, *greatest hits*, perfis, os primeiros anos, *remixes*, tocatas, *featuring*, concertos para piano e cordas, *songbook*, edição limitada, acústico, *overtures*, *unplugged*, o essencial de, *chamber music*, adágios, *a evening with*, grandes momentos, intérpretes, *classics*, jubileus... a imensa variedade parece saciar sua nova sede de viver.

Quem quer que tenha colocado a Nina Simone com a Peggy Lee bebe vinho com chocolate, pensou. Pinça dali o *Nina Simone anthology* – trinta reais. *Que ótimo! Eles não entendem nada de música nem de preços!* Pega o celular do bolso e liga para o Tom.

"Tom, oi, tudo bem? Então, eu tô aqui numa loja de CDs e eu achei o *Anthology* da Nina Simone por trinta reais, acredita? Você não tem, não, né? Putz, os caras são muito toscos, é óbvio que tá superbarato, o que você acha? Compro? Ah, e tem *Ne me quitte pas*, que eu adoro com a voz dela..."

O silêncio do outro lado demora alguns segundos para ser quebrado. Tom fala com a voz mole e arrastada. "Niiin... adoor ela... Mas essa queimação... Nola Simone, hahaha! A música daquela bichinha belga? Ne me fooodas pas... Lola Simon! Alguém pede um cachorro à milanesa, por favor?"

É o suficiente para que Nola aperte o botãozinho vermelho do celular sem mais nenhuma palavra. Está odiando Tom e amando o dono da loja. Que merda ele teria tomado? Prefere a mistura de Nina Simone com Peggy Lee, onde já se viu esculachar o Jacques Brel desse jeito?

O celular novamente. Agora é Catita, uma de suas poucas amigas.

"Nolita!"

"Catita..."

"E aí, como foi a função manicomial?"

"Grandes emoções... muito mofo, rugas, diabetes...". Volta para o interior da loja e detém-se na seção dedicada aos álbuns de Michael Jackson.

"E a dona Aurora?"

"Está como você viu no mês passado. Só que anda inventando moda... depois te conto. Escuta, você acha que nossos filhos vão ouvir Michael Jackson?"

"Como assim, filhos?"

"Maneira de dizer, você acha que vão escutar *Billy Jean* como algo fresco ou passado? Será que no futuro ele vai ser o Elvis da nossa geração?"

"Darling, *Elvis is not dead*!"

"Qual sua música favorita do Michael?"

"Falando com o sentimento ou com conhecimento musical?"

"Com sentimento."

"OK... sem julgamentos, hein?"

"Tá."

"*We're the world.*"

"Como assim? A música nem é só dele!"

"Tudo bem, o Lionel teve uma pequena participação..."

"Mas essa não é, nem de longe, a melhor música dele!"

"Toda vez que passava o clipe na TV minha irmã gritava e íamos correndo assistir. Chorávamos quando ele aparecia de roupa preta e dourada e luva brilhante, lembra? Minha irmã dizia que ele era o homem da vida dela. Sem julgamentos, não era isso?"

"Uma vez teve um concurso de calouros no colégio e eu reuni um grupo de garotos para fazermos uma performance de *Smooth criminal*. Passei semanas ensaiando e minha mãe e minha tia fizeram um terno branco e um chapéu pra mim."

"Como assim? *Você* foi o Michael?", Catita desata a rir. Em tom de seriedade, Nola retruca.

"Claro. Eu sabia todos os passos. Quero dizer, eu *seria* o Michael. Uma semana antes da apresentação, peguei catapora e a professora de música achou melhor me substituir por um garoto. Ai, que ódio."

"Tenho certeza de que você teria ido com catapora e tudo."

"Você tá brincando? Quase fugi de casa! Fiquei arrasada, chorando na cama. Desejei que o teto do colégio desabasse." Silêncio. "Será que ele morreu mesmo?"

"Você andou tomando alguma coisa no asilo? Linda, o que você tá fazendo agora?"

"Tentando decidir se vou até Ubatuba assassinar meu irmão ou se eu caso com o dono desta loja de CDs."

As duas riem.

"Falando sério, você vai fazer o que hoje à noite?"

"Não sei, mas certamente não vou aceitar o seu convite."

"Ai, Nola, como você é chata! Você nem sabe o que é!"

"Tá bom, diga..."

"Então, vai ter a abertura de uma exposição na galeria do Dinho e depois..."

"Tô fora. Pró-seco Salton, pseudointelectuais com barba por fazer e mulheres com vestidos assimétricos? Prefiro ficar na cama. Hoje começam a reprisar a primeira temporada de *House*."

"Ah, esqueci, e vão reprisar também as melhores receitas da Palmirinha Onofre em HD! E você mal pode esperar pra rever aquela receita da torta de milho caipira! Nola..."

"Tô cansada do mundo."

"Desculpa, esse discurso você usou na véspera do seu aniversário de trinta anos. Está defasado."

Nola detesta admitir que alguém a compreenda mais do que ela mesma.

"Por que você vai a essa festa? Tá de olho em alguém?"

"Eu vou porque estou viva! Vou economizar todas as reprises de seriados para quando eu estiver velha e decrépita. Além do mais, tem um cara, amigo do meu orientador do doutorado, que vai estar lá."

"Estou superfora! Viva a Palmirinha! Artistas e acadêmicos? Ha!Ha!Ha! Hoje vou pro baile dos lençóis! Aparece em casa e toma um vinho comigo, tá?"

"Tá bom, sua velha chata... vou te deixar bêbada e fazer você me contar a história de como se tornou uma frígida repulsiva."

Nola pega o CD de Nina Simone e vai direto ao caixa. Ali está uma mulher de uns quarenta anos, camiseta com desenhos fluorescentes, Recife-PE, óculos quadriculados de acetato vermelho. que não é mais ninguém que a dona da loja

"Hum. Boa escolha. Adoro a Nina", diz num dos tons mais lésbicos que Nola escutara nos últimos anos.

"Aceita cartão de débito?", novamente, escaparia da armadilha do cheque com telefone atrás.

"Claro."

A transação é efetuada sem grandes rodeios.

"É pra presente?", pergunta a mulher, numa voz ainda mais rouca. Se o CD fosse pra ela, sim, estaria assumindo que gostava da cantora e que tinham algo em comum. Se fosse pra presente, também assumiria que escolhera algo de que gostava. Hum, difícil. E então Nola avista numa prateleira, atrás da mulher, *Days of wine and roses, Moon river and other academy award winners.* Frank Sinatra cantando *Moon river*. O que mais ela poderia pedir a Deus?

"Vou levar aquele ali também. Não, não é pra presente não."

"Ah, então se está comprando pra você mesma é sempre um presente", diz a outra, colocando os CDs num saquinho laminado e fechando-o com um adesivo da loja. Dignifica-o ainda mais, colocando-o dentro de uma sacolinha plástica que entrega a Nola. “Vê se aparece. Sempre tenho coisas bem bacanas da Nina Simone e de outras divas também.”

Nola apanha a carruagem, sai em disparada e deixa o noivo plantado no altar. Não tem certeza ainda se vai até Ubatuba matar o Tom, mas de qualquer forma passa antes em casa para alimentar Kojak.

Ao coquetel na galeria resolve que não vai, de jeito nenhum. Primeiro porque isso implicaria num esforço tumultuado para lavar e secar os cabelos, colocar uma máscara antifadiga à base de pepino, camomila e óleos essenciais e deixar por quinze minutos antes de enxaguar, escolher uma roupa, provavelmente um vestido, provavelmente um vestido que precisaria ser passado, um sapato que combinasse, uma meia-calça que não estivesse furada nem desfiada, um sutiã com enchimento, uma bolsa discreta que não entregasse seu espírito pequeno-burguês e o mais doloroso e complicado de tudo: uma maquiagem leve, discreta, sedutora e fatal. Em segundo lugar, porque teria que entrar num ambiente ao mesmo tempo vazio e cheio, de pessoas e quadros, quadros de um artista novo, conceitual, e driblar os garçons para tentar pegar um copo de espumante que haveria de ficar esquentando a noite inteira com dedos suados, tentando evitar os olhares de “Quem é essa patética”, vindos dos outros convidados. Catita provavelmente desapareceria em cinco minutos com o amigo do orientador, que a levaria para conhecer sua coleção de borboletas, e ela terminaria a noite levando uma cantada piegas do tio-avô-dentista-do-interior do artista. Será que faz um macarrão com atum ou descongela uma lasanha para jantar?

Na rua, o céu parece encoberto por uma espécie de rebatedor fotográfico, uma garoa fina e sem-vergonha que não chega a molhar a roupa, mas que se deita pesada sobre os cílios. Pensa na proximidade do Natal. As vitrines e camelôs parecem, a cada ano, antecipar o massacre comercial da época. Nola pensa na cena imaginada pela mãe, onde a família se reuniria em volta de um peru. O pai, a mãe, Tom e ela. Todos palpáveis, vivos e sadios, tudo tão normal quanto a vida nas crônicas de folhetim. Não consegue, porém, pensar no rosto do pai, que parece uma figura estática de papelão. Se ela mal chega a conectar-se à parte de seu inconsciente em que guarda a imagem dele, quando ainda era criança, quanto mais tentar tornar essa imagem viva, vinte e tantos anos depois. Vê Tom, enchendo a cara e falando ao celular com os amigos, dona Aurora, sentada na cadeira de rodas, desenhando a cena, e ela, Nola, congelada dentro de uma bolha de vidro olhando fixamente para a travessa de arroz tentando contar o número de grãos, duzentos e três, duzentos e quatro, duzentos e cinco... *So, this is Christmas... And what have you done... Another year over... And a new one just begun... And so this is Christmas... I hope you have fun...*

Talvez quisesse a cena de um Natal perfeito, de uma noite estrelada após um dia de sol. Seu pai certamente teria um rosto, e ele pegaria o violão de Tom e tocaria, cantaria a canção de John Lennon... *war is over,* para ela, somente para ela, sussurrando apenas, alguns decibéis mais audíveis que as cordas do violão, seus olhos descansando sobre as paisagens tão familiares dependuradas na parede, e o cheiro de assado vindo da cozinha, e o cheiro de papel de presentes e de roupa nova, o cheiro de pinheiro de árvore de Natal, as luzes piscando lá fora e milhões de sininhos anunciando aquela noite feliz, noite feliz, que nunca terminaria, girando num círculo contínuo até os últimos dias de sua vida.

Pare com isso!, diz a si mesma. Onde já se viu sua própria imaginação trabalhando para açoitá-la?! *Vou estudar japonês, é o que vou fazer*, pensa, enquanto varre os caquinhos da memória para bem longe dali. *Está mais do que na hora. Quero me perder na coerência concreto-abstrata dos ideogramas, isso sim, essa soma incessante e lógica de tracinhos irregulares, uns sobre os outros.* Pensa também em pintar um jogo de amarelinha no chão da sala e até mesmo em adotar uma criança, pensa nas colheres que já entortou só com a força do pensamento, metais baratos e muita concentração, nas olheiras que tem quando passa alguns dias sem dormir, pensa numa viagem, um lugar quente e úmido, ah, sim, o primeiro sol que aprendeu a desenhar tinha à sua volta uma alternância *dégradé* de raios azuis e amarelos. O que sente agora é um amargo na boca, um gosto seco de saudade precipitada. O que quer, o que queria mesmo era poder aconchegar-se na solidão de Audrey Hepburn caminhando no nascer do dia em Nova York, até tomar um gole de café em frente à Tiffany & Co.

Moon river, wider than a mile,
I'm crossing you in style some day.
Oh, dream maker, you heart breaker,
wherever you're going I'm going your way.

Moon River, *Henry Mancini e Johnny Mercer*

21

Você se lembra de quando o Ayrton Senna morreu?

O casal insiste em manter a expressão emburrada, mas caminha agora com passos mais brandos. A garota olha para a vitrine da loja de um real e noventa e nove e pergunta ao rapaz:

"Você se lembra de quando o Ayrton Senna morreu?"

"Claro."

"O que você estava fazendo?"

Ele pousa o olhar sobre o conjunto de canecas em oferta e subitamente sente o forte desejo de um café com leite.

"Era domingo. Eu estava na casa dos meus pais. Tinha ido apresentar minha primeira namorada a eles. Meu irmão apareceu bêbado e derrubou a travessa de macarronada, antes que chegasse à mesa. A TV estava ligada, como sempre. Minha mãe chorava, tentando salvar o macarrão do chão e então veio a notícia. E você?"

"Acho que precisamos dar um tempo", diz a garota, enquanto contempla um vaso de orquídeas de plástico.

Two drifters off to see the world.
There's such a lot of world to see.

MOON RIVER, *HENRY MANCINI E JOHNNY MERCER*

O céu desaba sobre a cidade uma noite fria e repentina. Nola caminha sobre uma estrada de tijolos amarelos. Passa a língua pelos lábios e sente um gosto tímido de garoa. Pensa em Wong Kar Wai e nas sutilezas de *2046*. O vazio daquele trem. Uma única pessoa havia decidido voltar. O sentimento robótico e cheio de *delays* daqueles que amam sem poder se envolver. Sim, pensa Nola, o tempo é um organismo estático e ela sente-se dentro daquele trem, retornando de um futuro distante, desinteressada de seu destino. É como uma partícula congelada dentro da emoção do tempo, congelada pela incapacidade de amar, pelo medo de ver e sofrer. É um recorte de imagem, o sonho de quem quer prolongar o melhor momento de sua vida, o apego ao hoje por medo do amanhã, a saudade doentia de um ontem imaginário, a correção de pontos e vírgulas num texto já publicado.

As cores do fim de tarde se lhe escaparam, mais uma vez, e, de repente, o dia é uma lânguida noite. O vento frio agride seu rosto e lhe cora as maçãs. Ela encosta-se na vitrine de uma livraria e imprime no vidro um círculo de calor soprado, embaçando a capa do romance norte-americano exposto do outro lado. E permanece assim, imóvel, até que o ar frio venha enxugar a superfície e tornar o vidro límpido outra vez, comendo pelas beiradas, muito devagar, o sopro de vida que ali deixou impresso.

22

Filha moça, honesta e trabalhadora

A aula de literatura havia sido um bálsamo dos deuses, algo ordinário que lhe trouxe de volta a lembrança de Emília preparando o casamento com o Príncipe Escamoso. Quão surreal era aquilo, e quão verdadeiro. Lúcia queria casar-se com o Príncipe das Carambolas.

O sinal toca anunciando a mudança de aula. Matéria diferente, professora também. Próximo assunto: matemática. Professor, Júlio César. Lúcia sente engulhos no estômago. Não está preparada para equações com x e y, não está preparada para um professor do sexo masculino que não passa a mão na cabeça dos alunos, muito menos para um que se chama Júlio César. Antes que ele possa notar sua presença pequenina, de coisa fora do lugar, ali na classe, Lúcia mete-se por entre as carteiras e sai da sala. Alguns alunos riem e um deles lhe atira um pedaço de borracha nas costas. Júlio César, o imperador da matemática, calcula o conteúdo da aula entretido numa pilha de papéis e números sobre a mesa e ignora os acontecimentos na cidade dominada. Lúcia senta-se do lado de fora da classe, no canteiro do jardim da infância. Pode ouvir o que diz o homem lá dentro: "*Existem quatro formas de se apresentar os números racionais: frações, números mistos, números decimais de escrita finita e, por fim, as dízimas.* Aquilo não faz muito sentido e ela não entende o que o dízimo, que sua avó pagava à igreja, tem a ver com a matemática.

Cava então um pouco a terra debaixo dos pés e encontra uma minhoca. Longa, marrom e sem cara. Tem o impulso de guardá-la no bolso, mas lembra-se que não tem bolsos. Dá a ela um nome: Júlio César. Mas agora não pode simplesmente devolvê-la à terra de onde veio, pois ela pode ser confundida com outras minhocas sem nome. Tira então um pedaço de papel da mochila e faz uma carteira de identidade para ela. Nome: Júlio César. Profissão: professor de matemática. Pressiona o único dedo do invertebrado a fim de extrair-lhe a digital e desenha um retrato fiel, no lugar foto três por quatro. Pensa agora em como prender o documento ao novo cidadão. Se ela não tem bolsos, ele muito menos.

"Fique quietinho aqui que eu vou ao banheiro buscar papel pra te dar um banho", diz, colocando Júlio César no cantinho do degrau. *É um bicho repugnante, porém muito simpático*, pensa. Volta com um pedaço de papel higiênico molhado. Não tem ainda muita certeza se realmente dará o banho na minhoca. Talvez seja melhor buscar uma faca e cortá-la em pedacinhos, só pra ver se depois ela se junta. Ou talvez devesse deixá-la cheia de terra mesmo e colocá-la dentro da lancheira de uma daquelas meninas. Ou, ainda, talvez deva simplesmente devolver a minhoca à terra e voltar ao mundo da razão. Afinal, ela, que agora sabe como ser adulta, como poderia sucumbir novamente a reinos de carambolas, minhocas com documento de identidade, príncipe escamoso e sandices do gênero? Quanta bobagem, isso não faz nenhum sentido em sua nova vida. Filha moça, honesta e trabalhadora, isso sim é o que importa. Deixa a minhoca ali mesmo, no degrau. Passa por uma lata de lixo e ali joga a toalha de banho. Caminha em direção à classe da quinta C para buscar sua mochila, que deixara no jardim. Por dentro, ri-se do absurdo do que estava prestes a fazer. É quando vê um vulto se aproximando da porta e tomando forma. Um corpo alto, esguio. Um pé adulto, sapato de couro, precipita-se para fora da sala de aula e pisa sobre a minhoca, ali, bem no cantinho onde ela descansava despida, esperando a hora do banho. Júlio César, o homem, com pés de dinossauro, esmaga Júlio César, o mais novo cidadão do mundo. Lúcia freia os passos e seu olhar congela na imagem daquele monstruoso sapato de couro marrom. Uma lágrima lhe vem ao canto dos olhos. Numa das mãos ainda leva consigo o RG recém-emitido. Aquele rosto difuso, nunca mais o veria, aquela alegria serpentinal movendo-se em cócegas internas. Olha para o retrato no documento e outra lágrima rola. Atônito, Júlio César, o vertical, pergunta-lhe:

"Oi menina, tudo bem? Você não devia estar em aula?"

Lúcia continua com os olhos escancarados vendo a diminuta poça de sangue se espalhar debaixo daquele pé. Desconfiado, o homem ergue o sapato e vê a minhoca esmagada.

"Tudo bem, não precisa se preocupar. Depois eu lavo o sapato. Tá vendo? Já está quase limpo. Volte pra sua classe, tá?", diz, cruzando os portões de ouro da entrada do império. Lúcia vai até o canteiro e realiza uma breve cerimônia funerária, enterrando dignamente Júlio César com seu documento de identidade. Não ousa colocar ali uma cruz, pois os infiéis poderão vir pisoteá-la.

É um ano de mortes, sem dúvida. Haverá de ser assim para o resto da vida? Lúcia está farta de funerais.

"Lúcia, você não pode mais fazer isso, já é uma mocinha! Não, Lúcia, você é muito criança pra entender essas coisas. Eu sei que tem crianças nesse filme, Lúcia, mas não é pra sua idade. Lúcia, você não acha que esse vestidinho não te serve mais? Podemos dar para uma menina que está precisando. Lúcia, o César ama muito você, como se fosse filha dele. O que você quer ser quando crescer? *Ciranda, cirandinha, vamos todos cirandar, o anel que tu me deste era vidro e se quebrou, o amor que tu me tinhas, era pouco e se acabou.* Você já tem idade pra dormir com todas as luzes apagadas."

Após o velório de Júlio César, Lúcia caminha por algum tempo sem rumo, esgueirando-se pelos corredores da escola, tomando o devido cuidado para não ser surpreendida por um bedel ou professor. Não, não deseja encarar o amigo pônei de sorriso bestial e plástico que se abre no rosto comprido.

Entre a porta dos fundos da cantina e o pátio do maternal, há uma pequena área de serviço e Lúcia senta-se ao lado do tanque, sobre uma pilha de panos de chão. Sente falta do pudim de leite condensado de sua avó e do cheiro de guardado das camisas do avô. Seu Lucas tinha um relógio de pulso dourado, com cinta de couro marrom, surrado, e todos os dias ao despertar dava corda nele, "esse relógio é suíço!", dizia. Ao lado da cama, deixava sempre uma moringa de barro e um copo de vidro. Antes de dormir, enchia o copo, tomava metade e na água restante mergulhava a dentadura.

Lúcia pega uma canetinha roxa na mochila e desenha em seu pulso um relógio, como o do avô. Gosta mesmo de relógio assim, bem justinho no pulso. A filha da vizinha desenhava toda sorte de adornos pelo corpo, pulseiras, anéis, colares, gastava sempre todas as canetinhas de cor laranja e vermelha, "gosto de ouro e rubi", dizia, a mãe lhe dava chineladas quando a encontrava toda rabiscada.

Enquanto termina de desenhar os números do relógio, ouve vozes na cantina. Por uma fresta na porta, pode ver um professor e a moça da tesouraria. Ela acende um cigarro e traga com vontade. Ele passa a mão em volta de sua cintura.

"Tá me evitando, é?"

"Não vem me pegando assim."

"Tá com medinho? Adoro mulher medrosa."

"A gente tá no trabalho, não confunde as coisas."

"Bafora esse teu cigarro pra lá, coisa fedida."

"Quem fede aqui é você! Já te falei que sou casada, sai do meu caminho", diz ela, desvencilhando-se do homem, enraivecida. Protegida atrás da porta, Lúcia observa os pés da mulher. Calça um tamanco preto, alto. Tem os calcanhares secos e rachados e algumas varizes nas pernas. Sem perceber a presença da menina, a mulher joga o cigarro ainda aceso no tanque e desaparece no vazio do pátio.

Lúcia sente o azedo da fumaça do cigarro em sua garganta. Olha para o relógio de canetinha, faltando dois números. As crianças da ciranda continuam felizes na lancheira. Sim, gosta de bala de leite e pijama de flanela, cria minhocas e crocodilos de madeira, o que não souber sua mãe sabe, sua bicicleta ainda tem rodinhas e sua cama é azul e no teto do quarto há luas e cometas que brilham no escuro, quando fica doente lhe dão de comer tudo o que quer, quando se sente só, inventa hisstórias para seus bichos de pelúcia, quer um cachorro, pode ser pequenino, vira-lata mesmo, mas a mãe tem alergia, então brinca com todos os cães que encontra na rua e não tem medo de mordida, das bolachas recheadas só gosta do recheio, a água da piscina tem um gosto doce, diferente da água do mar, a lágrima é gostosa de provar com a língua, mas só sai quando dói.

De repente, nota que uma suave melodia parece escapar de uma caixinha de música. Olha à sua volta, mas tudo o que vê são vassouras, baldes e jarros de cândida. É como um leve tilintar, uma música que embalaria um sonho num conto de fadas, e que parece brotar de si mesma. À sua frente, as crianças da lancheira parecem querer dizer-lhe algo. E então ela reconhece a melodia, "é óbvio, é a música que embala a ciranda!", e aí ela olha fundo nos olhos dessas crianças e pensa que não haverá nenhum outro lugar do mundo que desejasse estar, além desse, e não haverá de querer nunca o azedo do tabaco, nem homem que fede, calcanhar rachado e mulher medrosa, nem sapato de couro marrom que sai matando recém-nascidos, nem carro sem freio, cabelo preto que vira loiro, nem gente que não entende os crocodilos, nem preço dos produtos no supermercado, mulher de véu preto nas páginas da revista, muito menos presidente com roupa de soldado.

O sinal toca estridente, anunciando o fim das aulas, e desperta Lúcia de seu transe meditativo. Com o coração acelerado, ela dispara rumo à saída, passa correndo pelo pátio e nota que seus pés parecem não tocar o antigo piso de lajotas coloniais, como se flutuassem, as orelhas acariciadas por uma brisa amiga. Sente uma fome gostosa. As crianças à sua volta parecem personagens numa casa de bonecas, Larissas, Antônios, Julietas, Mários, Renatos, Cínthias, Fernandos, Túlios, Cíceros, Sandras, Saras, e Samantas, Lúcia quer tudo e a todos.

A claridade do portão aumenta e ela já pode sentir os pés tocando o concreto quente da liberdade. É quando sente um puxão pela camisa.

"Ô menina apressada! Tá indo pegar o avião?" É Daniel, exibindo a bela dentição de sempre. "Tô vendo que a dona Gê devolveu sua lancheira."

Os dois dão alguns passos indecisos, sem se olhar, até cruzaram o portão. Nesse instante, um luxuoso carro prateado encosta ali e buzina. Estelinha passa rapidamente por eles e entra cabisbaixa no banco de trás. A mulher ao volante usa óculos escuros, tem os cabelos armados por *spray*, unhas pintadas na cor dos lábios, um decote maldoso na blusa. Ela vira-se para trás e aponta o indicador no nariz da menina, que parece segurar-se para não chorar. Ela ralha algo incompreensível, depois se volta para a frente, puxa para si o retrovisor e tira da bolsa um batom que borra sobre os lábios. Ao enxergar a menina pelo espelho, continua a gritar e então se vira violentamente para trás e dá-lhe um tapa no braço. Em seguida, desce do carro, abre a porta de trás e torna a fechá-la, com força. "Não sabe fechar uma porta, estrupício?" Estelinha olha envergonhada para eles. A mulher acelera e o carro desaparece na avenida.

Por mais que se esforce, Lúcia não consegue saborear o gosto da vingança diante da cena. Na verdade, nesse breve momento, espremido entre as doze horas e trinta e sete minutos, ela está compreendendo uma coisa importante: que todos sempre oscilam entre o bom e o ruim, não entre o bem e o mal. Estelinha e todas as outras meninas maldosas da escola também tinham o ruim, não eram sempre o céu glorioso que espelhavam.

A perua escolar está de saída. O motorista, ao ver Lúcia, grita por ela. Daniel gentilmente toca seu braço.

"Não vá, não. Almoça na minha casa. Hoje é dia em que a minha mãe faz lasanha, você gosta de lasanha?"

O convite se abriu como um portal mágico. Ela não tarda dois segundos para gritar de volta ao homem de boné branco, na Kombi:

"Eu não vou de perua hoje, tio Flávio. Vou almoçar na casa do meu amigo." Hesita um instante e completa: "A minha mãe já sabe."

O homem liga a ignição, desconfiado, e parte com a perua pipocando de crianças.

É claro que a mãe não sabia, mas não se tratava de uma mentira, era, sim, uma situação perfeita que não podia ser estragada por nada desse mundo. A mãe não ficaria feliz se soubesse que ela estava feliz? A massa tenra da lasanha coberta por mussarela gratinada aguçava seus sentidos, o sol deitado bem no meio do dia, tanto havia acontecido, tanto havia por vir, os brigadeiros que enrolaria na sua festa, o beijo que daria na mãe no final da tarde, as tarefas de matemática que se tornariam mais fáceis depois da gincana, sua lancheira que havia sido resgatada, o sabor do lanche preparado pela mãe, os pedacinhos naturais do suco de laranja, o sorriso do pônei, a saudade do pai, o carinho de César, o uniforme com colarinho esgarçado e confortável de Daniel, a colcha bordada pela avó com que se cobriria, antes de a mãe apagar a luz amarelada de seu abajur de girafa e lhe desejar boa noite.

Como Lúcia não tem bicicleta, os dois seguem a pé, Daniel empurrando a sua pelo guidão. "A pé dá uns trinta minutos, mas eu faço em menos de dez com a *bike*", diz Daniel, apontando aqui e ali as coisas interessantes do caminho.

"Tá vendo esse portão? Não dá pra ver nada, né? Espera aí...", ele dá um chute na parte de baixo e por pouco escapa da boca babenta do cachorro feroz que ali meteu seu focinho, em latidos enfurecidos. Mais à frente, mostra uma casa abandonada, onde, esticando a cabeça sobre o muro, dá pra ver a piscina cheia de uma água escura, o fundo todo preto e pegajoso. Lúcia descobre, por sua conta, os girinos que nadam num certo trecho do canal, e, juntos, eles encontram a árvore que sangra, a gata que acaba de ter filhotes debaixo de um carro velho e a infinidade de tecidos e espumas de náilon que podem pegar no lixo da tapeçaria.

Na rua estreita, as crianças brincam descalças, o mecânico se espicha debaixo de um carro e a senhora idosa descasca batatas no portão. Mais adiante está a casa de Daniel, um daqueles chalés de madeira, tão comuns em Santos, onde vivem várias famílias, o portão de ferro, baixo, já comido pela ferrugem, as janelas pensas pela frouxidão dos parafusos. A menina de fraldas e cabelos despenteados organiza sua coleção de tampinhas de garrafa no chão do pátio da frente. Ao ver Daniel, pula de alegria em seu colo e tasca-lhe um beijo. Ele vira o rosto dela para que dê também um beijo em Lúcia.

"Essa aqui é a caçula da casa, filha da dona Inês. Nossa, você tá ficando pesada!", ele diz, colocando a menina de volta ao chão. Ela retorna para a tarefa com um novo semblante estampado no rosto. Lúcia nota que ela em nada se parece com a sua prima azeda e mimada, cara esticada pela força das maria-chiquinhas e do babador até pra chupar pirulito. Daniel tira, então, o tênis surrado e as meias de algodão lavadas com sabão de coco no tanque de cimento alvejadas pelo sol, remendadas na ponta e no calcanhar, com o punho laceado, diferente das suas, meias de algodão com poliéster, lavadas na máquina com Comfort azul, espumosas como o assento do sofá, punhos lisinhos, justos e dobrados.

As paredes de tábuas variam em cor e textura, marcas de chuva, de "alugo", de caneta de criança, de canivete, de batida do armário num dia de mudança. O sol parece penetrar ali de maneira diferente e menos desavergonhada. No corredor que leva ao fim do terreno, dois longos varais com intimidades expostas, calcinhas de velha, fraldas de bebê, blusa decotada de mulher, *shorts* de homem, uniforme de criança, uniforme de trabalho, panos de prato, lenço de nariz, toalha de banho e de mesa, lençol, meia, pano de chão, anáguas, pano de cabeça, saia curta e comprida, roupa do pai, da mãe, da avó, do filho, do vizinho, da sobrinha, do amigo, do parente, do cachorro. Num canto sombreado, uma antiga banheira abriga marias-sem-vergonha e ervas daninhas. Ao fundo, Lúcia pode ver árvores e mato crescendo, sem pudor. Uma bananeira e talvez um pé de carambolas.

"Daniel! Vem logo que o almoço da pronto!", grita uma voz numa janela do andar de cima. Eles sobem pela escadinha de madeira, tomando cuidado para não pisar no degrau podre indicado pelo menino. Ele deixa o sapato no corredor e entra. Uma mulher jovem, negra, linda, de curtos cabelos afro, trajando um antigo vestido florido, sorri para eles.

"Trouxe uma amiguinha pra almoçar?"

"Meu nome é Lúcia", ela diz tímida, olhando fixamente para o tapetinho embaixo da pia que deveria ter sido uma colcha ou algo assim no passado.

"E você gosta de bolo de jiló com peixe cru?"

"É brincadeira dela, Lúcia... sente só o cheirinho de lasanha."

A mulher riu e trouxe a menina pela mão para junto da pia. Deu-lhe um pedaço de sabão para que ela se lavasse. Daniel pegou outro pedaço e por algum tempo, um minúsculo tempo, os dois fizeram uma farra silenciosa debaixo da torneira.

"Agora, façam o favor de sentar antes que eu dê a comida de vocês pras galinhas!", diz a mãe de Daniel, bem humorada.

"Vocês tem galinhas?", Lúcia sussurra, fascinada, para ele.

Com muito cuidado, a mulher abre a porta do forno, que prontamente sopra uma quentura forte. Ela segura a forma de alumínio nas mãos, protegidas por panos de prato, e a faz voar suavemente, esparramando no ar um borbulhante aroma de queijos, molhos e massa, levando-a a aterrissar bem no centro da mesa.

"O almoço está servido!"

RECEITA DE LASANHA

- Escolha um recipiente refratário de formato retangular. Essa escolha é muito importante no momento de conquistar aqueles sentados à mesa. Se for uma forma de vidro, vulgo pirex, será possível enxergar a constituição quase completa das camadas sedimentares do prato. Por outro lado, ao optar-se por uma tradicional forma de alumínio ou inox, essas informações visuais ficarão encobertas, podendo provocar, de um lado, a desconfiança do faminto, ou, de outro, aguçar ainda mais sua curiosidade e apetite. Se preferir um recipiente de louça ou porcelana, cuidado: muitas vezes esses materiais (especialmente quando brancos e brilhantes) podem remeter a peças sanitárias, o que não é muito conveniente quando se trata de comida.

- Regue a forma escolhida, bem lavada e enxuta naturalmente (panos de prato deixam fiapos), com molho de tomate de sua confiança. Você deve confiar principalmente na marca do molho, já que não se pode saber ao certo como eram aqueles tomates antes de serem esmagados. A embalagem do molho de tomate: prefira aqueles que vêm em potes de vidro ou lata, pois assim, depois que despejar todo o conteúdo, você pode adicionar um pouco de água, mexer cuidadosamente e aproveitar o que ficou no fundo. Depois, obviamente, essas embalagens servirão para seu filho usar como pote para lavar pincéis ou para colocar a muda daquela plantinha linda que você roubou do canteiro daquele edifício comercial.
- A massa. Antes de colocar as fatias de massa no refratário, avalie suas medidas e tenha certeza de que você poderá acomodá-las sem deixar grandes espaços entre elas ou sobrepô-las. Se errar na medida, volte ao supermercado e peça para trocar o produto. Se não quiserem efetuar a troca, leve uma

barata morta e coloque dentro da caixa para alegar descumprimento das normas de armazenamento e higiene. Volte feliz para casa, com a certeza de que sua lasanha será perfeita. Sob hipótese alguma quebre a massa. Ela ficará rachada, desproporcional e danificará o aspecto harmônico do prato.

- Coloque em seguida uma camada de carne moída. Mais uma vez, atenção para a confiança. Se antes de refogar a carne, você olhar para ela, crua e vermelha, e não conseguir levá-la à boca, esqueça. Se você não pode comê-la crua, pouca diferença fará quando ela tiver um pouco de cebola, alho, óleo e cebolinha. Nesse caso, opte pela carne de soja.
- Acrescente uma camada de presunto. Se você olhar para o presunto e lembrar-se da carne moída crua e isso lhe causar qualquer tipo de mal-estar, suspenda a inclusão desse item e vá direto para o queijo.
- A mussarela. O ideal é trabalhar com a mussarela ralada, ou seja, você compra uma peça de mussarela (nunca queijo prato) e rala na sua própria cozinha. Mas para aqueles que têm o fetiche de esticar a camada borrachenta de mussarela, do prato à boca, o melhor é usar o bom e velho fatiado. Se você olhar para a mussarela crua e não conseguir comê-la, há algo muito errado com ela. Ou com você. Compre apenas produtos dentro do prazo de validade, de preferência com aspecto amarelo leitoso. Mussarelas esverdeadas ou com bolor não são indicadas para esse tipo de receita. Regue com um pouco de molho e repita a operação, começando pela camada de massa.
- Edificar uma lasanha é uma atividade terapêutica e relaxante, que envolve muitos dos nossos sentidos

primordiais, mas devemos saber sempre o momento de parar. E aqui vão alguns conselhos para que cada um encontre seu momento ideal de interromper a obra: não continue a construção se não tiver mais massa, pois isso causará um desequilíbrio estrutural na edificação; se o vidro ou pote de molho já houver sido completado com água muitas vezes, interrompa ou você poderá comprometer sua solidez; se a verticalidade da lasanha extrapolar os limites da vasilha refratária, tenha em mente que esse é o momento certo para concluir a atividade. Um prato que excede os próprios limites verticais compromete não apenas suas fundações como também sua envergadura culinária. Espalhe queijo parmesão ralado sobre a última laje (pode ser aquele de saquinho mesmo), cubra com papel alumínio virgem e leve ao forno pré-aquecido. Verifique se não há nenhum animal dentro do forno antes de colocar a vasilha. Feche os olhos e visualize a sua lasanha crescendo em harmonia com o universo, sua massa se expandindo pela ação térmica, a mussarela ficando cada vez mais e mais relaxada, entrando em contato profundo com todos os outros ingredientes, o queijo parmesão gratinando-se serenamente. Abra os olhos, cheque a hora no relógio e venha buscar sua lasanha dentro de vinte e cinco minutos.

23

Entrar ou não entrar. Bater ou não bater

"(...) *ele inseriu sua mão mecanicamente no bolso de trás de suas calças para obter sua chave de entrada. Ela estava aí? Estava no bolso correspondente das calças que ele usara no dia mas precedente. Por que ficou ele duplamente irritado? Porque ele se esquecera e porque ele se lembrava de que se lembrara duas vezes de não esquecer. Quais eram as alternativas ante a, premeditadamente (respectivamente) e inadvertidamente, parelha deschavada? Entrar ou não entrar. Bater ou não bater* (...)."

Nola lembra-se de Leopold Bloom, em *Ulisses*, quando volta para a dublinense Ítaca. Leva a mão ao bolso traseiro da calça *jeans* e, aliviada, encontra ali seu molho de chaves. Será que as chaves produzidas no início do século XX, na Europa, eram parecidas com as chaves produzidas no chaveiro vinte e quatro horas da esquina de casa? As chaves haviam se tornado coisas chatas, literalmente, e monótonas, com brilho excessivo e sem robustez ou curvas sensuais. Então um homem passa por uma odisseia de tantos anos dentro de um dia, volta para casa e fica irritado por ter esquecido a chave?

Imerso que estava em seus pensamentos, roncando com o focinho escarafunchado entre as patas dianteiras, Kojak admira-se ao ver Nola na sala. Os olhos pesados, rosáceos de tanto dormir e com olheiras pendentes, recebem-na com imensa alegria e ele fareja algo diferente em sua aura. Nesse instante, sente uma repentina coceira atrás da orelha, o que o obriga a fazer um movimento complexo para levar a pata traseira até lá e resolver o assunto.

Nola manda-lhe um beijo no ar e vai para a cozinha, não, para a área de serviço, onde deposita no lixo, com desprezo, as rainhas-da-noite. Em seguida, coloca um pouco de água na chaleira e a leva ao fogo. Suas cutículas estão horríveis, ela deveria fazer alguma coisa a respeito, desde que não envolva uma manicure e seus alicates famintos. Liga o rádio de pilha, que é uma de suas conexões com o passado. Um antigo rádio de pilhas que é também um gravador. Ela poderia muito bem ter um rádio comum, ligado na tomada, mas simplesmente não seria a mesma coisa, as caixinhas de som embutidas, porém salientes, a antena retrátil e o dial analógico. *"Em São Paulo, tempo encoberto e previsão de chuva para as próximas horas. No momento, registram-se 15º na capital paulista. (...) ao persistirem os sintomas, um médico deverá ser consultado. (...) Fique agora com Eldorado Metrópole, um ofe-*

recimento de (...) Tem início na próxima semana a Mostra Internacional de Cinema de São Paulo (...)".

Distraída com as notícias, deixa a água ferver demais. Então desliga o fogo e prepara sua segunda dose diária de café, procurando olhar para a frente, para um azulejo onde há o adesivo de um caneco de chope, evitando assim olhar para as próprias cutículas.

Lembra-se de um filme que assistiu certa vez na Mostra, um filme português sobre um lixeiro homossexual que tinha fetiches *leather* ou coisa assim. Lembra-se também de um outro, do Cazaquistão, em que havia uma música do Sepultura, e ainda de *Branca de Neve*, outro filme português, que não apresentava imagens, apenas falas e uma tela preta. *Nuvens* era o título de um documentário que falava sobre a vida de *cirrus, cumulus e stratus*. Para este ano, Tom lhe recomendou *Bonecas de papel*, uma coprodução Israel-Suíça, que explora a mudança no padrão das imigrações globais, apresentando-as sob a ótica da comunidade de travestis filipinos que vivem ilegalmente em Israel. *O mundo é estranho*, pensa, *fascinantemente estranho*.

Kojak tem agora os pés fincados ao lado de Nola e olha fixamente para ela.

"Não sei porque você está tão curioso. Não aconteceu nada demais, foi só um dia atípico. Tá me olhando como se eu estivesse cheia de novidades... ah, é o cachecol! é novo, toma, pode cheirar", diz, oferecendo-o a ele, que permanece estático e indiferente.

"Você sempre acha que estou escondendo as coisas de você, cachorro fofoqueiro! E não adianta ficar me rondando. Você acha que eu estou feliz... só porque comprei um cachecol e uns CDs. Bobagem. Viu como joguei as flores no lixo? Continuo sendo a mesma", diz, mentindo para si mesma e para Kojak, antes de tomar seu primeiro gole de café.

"A FLNJ, Kojak, é o Front de Libération des Nais de Jardins, ou seja, a Frente de Liberação de Anões de Jardim, cujo *site* na internet já foi visitado por mais de cento e sessenta mil pessoas, sabia?" No ano passado, Catita havia lhe enviado uma página impressa com uma notícia do *site* Tortuga – Grupo antimilitarista, fundado em Alicante, Espanha, que agora está afixado na parede da cozinha ao lado da geladeira:

NUEVO ATAQUE DEL FRENTE NACIONAL PARA LA LIBERACIÓN DE LOS ENANOS DE JARDÍN

El Tigre de Ambiciones, jueves, 8 de septiembre de 2005

Secuestran a bambi y a tres enanitos de jardín en Suances

Gonzalo Sellers/Suances

Al bosque a trabajar... y no volvieron

Todo ocurrió la noche del pasado domingo. Amparo Iglesias y su familia dormían en la planta superior de su residencia de Hinojedo (Suances) mientras abajo, en el jardín, Bambi y tres de sus enanitos fueron arrancados de los pedestales e in-

troducidos en un vehículo desconocido. Sus dueños no dudaron ni un instante de que se trataba de un secuestro: "Hasta las doce de la noche todo estuvo tranquilo. A la mañana siguiente me levanté a pasear al perro y ya no estaban", recuerda Amparo.

Tras 24 horas de tensa espera, esta mujer se acercó ayer al cuartel de la Guardia Civil para denunciar su desaparición, aunque todas las pistas apuntan a un único sospechoso: el Frente Nacional para la Liberación de los Enanos de Jardín (FNLEJ).

La doctrina de este grupo, fundado en Francia a finales de los 90, es que a los enanitos se los priva de su libertad y son sometidos a adornar los jardines de "proletarios snob". Este movimiento sostiene una ideología basada en que los enanos de jardín son en realidad enanos de carne y hueso quienes, por alguna maldición, han visto su carne transformada en yeso. Para "liberarlos" según su propio lenguaje, los roban y los abandonan en un bosque para que regresen a su estado inicial. El 4 de junio de 2001 se creó en Oviedo la sección hispánica de este grupo, con comandos repartidos en Burgos, País Vasco y, según los últimos sucesos, probablemente también en Cantabria.

Amparo también recuerda que lo ocurrido no es un hecho aislado. Hace tres meses, Blancanieves, que acompañaba a los enanitos en el jardín, apareció decapitada. "Los del FNLEJ son idiotas, no se puede estar muy bien de la cabeza para hacer algo así".

Ahora solamente queda esperar que las investigaciones policiales den con alguna pista de su paradero. O quizá sólo salieron a comprar tabaco y...

Nola termina o café e vai para o quarto.

Je creuserai la terre jusqu'après ma mort... Pour couvrir ton corps d'or et de lumière... Je ferai un domaine, où l'amour *sera roi, où l'amour sera loi et où tu seras reine...*

Ela ouve a canção de Brel pela voz de Nina Simone, no volume 12, deitada sobre a cama e tentando cantar junto alguns trechos que aprendeu na aula de francês. *L'ombre de ton ombre, L'ombre de ta main, L'ombre de ton chien...*

Ouve um barulho na porta, como se alguém estivesse a espancá-la. Kojak, seu *chien*, agita-se e precipita-se para lá. Ela baixa o volume e vai atender. É Catita, produzidíssima, elegantíssima, discretíssima, alternativíssima com uma garrafa de vinho na mão e um cigarro mentoladíssimo na outra.

"Você ainda não trocou aquela campainha bichola que seu irmão escolheu?"

"Não foi ele que escolheu, ele ganhou de um decorador", responde Nola, fazendo as devidas aspas no "decorador".

Catita entra e as duas se abraçam longamente.

"Pra você", disse, oferecendo a Nola a garrafa de vinho. "Comprei numa promoção do Carrefour."

"Eles não sabem armazenar vinhos, no Carrefour. Fica tudo de qualquer jeito, na mesma temperatura do frango congelado, da maionese e com a mesma claridade do banheiro dos funcionários".

"Como você tá chata! Aceita logo, vai, é só pra gente ficar bebinha..."

Nola busca as taças na cozinha enquanto Catita "defuma" o ambiente e xereta na coleção de DVDs ao lado da televisão.

"Nola, seu irmão tem um gosto para filmes, hein..."

"Não são dele, são meus...", grita da cozinha. Volta para a sala e coloca as taças sobre a mesa com rodinhas, que puxa para junto do sofá. "Tô brincando... nós dois compramos DVDs, muitos. É um vício, a gente nem dá conta de assistir. É promoção da Fnac, Lojas Americanas, Coleção da Folha, Submarino, Extra... vem tudo pra cá. Pode ver, a maioria ainda está com o plástico da embalagem..."

"Fletwood Mac ao vivo?", diz Catita rindo-se.

"Tem cada coisa... saca só". Nola entrega-lhe um DVD numa caixinha preta.

"*Perfect stranger*? Não conheço"

"Claro que conhece! *Primo cruzado*, lembra, a série?"

"Não acredito, como é que você tem isso!"

"O Tom achou em Miami, comprou junto com todas as temporadas do *Magaiver* e *Super Vicky*."

"Ah, mas sem a dublagem brasileira não deve ter graça nenhuma..."

"O mais bizarro não é isso, dá uma olhada...", Nola pega, debaixo da pilha, um DVD de *Cinderela baiana*, a videobiografia de Carla Perez.

"Socorro! Vocês são doentes!", reage Catita, gargalhando. "Olha essa foto dela antes de operar o nariz e espichar o cabelo!!! Benza Deus!... agora ela tá a cara da Eliana, não acha? Não acredito que esse também ainda esteja com lacre!"

"O Tom ganhou de inimigo secreto na agência..."

"Nola, vamos assistir, por favor! Só um pouquinho, só pra ver o início da carreira e a família humilde na Bahia!"

"Me poupa, hoje não."

"Vamos pedir uma pizza?"

"Mas você não vai ao *vernissage*?"

"Por isso mesmo, não quero ficar bêbada na primeira taça de "champanhe" e ter que me digladiar por uma *confiture* ou um canapé velho de padaria... pede uma coisa simples, sei lá, mussarela, assim não dá mau hálito."

"Nada disso, aqui só pizza de alho, cebola crua e sardinha", responde Nola, descontraída, passando a mão no telefone.

As duas comem a pizza assistindo às suas cenas favoritas de *Bem-vindo à casa de bonecas*. Na garrafa de vinho restam apenas dois goles. Catita está sentada no tapete com as costas recostadas no sofá. Quieta, imóvel.

"Essa menina é muita dó...", diz Nola, referindo-se à personagem principal do filme, a garota Dawn. "Eu me sinto até cruel de ficar rindo dessas cenas, mas não dá." No filme, Dawn havia criado um clubinho chamado Clube das Pessoas Especiais, do qual apenas ela e um vizinho estranho eram membros. Apaixonada pelo bonitão da escola, ela resolve convidá-lo para fazer parte do clube. "Clube das Pessoas Especiais? É um clube para pessoas retardadas?", o garoto ironiza.

Catita levanta-se, subitamente, com os olhos semicerrados, como que tomados por um frio quase glacial, e corre para o banheiro.

Nola vai atrás e bate delicadamente na porta. Catita abre, o rosto ligeiramente pálido, recém-lavado. Dá um sorriso mecânico e caminha de volta à sala.

"Eu ando meio sensível...", justifica-se, como um cão que tenta despistar o outro que fareja seu osso enterrado.

"Você sabe que não precisa mentir pra mim. O que tá acontecendo?"

Catita senta-se novamente no tapete, respira fundo e abraça as pernas encolhidas.

"Eu acho que... não sei se você entende, mas tem alguma coisa errada comigo."

Nola ouve, com ar de seriedade, adulta. Não mais como a adolescente que ouvia, espantada, as confidências da amiga que entrava em crise porque ainda não tinha tido a primeira menstruação, e aquilo poderia significar que talvez ela tivesse sido trazida de outro planeta, ah, e seu rosto era tão diferente dos de seus pais que talvez ela fosse adotada, coitada, havia vomitado depois da festa, poderia estar grávida, suas unhas não crescem arredondadas nas pontas e ficam muito feias quando estão grandes, não dá nem pra passar esmalte, e quando aperta a coxa com força vê sua vida coberta de celulite, o cara por quem está apaixonada passa por ela rindo, e não sorrindo, estaria se divertindo à sua custa, os sutiãs que usa ainda são de algodão, sua irmã mais velha é tão bonita, seu quarto é tão infantil... Quem sobrevive à adolescência pode sobreviver a tudo na vida. Catita havia sobrevivido e até passado por ela sem grandes dramas.

Agora suas mãos tremem por dentro e por fora nota-se uma sutil pulsação. Há pouco mais de um mês ela vem tendo esse tipo de crise. É como se, de repente, houvesse um blecaute no mundo e uma força invisível comprimisse seu corpo, seus pensamentos, e fizesse com que sua existência se tornasse minúscula e sua mente monocromática, imensa, porém vazia. Às vezes chora, um choro mecânico, pura produção das vias lacrimais, sem soluço ou nariz vermelho. Outras vezes, morde o lábio inferior com força, até romper alguma veia microscópica, até sentir o sangue tocar sua língua.

"O que há de errado com você?"

"Não sei direito. Mas às vezes eu simplesmente...", diz vagamente, enquanto seu olhar penetra a trama do tapete, "queria que tudo parasse. Que eu parasse... de existir."

"Não está... apaixonada?"

"Antes estivesse."

"Você precisa se cobrar menos, sei lá, só fazer aquilo de que gosta, que está com vontade, sem se importar tanto com o que os outros esperam de você."

"Nola", seu olhar está sério, perdido, "se eu só estivesse fazendo o que tenho vontade, não teria saído de casa nos últimos seis meses, teria perdido meu emprego, largado o doutorado e talvez... talvez até feito alguma besteira."

Nola senta-se no sofá e a abraça por trás. Ela parece tão pequena, tão frágil e tão adorável. Nola beija o alto de sua cabeça como um líder espiritual beijaria uma criança. Começa a massagear seus ombros e sua nuca. Não sabe o que dizer, não quer debater o assunto, sabe que Catita não falará além do que já falou. Não vai perguntar se ela procuraria um psiquiatra, pois sabia que certamente ela o fará. Em vez de oferecer a amizade de uma psicóloga, oferece a amizade de uma criança. Começa a cantar alto, em tom de brincadeira: *O mundo me condena, e ninguém tem pena, falando sempre mal, do meu nome... deixando de saber se eu vou morrer de sede ou se eu vou morrer de fome... mas, a filosofia, hoje me auxilia a viver indiferente assim...*

Kojak levanta-se prontamente, abandona seu cobertor e aproxima-se da reunião, como sempre faz quando Nola começa a cantar. Catita desata a rir e seu tom de voz muda.

"Nola, você é ótima! Imagina se eu falasse isso pra minha mãe, ela ficaria com os cabelos em pé, choraria e ia fazer uma canja pra ver se eu melhorava... você começa a cantar Noel Rosa!", e engatou "*Quanto a você, da aristocracia... que tem dinheiro, mas não compra alegria...*"

As duas experimentam um suave nó na garganta e uma súbita vontade de chorar, chorar de alegria, de alívio, de felicidade, lembrando que as coisas passam, que tudo se dilui. Nola levanta-se, faz um sinal para que Catita espere, e some no corredor. Volta com uma caixa de chocolates.

"É do Tom. São belgas, ele ganhou no teste de um comercial. Não vai comer nunca, porque tem medo que o chocolate possa lhe dar espinhas..."

"Ai que delícia, então passa pra cá essa bomba calórica... pode deixar que eu assumo as espinhas dele!"

O mundo torna-se, então, um lugar confortável para se viver, do tamanho da sala, tantos objetos íntimos, a cortina amarela de sempre a esconder a violência da cidade, o pôster do pôr do sol no Pantanal, quando nem os jacarés querem briga, as pequenas telas de sua mãe retratando roupas no varal e crianças na cozinha; o tapete morno e esgarçado de Kojak na porta da varanda; o vaso de lírios que em breve voltarão a florir; os almofadões que pintou com Tom; as taças de vinho tão conhecidas, tão celebradas; a boneca de papel machê, com quadris desproporcionais, comprada no interior de Minas; o anuário de arquitetura cheio de *post it*; a foto de Tom, ainda bebê, chorando, sentado num balanço, enquanto ela o empurra sadicamente, tamanha familiaridade à flor da pele, esse imenso útero poderia contê-la ali para sempre, protegida pelas paredes almofadadas que haveriam de amortecer sua dor, quando ela se debatesse; mas acontece que há o *tudo* lá de fora, que durante a maior parte de sua vida a assombrou como um demônio, cujo rosto não conhecia, um *tudo* enorme demais para ser vivido, mas que, agora, se tornava incrivelmente possível.

"Ei, garotinha... agora que já te alimentei, acho que a senhora pode ir para o *vernissage*."

"Ai, Nolita, pra dizer a verdade, nem sei se estou a fim de ir..."

"Como não? E eu vou sozinha?"

Catita levanta a cabeça, derramada sobre o ombro da amiga, e a fita com surpresa. E sorri.

"Mas eu só vou se a gente for agora mesmo. Eu não vou nem me olhar no espelho, senão desisto. Meu Deus, será que eu tomei banho hoje?"

Ela olha para Nola, vestida em saia de lã, tênis de domingo, um *top* preto de *cotton* e uma jaqueta confortável, dessas que nunca precisam ser passadas e dispensam amaciante, os cabelos displicentemente largados atrás da orelha e essa imensa vontade de viver que emana de todo seu corpo e que ela mal se dá conta de possuir, vê nela o semblante tranquilo da liberdade, das almas que se movem no ritmo do vento. Sente orgulho da amiga e, ao mesmo tempo, vergonha de sua própria megaprodução-pro-mundo-ver.

"Por que tá me olhando assim? Não tô fedida não, viu, passei desodorante ontem de manhã. O Kojak é testemunha."

Surpreendida espiando na vitrine, Catita confessa:

"Você tá linda."

"Aceita uma champanhe, senhora?"

A bandeja do garçom estaciona bem diante de seus olhos e, por um instante, ela pode ver a festa dentro das borbulhantes taças de espumante *rosé* e isso faz todo o sentido do mundo. Estão todos dentro de um aquário de champanhe, ou de cidra de supermercado, pouco importa, e sim o frisante que brotará dos lábios dessa gente na hora dos discursos laudatórios, com arrotos de soberba, sobre si mesmos. Ao longe parecem pequenos e interessantes, mas quando caminhar em sua direção a curvatura do vidro dará a eles o aspecto real: faces distorcidas, esticadas e arrogantes, narizes vermelhos de embriaguez, sorrisos cínicos que se dissolvem discretamente dentro das bolhas.

O nome do artista é Medeiros. O amplo bigode grisalho, que parece haver crescido para cobrir os lábios ressecados e a horrível dentição, amarelada de cigarro e café, ele sorri um riso gordo e comedido, levemente embriagado, sob a barba malcheirosa no rosto largo e mal penteado.

Sua obra parece vir antes de sua aparência, mas isso não diz tudo, ela sabe. Um pedófilo pode escrever um grande romance socialista; um pai inescrupuloso pode ser o maior escultor de todos os tempos; uma mulher que pune os filhos, fisicamente, pode ser uma grande bailarina. Nola sabe que a arte pode ser hipócrita e imoral e devorar-se a si mesma. Conhece bem as maravilhosas fotografias de tribos africanas de Leni Riefensthal, conhecida como "a cineasta de Hitler", sempre soube das acusações contra Lewis Carroll e nunca duvidou dos segredos obscuros de Voltaire. Não tem interesse, no entanto, em obras de autores anônimos, como esse. Seu prazer na arte é produto de um misto de sensações oriundas da peculiar combinatória de obra, autor e, evidentemente, de seu próprio estado emocional. Neste exato momento ela tem plena certeza de que esse homem, de aparência insalubre, utiliza sua arte para atrair sexo, estratégia, digamos, nada inovadora. Os que aceitam, evidentemente se comprazem com o jogo, fetiches, quem sabe, como transar com Leonardo Da Vinci imaginando que se está transando com a Gioconda, beijar os lábios insossos do mestre, achando que se está deliciando no célebre sorriso enigmático de sua obra-prima.

Imagina se, de repente, ali, alguém a pegasse de surpresa e a indagasse sobre seus desejos. Ela ficaria embaraçada, mas acabaria por entregar-se: era uma pessoa carnal, que preferiria esfregar-se com o garçom de vinte anos, estudante do supletivo e que ouve pagode em seu *ipod* comprado na Galeria Pajé, do que provar do gosto azedo de uma carcaça repugnante, porém genial. O físico era mais simples e prazeroso e ela não haveria de obrigar-se a nada em nome de algo maior. Se fosse amor, porém, tudo seria reconsiderado. Acreditava no amor cego, no "o que é feio, bonito lhe parece", na atração da beleza dos pares, e por vezes tentou apaixonar-se por homens feios e interessantes, daqueles que lavam o cabelo uma vez por semana. Olhando, no entanto, ao seu redor, conclui que ali não pode haver amor desinteressado, que aquelas pessoas buscam exclusivamente paixões com notas de rodapé.

Na eventualidade de que alguém possa estar lendo seus pensamentos, cria um minidiscurso interior para justificar a cara desinteressada e o traje displicente. "Estou achando isso aqui meio caído. Não é meu tipo de lugar, sabe? Qual é meu tipo de lugar? Bem, que tal a sala vip do Studio 54, tomando *real champagne* com Liza Minelli, Andy Warhol, Truman Capote, Halston e Calvin Klein? Um lugar mais animado, sabe, onde Bianca Jagger chegaria a cavalo posando de Lady Godiva." Mas sente-se enjoada com o próprio discurso e abandona a ideia.

"Aceita *uma* champanhe, senhora?", o garçom insiste, com uma polidez ensaiada.

Repugnada, Nola sacode a cabeça como se ele estivesse a oferecer-lhe uma sobremesa de cérebro de macaco, como em um dos filmes do Indiana Jones.

Catita está numa roda de pessoas mal maquiadas que estão sendo apresentadas a alguns figurões. Às vezes, lançam a Nola um longo olhar de estranhamento, com o comprimento de uma fita métrica, e examinam à sua volta, tentando encaixá-la em algum contexto que não aquele. Uma mulata quarentona, linda, olhar malicioso e gestual irreverente aproxima-se e diz em tom de confidência:

"Você tá achando isso aqui um saco, né?.Eu também!"

Nola reluta um pouco.

"Estou meio deslocada sim."

"Querida, olha essas pessoas..."

"Nem me fale! Essas pessoas me dão muita preguiça."

"Preguiça é pouco!"

"Sabe assim, eu preferia estar em casa debaixo do meu edredom assistindo *A noviça rebelde*?"

"Sei bem o que é isso! Eu, por exemplo, daria tudo pra estar na festinha do Greg agora... sabe, aquelas ruas lindas de White Chapel, convidados seletos, gente ilustre, bem-vestida e, claro, *lady, lady!*"

O olhar cerrado de Nola revela sua incompreensão.

"*Cocaine, darling*, coisa fina... Qual seu bairro favorito de Londres?"

Pensa que esse pode ser o momento ideal para proferir seu recém-elaborado discurso pequeno-burguês, mas eis que outra mulher as interrompe, pregando um selinho na mulata, era ela um Roberto Carlos de calças brancas e copinho de cerveja na mão.

Nola dá um passo pra trás e pensa em correr, talvez o asilo ainda esteja aberto, uma visita surpresa sempre vai bem.

"Você é como eu, não fica tomando champanhe só pra posar. Prefere vinho, certo?"

Um braço masculino a surpreende por trás, com uma taça de vinho tinto. Ela volta lentamente o rosto, mais curiosa que temerosa.

"Não que seja uma maravilha de vinho, mas dá pra tomar", diz Pablo.

Aquela voz! Nola imediatamente lembra-se da calcinha bege, estilo coador de café, com uma das rendas descosturadas, que está usando desde a noite anterior. Não havia se depilado, suas cutículas estão grandes e ressecadas, seus cílios sem rímel e a sobrancelha por fazer. Lembra-se também do bolo de cenoura, da cobertura de chocolate presa aos dentes, das calcinhas de algodão no cabide e faz uma força tremenda, sobre-humana, para tentar transformar-se numa bolha de sabão e sair dali flutuando sem que ninguém perceba. Mas seus esforços são em vão e ela continua ali, sob a mira do simpático olhar do rapaz. Seu corpo se expande, transforma-se em milhões de microbolas de sabão, depois então volta para si e coloca tudo no lugar.

"Senhorita...", ele demora um tempo, tentando lembrar-se do nome. "Nola!"

"Você é Pablo?", ela pergunta, incrédula. "Aquele do supermercado?! Ai, que vergonha..."

"Ele mesmo!"

Ficam por um instante sem ação, admirados da coincidência.

"Você gosta da obra do Medeiros?", ele diz, apenas para quebrar o gelo.

"Não, eu nem o conheço. Vim apenas para acompanhar uma amiga."

Pablo parece aliviado e responde descontraído:

"Ah, tá. Pois é, eu sempre acabo vindo neste tipo de evento pra ver se as pessoas estão apreciando o serviço. Sou dono do bufê."

Nola ri timidamente com os olhos voltados para baixo.

"O que foi? Você não gostou da comida?"

"Não, não é isso. Pra falar a verdade eu nem experimentei. Preferi comer uma pizza de mussarela em casa justamente porque não gosto dessas comidas de festa."

"Agora você está me ofendendo!", ele diz, com humor. "Pois a senhorita fique sabendo que a minha culinária é muito especial... quando provar vai se arrepender da pizza sola de chinelo que deve ter comido em casa."

Nola olha discretamente para os lados, tentando avistar algum garçom para que ela possa reparar o erro.

"Não adianta, quando você olha pra eles, eles somem. São treinados pra isso. Se toda vez que você procurar um garçom, ele aparecer com a bandeja cheia, em quinze minutos a festa termina."

Nola ri, confortável pela sinceridade amistosa de Pablo. Ele coloca, gentilmente, uma das mãos em forma de concha sob seu cotovelo ligeiramente curvado e a convida para ir até a cozinha. Sentam-se ao lado da única mesa e uma senhora vem cobrir o brilho do alumínio barato com uma toalha de algodão branca, com um discreto P. Sanchez bordado em uma das pontas. Ele pega na mão da mulher, pede-lhe que traga uma travessa de degustação e dá-lhe um beijo, como de um filho. Ele olha para Nola, sorrindo.

"Senhorita Nola! Chegou o momento de arrepender-se dos seus pecados!"

"P. Sanchez é você?", ela diz, passando os dedos minuciosamente, carinhosamente, sobre o bordado, como se quisesse acariciar-lhe os joelhos.

"Pablo Sanchez, às suas ordens."

Naquele momento tudo faz sentido: o nome forte, masculino, os traços e as cores morenas, o sotaque misterioso: o possível pano de fundo latino.

"Sou mexicano, mas há muitos anos que vivo *en* Brasil. Mas não se engane, o meu bufê não é meramente um apanhado de *comiditas* mexicanas."

A senhora volta com uma bandeja de porcelana azul-claro, com pequeninas flores cor-de-rosa pintadas nas bordas. No centro, uma infinidade de pequenas maravilhas que Nola parece nunca ter visto e, muito menos, experimentado.

"Prove este aqui primeiro: é um *nacho* caseiro, com pouco sal, coberto com *pesto* de rúcula com óleo de trufa."

Ela leva o quitute à boca, mas mal pode sentir o sabor que se espalha sobre a língua, ocupada em organizar sua cabeça.

"Gostou?"

Ela demora a responder, tentando encontrar uma resposta mais inteligente do que "é uma delícia!" e, no exato instante em que decide falar, um minúsculo e desavisado cabinho de rúcula desce-lhe pela epiglote e a faz tossir desesperadamente, seu rosto fica vermelho, seus olhos se enchem de lágrimas, *que vergonha, meu Deus, que vergonha*! Pablo rapidamente a socorre, dando-lhe tapas nas costas, pede que lhe tragam um copo de água. A tosse vai cessando e ele permanece de pé, com o corpo debruçado sobre ela, o rosto próximo ao seu. Ela sente seu hálito adocicado.

"Calma, calma. Respira fundo."

"Eu..."

"Shihh, não fale nada. Continue respirando. Agora tome um pouco de água."

Ele encosta o copo delicadamente em sua boca e a ajuda a beber. Tem a outra mão sobre o ombro esquerdo de Nola e lhe faz um suave carinho. Quando ela sorri, anunciando a melhora, ele volta a sentar-se à sua frente.

"Me desculpe, não tive a intenção de te envenenar."

"Eu é que peço desculpas, minha nossa, que cena ridícula. Mas estava uma delícia, juro, estava muito bom, esse patezinho..."

"Patezinho? Você chamou o meu *pesto* de rúcula com óleo trufado de patezinho?", ele diz, divertindo-se e fingindo indignação.

"Olha, eu sou uma estúpidez gastronômica, como miojo sabor tomate tomando um copo de leite, sucrilhos secos, lasanha congelada..."

"Feijoada em lata?"

"Também não é pra tanto... só não me sinto muito atraída pela cozinha."

"E pelo visto seus namorados não te levam pra jantar..."

"Ah, levam sim! À padaria, ao quilo da esquina, e a todos os melhores restaurantes de *fast food*."

"Bem, nada que não possa ser revertido. Preparada?", disse empurrando em sua direção a porcelana azul coberta por quitutes. "Está vendo este anel de massa? É como a massa do pastel de vocês aqui no Brasil, bem fininha e crocante, com recheio de patê de queijo de cabra, bem suave, quase adocicado, e coberto com camarão, amendoim triturado e uma folhinha de hortelã. Um pouco diferente de um *patezinho*."

Ela prova quase todos os quitutes e, quando pensa que vai parar, ele sempre oferece mais, seduzindo-a com a minuciosa descrição de cada nova "atração". Sim, não há como não se arrepender da mussarela borrachenta da pizza.

"Deixei esse especialmente para o final, embora na maioria das vezes seja servido como entrada."

"Sopa de tomate?"

"*Gazpacho.* O tradicional."

Ela toma em poucos goles o conteúdo salgado e levemente picante que enche a caneca branca.

"Você é muito talentoso."

Ele suspira, com ar sério, e responde de forma um tanto melancólica: "Quando se sabe fazer poucas coisas na vida, temos que fazê-las bem. Enquanto você estava na faculdade, eu provavelmente estava limpando o chão da cozinha do restaurante."

Nola pensa por um instante, depois ri levemente.

"Grande coisa ter ido à universidade. Olhe pra você hoje e olhe pra mim!"

Ele olha. Olha fundo em seus olhos castanhos e agitados de menina, e ela tenta a todo custo não derreter perante esse olhar desconcertante. Nisto, lembra-se de Catita e levanta-se de repente, agitada.

"Preciso encontrar minha amiga!"

"Calma... onde ela está?"

"Por aí, não sei... vou procurá-la."

"Traga ela pra cá. A cozinha é sempre o lugar mais divertido."

Se pudesse, ficaria para sempre ali, morando ali e ali acordando todos os dias para tomar café sobre a toalha branca, com Pablo do outro lado da mesa. Se pudesse, haveria de permanecer sentada e contar a ele sobre seu dia, seus projetos, seus sonhos, enquanto ele haveria de lhe servir bolinhos de chuva na boca.

"Eu... eu já volto", diz, afastando-se, mas deixando uma corda invisível muito bem amarrada a um dos pés da mesa.

Encontra Catita encostada na parede, com um copo vazio nas mãos. Ela olha perdida e sonolenta para os lados enquanto o homem acaricia seu rosto, com aquele sorriso cínico sob o bigode amarelado. Nola não pensa duas vezes, aproxima-se e olha para a amiga como um pai que busca a filha adolescente no fim de uma festa. Catita está visivelmente bêbada .

"Nolita!", diz, envolvendo-a num abraço apertado. "Você já conhece o Medeiros?"

Apertam-se as mãos, um apertar mecânico por parte dela, e um pretensamente sedutor por parte dele. Ah, não, esse repugnante anel de ouro com uma pedra vermelha em seu dedinho esquerdo, Nola poderia aceitar qualquer coisa, menos que sua melhor amiga seja desonestamente seduzida por um homem com esse indecente anel rubro-dourado no dedinho esquerdo.

"Catita, estamos indo embora", diz, fazendo com que ela se ampare em seus ombros.

"Meninas... meninas...", o homem diz, abrindo e expondo a palma da mão direita. "Agora que a festinha vip vai começar..", e dá uma fungadinha cheia de significados, seguida por uma piscada de cumplicidade. "Esperem um pouco, vocês têm que conhecer a Sara e a amiga dela. Eva, vem cá!". A mulata aparece cantando.

"*Raindrops and roses and whiskers on kittens... these are a few of my favorite things!*", a mulher riu-se. "Noviça rebelde... ainda buscando seu capitão?"

"Que capitão é esse Nolita?"

Nola olha pra cima e suspira, como quem diz "*oh, Holy Jesus!*", pega a amiga com força pelo braço, desembainha o facão e sai abrindo uma picada por entre a massa densa de garçons e *habitués*. Ao chegar na porta da cozinha, Pablo vem até elas com uma caixa branca envolta por uma fita azul-claro, as mesmas flores cor-de-rosa por ali.

"Não vou deixar vocês irem embora sem provar as sobremesas. Levem pra casa e comam com café amanhã de manhã", diz, num tom tão doce como o das sobremesas na caixa que oferece. Embriagada, Catita vira-se de costas e pergunta a Nola com precisas pausas entre as palavras:

"O – que – é – isso ?"

"Depois te explico."

"Vaca, sortuda! Eu viro as costas e olha o que você me arranja!" Catita volta-se novamente para Pablo, que parece não entender muito bem o que se passa, e sussurra indignada: "E ainda por cima com uma caixa de doces na mão? Nola, seja lá o que for que você faz, precisa me ensinar".

Nola perde-se por um instante tentando apaziguar o olhar atônito de Pablo. Catita sente uma tontura e ampara-se na amiga.

"Vocês estão bem? Eu posso acompanhá-las até em casa."

Nola está constrangida, tornou-se pequena e indefesa e exprime no olhar tudo o que ela quer nesse momento: que ele vá com elas para casa.

"Espera só um minutinho", e entra na cozinha. Em seguida volta. "Pronto, a festa daqui a pouco entra em outro estágio e não vão precisar mais de mim. Vocês estão de carro?"

"Diz que sim, Nola, por favor!", cochicha Catita, baixinho.

De repente, o monótono *dub* que embala o evento é magicamente interrompido por uma batida muito conhecida de Nola. Ela afasta a amiga de seu corpo, mas segurando-a com veemência.

"É Pet Shop Boys! *Suburbia!* Catita, vamos dançar!"

Então, um espírito doce e livre apodera-se delas. Movida pela melódica batida dos sintetizadores, que haviam embalado seus bailes de anos atrás, Catita agarra-se a Nola, abandonam as taças de espumante e correm para o meio do salão, seus cabelos volteando no ar como *back in 86*, elas girando, adolescentes, risonhas, descompassadas, entregues à magia de um globo de luz que parece girar dentro delas. É um desses raros momentos que nascem nas pistas de dança, em que uma música se apodera tão completamente de nossos sentidos que esquecemos de tocar o chão com os pés.

Com a caixa de sobremesas na mão, Pablo assiste à cena, fascinado.

Com sorte, conseguiram pegar um táxi na rua. Pablo assumiu Catita e colocou-a no banco traseiro do carro. No entanto, ela não quis desvencilhar o braço de seu pescoço e ele acabou sentando-se com ela. Nola completou a fileira. Alguns minutos se passaram e Catita acordou. Olhou para Pablo surpresa.

"Nola, você arranjou um namorado ou fui eu?"

Pablo riu e ajudou Nola a descontrair seu constrangimento.

"Nós *resgatamos* você. Um alienígena havia te obrigado a casar com ele e estava te arrastando para sua nave. Nola me passou uma mensagem através de nosso radiotransmissor e fomos te salvar. Somos os supergêmeos dos desenhos, sabe?"

Catita gargalhou e retrucou:

"E como vocês sabem que eu não queria me casar com ele?"

"Ele simplesmente não era o seu tipo", respondeu Nola.

Um motoboy passou voando por eles, como um cometa na noite.

24

Mas tem que tirar o sapato!

Terminaram de comer a gelatina de morango, após terem se fartado de lasanha. O homem de feição cinzenta, macacão azul sujo de graxa, entra pela porta, beija a mulher sem volúpia e cumprimenta as crianças friamente.

Daniel convida-a para enveredarem-se pelo quintal, "mas tem que tirar o sapato", advertiu. Ela sabe que sua planta do pé conhece apenas o trajeto entre o banheiro e o quarto, sempre amparada pela sola de um chinelo, tênis ou sandália de plástico, Lúcia, vai se resfriar, bota um sapato, olha esse chão gelado, cuidado não pisa aqui que tem espinho, mas a praia... sim, a praia do pai não tinha chinelo e a areia fina lhe fazia cócegas por entre os dedos, e o cheiro do mar vinha sempre acompanhado da mão forte a protegê-la, o riso fácil sobre a esteira, e mais areia fina e tudo começava a ficar ralo em sua memória, e em breve o maiô vermelho de margaridas amarelas, que ele carregava cheio de meninas em flor, não mais lhe serviria, não, há de servir, aperta um pouco mais, ainda serve, Lúcia vamos comprar um maiô novo, não, esse é o maiô do papai, me deixe ir com ele, me deixe ir, me deixe.

"Te espero lá embaixo", o menino voa pela escada e some por entre arbustos verde-escuros.

Ela tira os sapatos, envergonhada da brancura tímida de seus pés, tão próximos da alvura macia das próprias meias. Estica uma das pernas e toca suavemente a madeira fofa com o pé. Desce lentamente a escada, saboreando a textura de cada degrau, até alcançar o chão de terra. Estica bem os olhos para ver o pequeno bosque que se abre à sua frente, moitas altas salpicadas de marias-sem-vergonha e circundadas por espadas-de-são-jorge, boldo, guiné e jiboias, que dormem sob a copa de algumas árvores. Dá alguns passos na terra escura e úmida, até que avista Daniel. E o pé de carambolas.

Ao vê-la, ele apressa-se em subir, agarrando-se ao tronco e dobrando o corpo, de forma a elevar rapidamente os pés, em movimentos contínuos, subindo com a agilidade de um macaco faminto, até alcançar um galho firme e robusto onde se senta.

"Tá vendo, Lúcia, este aqui é meu pé de carambolas." Apanha uma fruta verdolenga, grita "Segura aí!" e arremessa. As mãos dela são ágeis o suficiente para evitar que a fruta vire geleia no chão. Que estranho objeto, pequeno ser recém-nascido, pode jurar que sente uma vibração, como um coração batendo ali dentro.

"Sobe!"

Ainda atônita, com a fruta nas mãos, é seu coração que dispara com a proposta. Ela não só nunca havia subido num pé de carambola como também não tem certeza se quer realmente fazê-lo. Lembra-se de que certa vez havia subido numa goiabeira no quintal de uma amiga da avó, numa tarde quente como aquela. A empregada da velhinha dissera que a goiabada que ela comera era fresca, feita com as frutas do próprio quintal, e que a menina podia subir na árvore se quisesse, que ela mesma, empregada doméstica vinda do interior, sentia muita falta de trepar nas árvores e investigar as frutas às dentadas, como gostava de fazer, será que a menina já tinha feito aquilo? E então Lúcia olhou pra cima, para aquela altura toda, seu pescoço dobrado pra trás, e aí ela se agarrou na árvore e subiu direitinho, sentou-se num cantinho lá em cima e abocanhou, muito orgulhosa, uma das frutas... mas que nojo! Tinha bichinho na goiaba, será que tinha bichinho também no doce que comera? Aí a avó veio ao quintal e berrou com ela, mandou descer, que aquilo não era brincadeira de menina e que ela acabaria por estragar o vestido, amava a avó acima de tudo, mas não sabia que ela também havia sido menina um dia e havia subido em árvores e que conhecia o gosto que aquilo tinha, e Lúcia nunca mais esqueceu os bichinhos sem cabeça e o gosto de natureza viva na boca, e nunca mais comeu goiabada e as árvores frutíferas tornaram-se perversas e proibidas.

A imagem do garoto no alto da árvore é como um Daniel-macaco, meio bicho meio humano, que a tenta com provocações e brincadeiras macaquis às quais ela não pode e nem quer resistir. Aproxima-se, apalpa o tronco com as duas mãos. As reentrâncias da madeira lhe são tão estranhas, não, é melhor não pensar, e num impulso lança seu corpo, estica os braços até o galho mais baixo, os pés saem do chão e ela fica estendida feito roupa no varal; então, contrai o abdômen e enlaça o tronco com os pés, e vai subindo até poder sentar-se num galho confortável, mas as macaquices não cessam, porque bem sobre sua cabeça há um outro galho, horizontal, de onde pende um par de carambolas brilhantes, amarelas, esperando ser alcançadas. Ela alonga-se, estica-se, contorce-se, mas a mão não as alcança, e de repente vê-se com os pés soltos no ar e o rosto virado para baixo, olhando o chão que cresce rapidamente. Desprende-se de uma altura que não é muita, mas o suficiente para arranhar e esfolar os pés, dali a alguns dias pararia de doer e surgiria uma casquinha meio mole, ainda viva, depois a casquinha ficaria dura e coçaria muito, pedindo pra ser arrancada, se o sangue fosse pouco e a pele fina a casca seria ruim de arrancar, que nem descascar pêssego verde, mas se fosse sangue vigoroso, bem vermelho, haveria de formar uma casca grossa como a de uma tangerina, que se arranca com prazer, em camadas gordas, bem espessas.

O susto pela queda suprime o previsível choro. Vira o corpo de forma a sentar-se e investigar o estrago. Os pés têm marcas de terra escura, arranhões e um pouco de sangue.

Daniel desce, olha para o ferimento aparentando sabedoria de doutor recém-formado, cospe na ponta dos dedos e passa o *remédio* sobre os pequenos ferimentos. “Pronto, você já está curada.”

E então ele apanha a carambola verde, aquela mesma de antes, e a corta em fatias, tinge-as com tinta guache azul e ambos saem carimbando estrelas sobre as paredes velhas do quintal.

"Daniel, a gente podia fazer essas estrelas na minha festa! Você sabia que vai ser meu aniversário?"

Antes mesmo que ele possa responder positivamente, sim eu apanharei quantas carambolas puder sem que minha mãe saiba, porque ela adora fazer doces de carambola, e levarei todas junto com meus potinhos de guache, antes de qualquer coisa, Marta surge por detrás da menina. Seus olhos estão vermelhos como de quem chorou um rio pelos olhos.

"Lúcia", diz em tom severo. "Já para o carro."

A menina titubeia em vão, olha para o amigo. Este lhe retribui um conforto sem palavras. Caminham lentamente e Daniel para ao lado de sua mãe, que beija a cabeça de Lúcia dizendo: "Seja boazinha pra sua mãe."

Marta

Cursava Letras quando conheceu Beto, músico, violonista. Apaixonou-se por seu jeito carente e porte franzino. Casaram e Lúcia chegou, poucos meses antes de o amor ir embora. Beto voltou para a casa dos pais e Marta ingressou no mestrado, foi dar aula numa escola particular e fazia pulôveres de lã que vendia num bazar beneficente. Conheceu César e ficaram de romance. O freio do Passat precisava de uma revisão há tempos, não pegue estrada com chuva, Marta dizia, esse carro ainda te deixa na mão. Beto foi levar os pais para Mogi e o dia ainda estava ensolarado quando saíram. Depois, a chuva de verão começou a lavar a pista. Beto diminuiu a velocidade, mas seguiu. Ao lado, o pai tentava limpar o para-brisa embaçado, com uma flanela, mas pouco adiantava. De repente, Beto firmou o olhar para tentar enxergar o que crescia à sua frente, mas o para-choque do caminhão foi implacável e arremessou o carro para fora pista, fazendo-o capotar por uma ribanceira, com incrível lentidão.

César mudou-se para a casa de Marta.

Lúcia despede-se do chalé silenciosamente. Uma velha lava roupas no tanque de cimento e lhe sorri uma boca sem dentes. A menina que colecionava tampinhas tira da boca a chupeta tardia e pergunta por que ela está indo embora. Passam para a rua e Lúcia fecha atrás de si o portão, sentindo nos dedos o calor acumulado no ferro. Marta vai caminhando à sua frente com passos imprecisos. Lúcia se pergunta onde estará o carro, porque ela não estacionou em frente. Quando chegam à esquina, Marta para. Vira-se para Lúcia, agacha-se e segura firmemente seus pulsos, tão forte que a menina começa a sentir a dor da pressão. Marta desaba a chorar e a abraça.

"Lúcia, não faça mais isso, por favor, por favor, por favor…"

"Onde está o..."

"Bati. Bati o carro no caminho. Estava nervosa, procurando o perueiro", ela então se afasta alguns centímetros, e no fundo daquelas pupilas acastanhadas vê a inocência de seu bebê e resolve que ainda não é hora de atirá-la ao mundo. "Mas não se preocupe, não é culpa sua. Ninguém se machucou. Vai ficar tudo bem. Está tudo bem", diz, tentando conter as lágrimas. "Vamos à padaria tomar um suco?"

Lúcia concorda com a cabeça, receosa porém. Não acredita nesse "tudo bem" e muito menos que não tenha sido culpa sua, não mesmo. Novamente sente as mãos quentes, como que infladas de sangue. O carro é de César, sabe que não está tudo bem. Sabe que poderá haver alguém machucado, pois é sempre assim com acidentes de carro. Mesmo antes da condenação já se vê cumprindo a sentença, cabisbaixa, e analisa o sangue real que vaza timidamente do "curativo" feito por Daniel.

Caminham até a esquina e entram na Padaria Flor do Campo. Sentam-se nos bancos altos, tolamente pregados ao chão. Lúcia sempre tem que sentar bem na pontinha pra poder chegar perto do balcão.

"Pois não?"

"Lu, fale com o rapaz... o que você quer? Um chocolate, um suco, um sorvete?"

Ela ergue os olhos, mas não muda o ângulo da cabeça.

"Uma limonada", diz quase inaudível.

"Traz uma limonada pra ela, por favor."

"E pra senhora?"

Marta olha para a prateleira atrás do homem. Garrafas de Conhaque Presidente, San Rafael, Vinho São Tomé, Domus, 51, Velho Barreiro, Domecq. Sente vontade de pedir uma dose de qualquer coisa, só meio copo pra virar de uma vez, saudades de quando o azedinho doce da limonada era suficiente para aliviar sua dor, vergonha de sua inocência perdida, de seu desejo fugidio e covarde, tomar não uma dose, mas uma garrafa inteira, como esse homem no fim do balcão, que talvez não tenha uma mesa o esperando para jantar nessa noite, nem bife acebolado, nem arroz fresco, laranjada.

"Duas. Traga duas limonadas por favor."

Lúcia alegra-se pela cumplicidade implícita. *Someday I'll wish upon a star and wake up where the clouds are far behind me. Where troubles melt like lemon drops... Away above the chimney tops... That's where you'll find me... Somewhere over the rainbow.* Sem saber, Lúcia pensa nos problemas que se dissolvem como gotas de limão, pensa no mundo sépia e sem graça que era a vida antes do tornado, pensa em Dorothy e seu desejo de voltar para casa, afinal. Sente um conforto sem palavras, sem consciência.

25

Nola sente que às vezes é menos mulher que certos homens

Os saltos quadrados e pesados, forrados por verniz vermelho, desfilam nos pés do travesti que sobe a Augusta. Ele usa uma calça apertadíssima, uma bola de silicone dentro de cada peito, os olhos perfeitamente delineados, lápis, sombra cílios postiços e *glitter*. Nola sente que às vezes é menos mulher que certos homens.

Dois seguranças fumam debaixo de uma placa de néon, acompanhados de uma loira que, no mês passado, fora promovida a *hostess* por ter transado com o chefe da casa num espaço público e satisfeito assim o fetiche dele. É jovem e viçosa. Até quando aguentará essa vida?

No carro da frente, um grupo de quatro ou cinco pós-adolescentes causam tumulto de puberdade tardia. Um deles coloca a cabeça pra fora e puxa papo com a morena de minimicrossaia em frente ao Kabanas. Ela aproxima-se do carro e acaricia os pequenos seios pelo lado de fora da blusa. Ele pergunta quanto é. Ela olha para dentro do carro e responde: "Pra todos vocês?". E então seu pomo de adão torna-se evidente e impossível de ser desmentido, e seu tom de voz, forçadamente feminino e sensual, ajuda a denunciá-la. "Sai pra lá, tu é um traveco!", grita o rapaz fechando o vidro do carro e fazendo sinal para que o amigo no volante acelere. Edmilson ou Edna, como é agora conhecido, havia perdido o emprego num lava rápido no centro e ganhado uma nova sexualidade. A prostituição não é uma meta, e sim o estágio que o levará aos palcos das grandes boates. Há um ano trabalha na Augusta sob a proteção de Sidney, o leão de chácara de uma das casas menos conhecidas. Não pega clientes na rua, somente através de intermediários, mas conversa com todos que lhe dão bola, mexe nos peitos e tira um barato.

"Nola...", Catita observa a rua, confusa "O que é que a gente tá fazendo aqui no Arouche?"

"A gente não está no Arouche. Estamos na Augusta."

"Na Augusta? E o que os travestis estão fazendo aqui?"

Nola olha para Pablo, que oferece cumplicidade à situação.

"Derrubaram o cartel de prostituição feminina aqui. Agora as casas vivem uma economia mista. Ampliaram o leque de negócios, sacou?"

Catita leva a mão à boca e diz que precisa sair do carro. Então todos saem, Pablo paga a corrida sem que ninguém perceba, enquanto Nola ampara a amiga vomitando na sarjeta.

"Enfiou o pé na jaca, hein, mona!", diz uma jovem travesti de não mais de dezoito anos que passa por ali.

"E ainda enfiei com esse sapato sem graça! Boneca, vem cá, me empresta esse teu saltão que eu quero enfiar o pé na jaca em grande estilo!", responde Catita gargalhando, enquanto tira os sapatos e revela as unhas pintadas de um vermelho rubi.

O rapaz volta e dá a eles o *flyer* de uma festa que aconteceria mais tarde e onde ele faria uma *performance*. Tira da bolsa uma caneta com um pompom rosa-choque na ponta e risca o preço marcado para a entrada. "Vocês são minhas convidadas, pagam só o que consumir. Mas só entram se levarem esse bofão!", diz, soprando no ar um beijo enorme de lábios pintados para Pablo.

"Olha, essa festa vai ser na Lôca! Vamos Nolita, por favor, diz que sim!"

"Claro, acho uma ótima ideia!", responde Nola jocosa, novamente entrelaçando os braços da amiga em seu pescoço. Quatro garotas estilo *neo-hippie* sobem a rua de *long neck* nas mãos em direção ao Vegas.

"Vamos só passar em casa pra gente trocar de sapato. Vamos colocar uns tamancos bem altos que eu comprei na Vinte e Cinco outro dia", diz rindo para Pablo. Uma das garotas olha para Catita e sussurra para a amiga, "meu, que deprê!"

"Jura Nolita?"

E então Catita para. Seu olhar se perde e torna-se subitamente úmido. "Adoro você", diz baixinho, quase para si mesma. Seu semblante muda completamente, as feições suavemente abatidas tornam-se evidentes e a luminosidade da pele corada de sol, de repente, se apaga. O calor das mãos pequeninas parece cansado. E segundos antes de ser acometida por uma taquicardia, sussurra para Nola: "Me ajuda."

26

A colcha branca de piquê guarda um antigo cheiro primaveril

Chegam em casa de táxi, um Fiat Uno, vermelho.

César está na cozinha, avental plástico envolto na cintura, as mãos se ocupando com um frango. *Depois de velho, tomei gosto pelo fogão*, como costuma brincar. Compraz-se em desdobrar-se no papel de pai e mãe. Aposentara-se em calças de linho. Embora ateu, agradece a Deus pelo desafio de criar Lúcia. O passado inconsequente parece dormir sedado sob esse manto de paz familiar que se estende sobre seu presente. Não é homem de arrependimentos, mas abraça novos horizontes com o fim de despir-se de culpas remotas. *Lúcia gosta de frango à milanesa com arroz e tomates bem vermelhos. Vou cortar os filés bem finos e deixá-los tenros na fritura.* Marta é seu porto de candura, um remanso de amor e dedicação à vida, escondida detrás da fachada, como um antigo casarão que resiste com melancólica alegria às ações do tempo.

César não saberia dar nome às consternações da mulher, mas lhe é fiel como um cão-guia. Guarda suas dores em silêncio. Muitas vezes, as toma para si, envoltas num hermético invólucro, e as embala, como a um filho. Ele sabe que pertence a essas duas mulheres. No entanto, vê, com a calma triste de um ermitão, que não pode chegar ao círculo onde Marta e Lúcia se resguardam, reclusas em seus laços de sangue. Ele havia chegado tarde para a audição, e todos os papéis já haviam sido distribuídos.

Lúcia aproveita que ele está de costas e corre para seu quarto. Marta contém o impulso de chamá-la, pedir para que cumprimente César.

"Ligaram da seguradora. Foi só um amassão no capô mesmo, não pegou no motor. Na semana que vem deve ficar pronto", ele diz, levando um pedaço de queijo à boca de Marta. "Eu fiquei tão preocupado... ainda bem que você a encontrou."

Marta então percebe que ele havia recorrido à maneira adulta de socorrer a dor e aberto uma garrafa de vinho branco. "Você quer uma taça?", pergunta, já enchendo uma. Ela aceita.

"Ela está bem?"

Marta percorre o balcão e a pia, repletos de ternas "domesticidades", a tábua de madeira sobre a qual César tempera o frango, a metade do limão, o escorredor de arroz ainda cheio, as cascas de cebola, a frigideira com óleo, os tomates picados, a faca e o amolador, o socador de alho, o pano de prato úmido e o rodinho de pia.

"César... vocês... vocês são tudo que eu tenho."

Deixa-se abraçar por ele e repousa a cabeça em seu ombro.

"Está tudo bem. Ela é uma criança, vai passar por muita coisa ainda. A gente tem que ter paciência."

"Parece que eu não consigo mais... só queria ser uma boa mãe... uma boa esposa...", disse não sem certo constrangimento. "César... você cuida da gente?"

"A hora certa na sua rádio: seis e trinta e cinco. Repita! Seis e trinta e cinco. Os termômetros estão subindo! Uma massa de ar quente avança pelo litoral e os santistas poderão desfrutar de um final de semana de sol à beira-mar. A seguir, a cobertura completa da campanha pelas Diretas!"

Lúcia entra apressada no quarto e fecha a porta. Senta-se no chão e tira a mochila das costas. Cautelosamente, coloca a lancheira à sua frente. *O anel que tu me deste era vidro e se quebrou...* Faz uma oração silenciosa àquelas crianças, pedindo que não as deixem crescer, que ela havia experimentado, havia visto de dentro dos olhos dos adultos, sabia como era, e que por isso agora tem medo, porque nesse mundo deles não se pode pegar um lápis de cor e sair por aí, não se pode cortar ao meio uma carambola e expandir o universo, estampar estrelas nas paredes, minhoca não pode ter nome e ela não pode ter amigos de plástico e os adultos bebem rum e cachaça e seu hálito cheira mal e suas atitudes se modificam a toda hora, mas eles não mudam nunca, e eles são covardes e dizem que o que importa é usar a cabeça, porque o homem é um ser racional, mas não a usam, e as mulheres preocupam-se em pintar suas unhas, são gaviões que pintam suas unhas e afiam suas garras, e seus maridos apressados, com trajes de soldados antiquados e meias com cores monótonas, vestem e arrancam a máscara da barba todas as manhãs e espumam-se para isso e se tornam Papai Noel e a espuma de barba devia ter gosto de chantili e gosto de infância, mas não tem, que ela sabe, certa vez provou do amargo químico e venenoso que azeda até o fundo da garganta, e é por isso que eles veem logo com a lâmina afiada que corta o couro com precisão e deixa ver o que tem debaixo, que é o frescor do sangue, e depois passam um líquido perfumado, sempre os líquidos perfumados, e as mulheres com os aromas proibidos para menores, amadeirados, com pouca doçura, como o sorriso de Daniel na ciranda estampada à sua frente, que é o mesmo em cima da árvore a atiçar sua coragem, que eu sou, sim, brava como um macaco que luta para sobreviver na floresta e não perde a rebeldia, mas que também é alegre e zombeteira, e então *não me deixem, não me deixem crescer...*

Em seguida, leva a lancheira ao altar, ali mesmo sobre a mesa, ao lado do retrato dos avós, *eu sinto tanta saudade de vocês, outro dia o César me levou na praia e a gente começou a fazer um castelo, mas ele não sabia fazer, não sabia que tinha que fazer as bases do castelo com um pouco de água, como você, vô, e o papai me ensinaram, a gente ia pegar água do mar com o baldinho, depois fazia um cimento bem grosso, pra fortalecer as bases, como você dizia, e então ia construindo as paredes do castelo depois de ter cavado o fosso e demoraria um tempão até chegar na parte que a gente colocaria os canudos, mastros das bandeiras, lembra que bonito, mas daí a mamãe já tava chamando pra gente ir pra sombra, porque o sol tava forte, e ela tinha um pastel de carne na mão, que eu comia com tanto gosto, e o papel que embrulhava o pastel parecia que tinha sabor de areia quente, mas o César não sabia, ele disse que não cresceu na praia, vovô, eu acho que deixei ele triste e então ele se levantou e sentou na cadeira, aquela mesmo listrada branca e vermelha, e abriu um jornal e fingiu que tava lendo, mas era mentira, eu sabia que ele tava pensando que deveria me ajudar a fazer o castelo e a barriga dele às vezes parecia com a barriga do meu pai e às vezes eu tinha vontade de abraçar, mas então eu via que não era a cara do meu pai e a barba era diferente também, o meu pai que sabia fazer castelo de areia muito bem, ele não sabia fazer muita coisa, eu nem sei o que ele sabia fazer porque a gente nunca fazia juntos, mas eu tenho tanta saudade de você, vovô, e manda um beijo enorme pra vovó que eu queria tanto abraçar o seu cabelinho ralo, vovó, hoje subi numa árvore, desculpa se a senhora estava vendo, mas eu sei que a senhora também já subiu em árvore, eu subi e então eu caí, mas não me arrependi, olha o machucado que eu fiz no joelho, e ninguém passou remédio, mas o Daniel passou o dedo e a senhora sempre falava pra gente não colocar o dedo no machucado porque o dedo tinha sujeira do chão, mas ele colocou porque se não fosse ele ninguém mais ia cuidar e a senhora me desculpe mas, sabe aquela bolsa linda que você me fez, há muitos anos, pra levar pra escola, a minha mãe deu um fim nela eu não sei o que ela disse, que tava velha e feia e as alças já tinham arrebentado, mas eu amava tanto aquela bolsinha, eu tenho tanta saudade daquela bolsinha e de lembrar a senhora costurando os olhos da boneca ali pra mim, e então o César me deu essa lancheira, vovó, me desculpa, mas agora eu tenho que levar essa lancheira cor-de-rosa e eu até estou começando a gostar dela porque também tem outras crianças e parece um bauzinho, e eu adoro baús e caixas, principalmente quando têm cadeados e travas, no começo foi difícil, mas acho que eu gosto dessa lancheira, desculpa se eu fui corrompida, eu juro que ainda amo vocês e me lembro direitinho de cada ruga que vocês tinham do lado dos olhos, vovô, desculpa se eu fazia piadas sobre o seu calção de banho e suas pernas magrinhas, vovó, você se casou com um homem tão velhinho quanto você e eu me lembro do pó de arroz que a senhora tinha na penteadeira ao lado da cama e como cheirava gostoso, e eu, quando chegar lá, vou ter um igualzinho, eu prometo que vou ser boazinha, mas eu não quero apanhar, eu fiz minha mãe bater o carro que é do César e ele agora me odeia, essa filha que não é dele e às vezes eu acho que eles vão me mandar embora, mas eu não quero ir, quero pedir perdão à minha mãe, não porque tenho medo de apanhar, mas porque sinto isso de verdade, rasguei o bilhete dela, joguei ele no lixo, odiei, e quis que eles morressem, desejei nunca mais vê-los, eu sei que a minha mãe se arrepende, mas não é minha culpa ter nascido, eu não me lembro como foi, talvez eu devesse ir embora, depois de algum tempo eles me esqueceriam, a minha mãe deve ser tão bonita quando não está pensando em mim, eu rasguei o coração dela e ela sabe e eu vejo o sangue aqui nas minhas mãos, eu queria sumir, vovó, me leva com vocês, eu me comporto, não faço nada de errado, eu não quero mais fazer os outros infelizes...*

"Lúcia!" É César entrando no quarto. Ela fecha os olhos e abaixa a cabeça, esperando o açoite.

"Desculpa", chora baixinho. "Pode me castigar."

Ele parece não ter ouvido, então coloca a mão pesada sobre seu ombro e diz:

"Você quer fazer o favor de descer e ajudar a sua mãe? Ou você quer que ela decida a sua festa de aniversário sozinha? Ela está até querendo que eu seja o Visconde de Sabugosa, vê se pode! Pensamos em encomendar um bolo de creme com morango, mas eu acho que você prefere de chocolate... estou certo? Ah, e você precisa começar a fazer os convites logo!"

Lúcia não sabe bem o que pensar, mas parece enxergar, por detrás daquele sabugo de milho com óculos e cartola, uma candura muito tímida, difícil de expressar em gestos e palavras, e que, portanto, ela terá que aprender a reconhecer as coisas importantes em cada coisa pequenina que os olhos nem sempre podem ver.

"A propósito, senhorita, fique sabendo que agora finalmente vamos poder fazer o que você sempre quis... passear de ônibus por aí! Pelo menos até que o carro fique pronto... e o melhor de tudo é que você vai poder ir na frente comigo, junto com os velhos e aposentados como eu!"

"A mamãe pode vir junto?"

"Ah não, sua mãe vai ter que ficar espremida que nem uma sardinha em lata lá no fundo do ônibus junto com as pessoas da idade dela."

Lúcia sente um carinho tremendo por um fio de barba encravado no pescoço de César e este parece reconhecer o próprio DNA nos cílios pesados da menina.

"Desça pra jantar daqui a pouco, está bem?"

Ele pisca para ela, insinuando uma pequena cumplicidade, e desce novamente as escadas.

Lúcia volta os olhos para os avós. Dona Zuleica continua a sorrir por detrás dos óculos e seu Lucas segura ainda a expressão de quem manda um beijo. Seu peito se enche de alegria. Ela se levanta vai e para o quarto da mãe, corre miudinho e arremessa o corpo na extensa cama de casal, ah, como gosta disso! e dá à cama o abraço que é de Marta, que é de César. A colcha branca de piquê guarda um antigo cheiro primaveril. Lúcia fecha os olhos por alguns instantes numa brancura de névoas calmas. É quando nota, então, os papéis espalhados, ao lado da cama, que provavelmente caíram durante sua aterrissagem estabanada. Entre os papéis, uma caderneta verde chama sua atenção, curiosidade instigada pelas palavras "Carteira de trabalho", impressas sobre o couro macio. Abre o livreto e na página central consegue ler, na primorosa caligrafia, as palavras *conferente de porta e porão,* ao lado de *natureza do cargo.* Folheia mais algumas páginas, como são difíceis essas palavras, e em seguida encontra o retrato de César, muito antigo, e seu nome completo, *César Sales Alvim,* e logo abaixo, *1970*, e duas ou três linhas depois, ao lado de *estado civil...* a palavra *casado!* Lúcia reflete por alguns instantes e chega à conclusão de que não, não havia ido ao casamento de sua mãe com César, e, sem dar-se conta de que a carteira havia sido emitida antes do seu próprio nascimento, contenta-se em imaginar que eles deveriam ter se casado em segredo numa cerimônia romântica, à meia-noite, na beira da praia. Eles se casaram em segredo, sim, como príncipes proibidos, passa a pensar agora, com renovada alegria.

"Lúcia, venha jantar!"

E ela corre, desejando mais do que nunca, encontrar na cozinha a mesa posta para o jantar, o suco na jarra, talvez limonada, o arroz ainda úmido, a salada de tomates e os filés de frango crocantes, o tilintar dos talheres sobre a toalha branca de bordado azul claro e, do outro lado, falando de um assunto qualquer, enquanto se serve, o rosto de Marta. E o de César.

Pétalas de rosa espalhadas pelo vento
Um amor tão puro carregou meu pensamento,
Olha! Um tico-tico mora ao lado
E, passeando no molhado,
Adivinhou a primavera.

ESTÁ CHOVENDO NA ROSEIRA, TOM JOBIM

27

A frase ecoou suavemente pelo hall

"Pablo, você pode pegar a chave na minha bolsa?"

A frase ecoou suavemente pelo *hall* do quarto andar. Desajeitada, Nola tenta segurar Catita, que parece derreter entre seus braços. Não gosta nem de pensar no que poderá haver dentro da bolsa, e a ideia de Pablo a revirá-la lhe causa um incômodo no estômago. Ele nota o seu desconforto e, como que tocando o interior de uma planta carnívora, tenta não colocar lá dentro mais do que as pontas dos dedos. Nola sussurra para a amiga semiacordada: "Olha que bonito o que a senhora me aprontou! Não, não estou brava com você, só preocupada... você precisa se cuidar."

Perdido entre porta-moedas, carteiras, canetas, notas fiscais, celular, agenda, *gloss*, bilhete único, bombons, guardanapos, caderneta, *Guia da Folha*, régua, marca-texto, bloquinho de *post-it*, absorventes e mais uma infinidade de coisas que não ousaria pronunciar, eis que Pablo encontra um ursinho carinhoso, exemplar com pelo menos vinte anos de idade, o Amado, aquele azul que tem uma nuvem chovendo coraçõezinhos na barriga. Ele olhou para Nola, que acariciava os cabelos da amiga tentando mantê-la acordada. Colocou Amado em seu bolso e logo encontrou a chave.

Kojak os recebe alegre, mas caindo de sono.

Levam Catita para o quarto de Tom e a colocam na cama. Os dois sentam-se no chão, exaustos. Nola pensa no que dizer, no que poderia dizer, enquanto olha para o calendário à sua frente. O ano está se passando tão rápido e, mais uma vez, tão pouco parece ter acontecido em sua vida. Os dias nascem e morrem sem lhe causar nenhuma comoção, e ela continua indo, sem saber pra onde. Tem medo de um dia acordar e não reconhecer a própria vida. Tem medo do dia em que não tiver mais medo.

Constata, então, que a mão direita de Pablo encontra-se a exatos dois centímetros e meio da superfície exposta de sua perna esquerda. Essa região da coxa é um território que ela não costuma expor aos olhos do mundo, e, se agora ele a vê, é por um deslize, um sentar desajeitado, um cruzar de pernas mal calculado, só isso. Mas sabe que ao menor movimento podem se tocar. O calor bronzeado dessa mão a faria arrepiar-se e ela logo perderia a cabeça. Então, num movimento abrupto, levanta-se e caminha em direção à janela, se fingindo intrigada por um ruído vizinho.

“Você ouviu isso?”

"Não, não ouvi nada. O que foi?"

"Não sei, parecia alguém... alguém chorando... você quer tomar alguma coisa? Água, coca?", engatou apressada.

Pablo levanta-se lentamente, esticando o algodão da camisa amarrotada na noite, aproxima-se dela e abre um sorriso terno, preâmbulo de madrugada.

"Ei, Nola, hoje é festa lá no meu apê...", Catita diz, ao despertar brevemente, antes de voltar-se para fora da cama e vomitar no tapetinho rosa-pálido da Tok Stok, edição limitada assinada por sei-lá-quem.

Nola, que tinha os olhos fixos num fiapo de linha que escapava do colarinho de Pablo, sente o ar lhe fugir. Corre para socorrer a amiga. Ela jura que está melhor, que só precisa dormir. Pablo apodera-se do tapete e o leva à área de serviço. Ia colocá-lo no tanque, mas resolve antes desfazer-se dos restos na lixeira. Abre a tampa e, um milésimo de segundo antes de despejar o vômito no cesto abaixo, nota três botões de flor ali abandonados.

Muito em breve, Catita embalaria no sono de um bebê.

"Eu vou me cuidar, Nolita, prometo. Deve ser algum curto circuito. Coisas dessa nossa geração de merda, sabe?", diz, suspirando fundo. "Nossos avós eram tão mais simples..."

"Que nada, era tudo igual, só que eles conheciam menos nomes para dar aos problemas." "Nolita", tenta dizer, com a voz trêmula.

"Não esquece, Catita, que você não está sozinha, tá? Nós somos uma família."

"Eu, você e o Pablo? Não podia querer pais mais lindos", sussurra, antes de fechar os olhos e voltar a dormir. Kojak entra no quarto, trazendo na boca o cachecol azul. Coloca-o diante de Nola, abana o rabo e abre um enorme sorriso babão.

"O que você tá fazendo aqui? Vai pro seu canto, vai. Por que tá todo eufórico? Ela bebeu demais e ele veio ajudar, daqui a pouco vai embora."

A expressão do cão permanece inabalada, ele não acredita no que ela diz e sabe que tenta enganar a si própria. Sustenta, assim, os ares de novidade. Dá um latido cheio de malícia e retira-se sem olhar pra trás. Nola sorri. Havia apagado a luz e deixado apenas o abajur amarelado. Na penumbra, Pablo entra no quarto e senta-se a seu lado com as rainhas-da-noite nas mãos. Não, ela não se lembra das flores abandonadas na lixeira nem da mágica que supostamente teria que esperar e de todo o feitiço charlatão daquele florista e seu filho atraentemente sujo de terra. Está constrangida, queria poder se esconder dentro do suspiro de uma torta de limão numa confeitaria bem longe dali. Pablo está sério. Leva a mão ao bolso e dali tira Amado. Coloca as flores nas mãos do ursinho e fala com voz caricata:

"Hola, yo soy un osito cariñosito y le traje estas flores señorita... las he regado muy bien con los corazones que tengo en mi barriga!"

Nola desata a rir.

"OK, você já me viu suja de chocolate, encontrou minhas calcinhas de algodão no estacionamento do supermercado, revirou minha bolsa e encontrou meu ursinho carinhoso, limpou o vômito da minha amiga, fuxicou no meu lixo e encontrou as flores que joguei fora… e isso tudo num mesmo dia... o que está acontecendo?", diz, em tom de brincadeira.

"Sábio é aquele que se maravilha com as insignificâncias do dia a dia... conhece André Gide? O escritor francês?"

Não, não conheço, pensa Nola, consigo, *mas me empreste um livro... me fale tudo o que você sabe sobre os escritores que eu não conheço, me ensine a cozinhar ou ao menos a fazer um risoto com arroz arbóreo, me deixe conhecer a gaveta do seu banheiro, me leve para ver a Festa dos Mortos numa cidadezinha do México, me traga café da manhã na cama numa terça-feira, me deixe escolher seu xampu, saia para tomar uma cerveja com o Tom, leia todos os meus diários e veja minhas fotos de infância, me deixe arrumar os seus CDs em ordem alfabética, pegue um lençol meu emprestado um dia desses, leve o Kojak ao veterinário, me ajude a arrumar meu armário, quero ler o jornal pra você na cama de domingo, vamos convidar Catita pra jantar na sua casa semana que vem, eu lavo a louça do seu café da manhã, você pode fazer uma massagem nos meus pés? Quero saber a cor da parede do seu quarto antes de você tê-la pintado, dormir com sua velha camiseta, sentir o cheiro do seu sabonete, mostrar os meus desenhos da faculdade, limpar o vômito do seu amigo, achar suas flores no lixo, tocar só um pedacinho minúsculo da sua mão e ter certeza de que a sua pele é tão cálida quanto parece...*

"Será que ela tá bem?", pergunta Nola em voz alta, na obrigação dolorosa de preencher o silêncio desconfortável.

Pablo retira do Amado as ramas que acompanham os botões das rainhas-da-noite e as estende sobre Catita, com a delicadeza daquele que oferece flores a um túmulo recém-coberto por terra e granito. Com a mesma sutileza, conduz uma das mãos ao pescoço de Nola e descobre o segredo disso, que fica escondido no vazio entre a pele e os cabelos. Ela deixa que a cabeça tombe na direção de sua mão, separada por alguns milímetros, como o pé de um bebê que se encolhe quando passamos o dedo em linha reta sob ele, como algumas espécies de plantas que, quando acariciadas, parecem querer tocar nossos dedos sem saber por quê. Nola vê o escuro e não tem medo. Eles então aproximam os lábios, porque já não há mais nada que dizer um ao outro. Ele sente que ama o desconhecido, que ama Nola, essa que se veste com tanta displicência e que carrega um ursinho carinhoso na bolsa; ela se deixa levar pela certeza de suas sobrancelhas grossas e de suas habilidosas mãos de cozinha.

Ao lado de Amado, as rainhas-da-noite rompem seu casulo verde e desvelam sua beleza exótica. A partir delas, Nola construiria seu jardim.

28

O azul pálido de dezembro

O dom ou o defeito de me acostumar a tudo na vida (Nola)

A celebração do encontro místico entre vivos e mortos é de uma beleza que beira à antropofagia: homens, mulheres e crianças de carne, osso e alma encarnada devoram *calaveritas de azúcar* durante o banquete e brindam ao vovô, à mamãe e ao bebê que morreu de aborto natural. Tudo com boas intenções e muito humor.

No fim do mês passado, Pablo me mandou uma caixa pelo correio, um *pot-pourri* das suas ultimas "mexicanices": fotos das cerimônias do Dia dos Mortos (uma delas em que um garoto de no máximo três anos de idade, vestindo uma roupa preta com um esqueleto pintado, beija carinhosamente um crânio sorridente); uma miniatura comestível de uma mesa de oferendas, um broche do subcomandante Marcos; um chapéu do Chaves, um minilivro de receitas intitulado *Levánta-te y haga tacos fantásticos!;* um par de brincos de âmbar. Ah, sim, e bem no fundo do pacote, encontrei um presente acidental: um fio de cabelo seu, inconfundível, pela cor, pela textura, pelo cheiro. Milhões de ideias me passavam pela cabeça enquanto eu retirava cada um daqueles objetos e os colocava sobre minha cama. As linhas da carta, escrita em tinta azul sobre o papel sulfite amarelado, eu não cansava de ler. *Queria que você estivesse aqui. Com amor, Pablo.*

Ele me olha com aquela malícia de eterna criança. "Desculpa, Kojak, ele não mandou nada pra você... é tudo meu!"

As paredes do lado esquerdo do apartamento parecem transpirar nesses finais de tarde de dezembro, fatigadas pelo excessivo banho de sol. Nessa época, eu me recolho sempre no lado direito, onde preservei um frescor do inverno passado. Às vezes penso em azulejar todas as paredes, num *nonsense bric-à-brac* ou na harmonia de um pátio andaluz, oh meu Deus, aquelas peças maravilhosas dos cemitérios de azulejos! Mas como eu não gosto de ecos, odeio reverberação gratuita, prefiro as superfícies que absorvem os ruídos e o calor dos meus dedos.

Faço *gazpacho* três vezes por semana, já perdi três quilos, não exagero no pimentão, mas no alho sim, ai que maravilha, depois fico com o hálito robusto como o de um soldado. Não, eu não tenho beijado ninguém, o alho na sopa não incomoda. Pintei uma árvore de Natal numa parede semimorta da sala. Voltei a pintar no melhor estilo cubista-*naïf*: peguei meia dúzia de tubos de tinta acrílica, quase não misturei, e fui molhando o pincel na ponta da bisnaga em suas cores originais, vermelho da china, amarelo-ocre, azul cobalto, branco titânio, verde inglês, e estiquei sobre a parede, não um pinheiro, até parece que eu escolheria um pinheiro de Natal, pintei um ipê (pelo menos eu acho que se parece com um ipê), algumas flores amarelas e bolas com padrões pouco comerciais e a estrela, sim eu pintei a estrela no topo, mas como achei que ela estava muito só naquela parede chapada, coloquei também um cacho de bananas e um abacaxi. Catita diz que tem vontade de cobrir a árvore com calda de caramelo e comê-la.

A verdade é que não suporto visitar amigos recém-casados e ver, sobre o aparador na sala, o portarretrato preto-fosco com a foto do casal esquiando em Bariloche, aqueles óculos gigantes pesando sobre o nariz vermelho. Acho que eles nem são meus amigos. O Mika, esse sim, tem a melhor foto romântica: passando o Natal com a namorada atrás das grades numa delegacia em Londres, depois de ter sido preso mijando bêbado em frente a uma casa em Notting Hill. Adoro.

Este ano resolvi colocar uma foto nova na nossa mesa de centro. Revirei a caixa de madeira onde escondo as fotografias antigas da família e lá o encontrei, o retrato da tia Ismênia em sua primeira comunhão, 1942, devia ter seus dez anos de idade, vestidinho branco de cambraia e algumas rendas, ajoelhada perante o altar de terço nas mãos. Tia Ismênia queria ser freira, dizia ter ouvido o chamado. Rezava noite e dia, cobria o corpo de preto e não dirigia palavras nem olhares aos garotos, acabou entrando menina para o convento. Aos quinze anos, abandonou o hábito e fugiu com o filho do padeiro, se casaram no Rio Grande do Sul, abriram uma padaria e tiveram sete filhos. Comprei a moldura ouro-velho num brechó e coloquei a foto no meio da sala. Gosto de ver ali a tia Ismênia. Às vezes me fixo em seu olhar e me pergunto se aquele é o olhar inocente da garotinha que realmente queria ser freira ou se esconde já a malícia do plano mirabolante. Quando irônica e de mau humor, olho pra ela e penso: "Beata tolinha", mas se estou animada e descontraída, digo em voz alta, "que safadinha, hein, Ismênia!". Dezembro é tão inspirador. É uma pena que não passem mais o especial de Natal da *Rena do nariz vermelho*, aquela animação brilhante dirigida por Kizo Nagashima e Larry Roemer em 1964.

Já faz um mês e meio que Pablo se enfiou na classe econômica de um avião e foi para o México fazer o tal curso de especialização em "Preparo artesanal de pimentas latinas e seu uso na gastronomia internacional". Meus olhos ardiscam só de pensar. Como aquele homem é quente. Sinto uma saudade-monstro. Eu jurei que iria, que ele teria a honra de me levar para ver *el dia de los muertos*, mas então, quando uma coisa dá certo na vida, parece que todo o resto acompanha e, apaixonada como estou, finalmente fui contratada para um trabalho incrível. Estou executando um projeto de altíssimo nível e com liberdade de criação, a biblioteca, quero que ela seja a biblioteca dos contos de fada que eu lia quando criança. Passo os dias imaginando espaços fantásticos, desenhando mil ideias na prancheta, fazendo, perambulando como uma andarilha dentro da minha própria casa, sempre com pijamas de moletom, meias com calcanhar reforçado, caneca de café na mão e os discos de Tom soando alto.

Tom. Fazes-me rir, essa tua maliciosa ingenuidade é uma delícia, um êxtase de juventude sem limites, meu irmão. Prometi, tenho consciência de que prometi bem prometidinho pra você, pra mim e pra imagem de São Jorge que escondo no armário, que vou te entender como és, e mesmo que me torture aquela dorzinha aguda que me percorre, debaixo de minha asa de mãe-ganso que sou de vez em quando, eu prometo que nunca mais irei te questionar, para o nosso próprio bem. Ai, saudade inconfessa, que arde e não cura, como queria ter você de novo nos meus braços, ofegante, com a testa ralada depois de cair no parque, chorando as lamúrias da última infância e as do primeiro amor, olhando pra mim-família, deixando eu te fazer cafuné para apaziguar as noites maldormidas, brigando pelos papéis de presente no Natal, tu me olhavas tão crítico, mas que maravilha, tu me enxergavas, e aquilo me doía e me fazia um bem tão grande... Todas as noites acendo um incenso no teu quarto e tento, como uma mística tola, evocar-te menino tão meu, de minha mãe, dona Aurora, eu também sou mãe, eu sou eu e sou ela, e se me visto com aqueles olhos caudalosos é para lembrar-te de quem és, aqueles olhos de nossa mãe que estão a se esbranquiçar e a perder a luz, como os de todos os outros, aqueles olhos tão rasos e perdidos, ah, por favor, meu irmão, vá, ela te espera contigo no colo, de camiseta listrada e short de praia, o perdão não existe, eu sei, e nós dizemos isso à nossa maneira, que é rude, é mesquinha, mas vai vê-la assim mesmo, pelo menos uma vez...

Mas, você, Tom, ai, meu irmão, eu sei, eu prometi, e vou encarar os fatos da melhor forma possível: ignorando aquilo que não conheço, sem deixar que a imaginação (sempre ela!) me torture. Mas não é fácil, Tom, e você sabe por que, aquela noite, aquela ligação tua há duas semanas, você chorando no telefone como criança, às vezes rindo alucinado, eu podia ouvir outras vozes ao fundo, e você dizia "Nola, eu te amo, Nola, que merda... desculpa, me perdoa..." e aquilo me cortou, me rasgou fundo o coração e desde então tenho me perguntado por que, Tom, por que você fez o que fez com você, Tom? Tão estranho você andava nos últimos tempos, mas eu havia jurado a mim mesma não me preocupar em demasia com você, não deixar mais minha vida descer viscosa pelo ralo do banheiro, como sempre, para segurar tuas bobagens, e então você voltou a ligar outras vezes, de madrugada, e às vezes nem dizia nada, mas eu sentia a ansiedade, o medo em tua respiração, Tom.. Eu nunca lhe disse, nem vou dizer nunca, nem a você nem a ninguém, mas eu arrumo teu quarto como uma mãe em luto, meu irmão, uma mãe que diariamente remove a poeira de cada canto do quarto do filho morto e arruma seus brinquedos esperando que um dia ele retorne. Eu sei que você está bem, porque você é forte e determinado, e sei que vai ficar bem, eu tenho que aprender a acreditar que você vai ficar bem, mesmo que eu não saiba como, mesmo que eu não saiba por quê. Como tive que aprender a aceitar que meu pai, o pai que tivemos, Tom, não mais existe. O pai que tivemos, que eu guardo distorcido no meio de destroços, como uma caixa-preta que não quero encontrar, o desastre aconteceu, sim, de que importam agora os registros, essa lembrança é como um fruto amargo que me aparece diante dos olhos todas as noites quando penso num homem, quando penso no homem com quem quero me casar, e então eu tomo esse fruto e o devoro até o fim, para que desapareça em meu âmago, fazendo parte de mim, que patética essa sua irmã, Tom, sim, que patética. Ela quer se casar ou pelo menos imaginar que há de haver um homem com quem ela poderá compartilhar um filho, me fogem os anos, mas eu não me apresso, Pablo, quem sabe, ele me ama na mesma sintonia, sem a pressa dos determinados venusianos, sem a cobiça do proletariado, sem a solidão daquele que foi jurado de morte. *And it's the best thing... a beautiful feeling...* P.J. Harvey. A propósito, Tom, Pablo o adora, disse que vai levá-lo para conhecer suas primas que vivem num vilarejo próximo à fronteira americana, para que ele conheça os seios das mulheres mexicanas, ele não é bobo?

O verão se esgarça no céu em meio a nuvens tímidas, o azul pálido de dezembro. É incrível como sou capaz de me contradizer. Vivo pregando que amo o inverno, que no frio as pessoas são mais luxuosas e o amor é mais sereno, mas então lá pelo meio de julho sinto uma inexplicável saudade de dormir só de calcinha e camiseta, o cheiro doce das noites de verão.

Irei ao asilo hoje. Levarei um xale pra mamãe e também um par de sandálias que dificilmente tocarão o chão, comprados na Boutique Xanadu – moda elegante para cavalheiros e senhoras. A vitrine tem uma decoração inclassificável: caixas de veludo, cestos de vime, ramos de trigo e, o mais incrível, uma armadura, inteira, bem ali, entre os manequins! A loja vende desde trajes de banho, ternos, vestidos, roupa íntima, ceroulas, abotoaduras, bengalas, chapéus, guarda-chuvas, ombreiras, broches porta-óculos, camafeus, presilhas para gravatas até conjuntos de carteira e cantil para uísque revestidos em couro de cobra. Em promoção uma camisa azul-escuro com finas listras coloridas, manga longa, modelo *punta cana*. Um homem que levasse a esposa para um fim de semana em Punta Cana com certeza gostaria da camisa. Ela parece ter uma textura suave e acetinada, que faria de qualquer homem um cavalheiro. Mamãe adorava aquela loja porque a mãe dela adorava e eu adorava porque era autenticamente *retrô*. Quando íamos lá, olhava todos aqueles objetos que pareciam saídos de um antiquário e imaginava com o que poderia presentear meu desaparecido pai. Um conjunto de pincel e pasta de barbear? Um par de abotoaduras em madrepérola? Um porta-charuto em couro? Um chapéu panamá? Será que ele tinha barba? Fumava? Preferia Cointreau com ou sem gelo? Gostava de tango, Tchaikovsky ou Chico Buarque?

O pátio do asilo é bem agradável no verão. A frondosa copa da mangueira estende uma sombra amena sobre toda a área, deixando que apenas alguns raios de sol penetrem ali e acariciem o ferro pintado de branco das cadeiras, bancos e mesas. Tenho a impressão de que os internos ganham mais vida nessa época. Posso ver suas faces suarem e seus lábios tornarem-se ligeiramente mais úmidos e rosados, como se o sangue voltasse a circular por seus corpos. Me alegra que sintam sede e que se manifestem pedindo por um copo de água, é a vida ali resistindo à falência de seus órgãos, de suas ideias.

Às vezes tenho vontade de escrever uma carta pra mamãe e assinar pelo Tom. *Querida mãe, desculpe não poder vir visitá-la hoje...* mas a velha é muito esperta, a mentira não duraria até o fim do cabeçalho. Não sei se vou tentar driblá-la com as mesmas desculpas este ano. Talvez eu ceda, talvez eu esteja muito emocional nesta tarde. Vou tomar uma cerveja antes de ir, Pablo deixou algumas na geladeira, facilita pra engolir o resto, seja lá o que for.

Comprei uma caixa daqueles bolos de sorvete, chocolate, creme de baunilha e cerejas no topo para acompanhar nosso café. O calor é quase insuportável. Sinto minha testa cintilar de suor, como a de todos os passantes na rua, suas pálpebras inchadas e mornas. Na porta da clínica, vejo Tarcísio fumando um cigarro e eu poderia me apaixonar por ele, poderia adotá-lo, aquela pele pedindo por carinho, mas ele fica tão embaraçado toda vez que me vê.

"Oi, linda", diz, jogando a ponta do cigarro na sarjeta. Seu olhar está disperso, meio distante.

"Já fez a boa ação do dia?"

"Ai, Nola, às vezes eu olho pra ele tão debilitado... como um grilo estropiado e chega a me dar pena... mas, sei lá, acho que as pessoas cavam essas coisas pra si, de uma forma ou de outra. Você não acha?"

"Eu te admiro. Mesmo depois de tudo você vem aqui uma vez por semana sentar-se ao lado dele... O Tom...", quando digo o nome de meu irmão, aí ele se perturba de verdade e me interrompe.

"O Tomzinho tá numa boa, né, ouvi dizer, você é tão legal com ele, Nola...", diz, quase nervoso, com os pensamentos cambaleantes como as pernas de seu pai, se tentasse se levantar. "Mas toca a sua vida, sabe... ele ainda é moleque, fica aprontando por aí." Não sei se quero ouvir mais, não sei se quero encafifar o leão que dorme cheio de esperanças, melhor ir buscar o brilho tardio dos olhos da mamãe. Tarcísio segura minhas mãos com esforço, olha lá dentro do meu vazio sereno com medo de perturbá-lo, me arrasta num abraço caricato, ombros desajeitados, será que ele não está bem?

"Se cuida, tá."

"Se cuida, bonequinha."

Eu solfejo as minhas dores, de *si* a *ré*, pulando a incerteza lancinante dos bemóis. Mamãe está linda como sempre, eu tiro seus sapatos de boneca, sim vamos brincar de boneca, aquelas meias tão intactas que protegem seus pés, essa pele tão seca que já não transpira, como que bordada de finas linhas azuis. Calço-lhe as sandálias, tão vistosas, nem sei se são de algum conforto no calcanhar, mas que importa a pisada, são tiras vermelhas brilhantes, como as de uma puta recatada, deixando os dedos à mostra, com um saltinho dedo e meio que provoca sem ferir, e ela ri como criança, ganhou aos sete anos o sapatinho de cristal no dia do aniversário, recolha por favor essa vontade insuportável de sair correndo sobre eles, dançando cancã pelas esquinas, guarda-os para teus pés de boneca de pano na vitrine. Queria penteá-la e trazê-la comigo, minha amiga no carro, pra tomar uma taça de vinho branco gelado nesses bares de verão europeizados dos *Jardins*, onde se pode sentar à mesa e deixar os pés à mostra.

Ela peneira as palavras enquanto passa uma *base cetim* sobre as unhas, numa *finesse* lúcida de quem ainda quer cativar, mas eu sei que ela quer perguntar, talvez eu tenha encontrado o menino Jesus atrás da estante.

"Eu já montei a árvore de Natal", digo, querendo fazer cócegas em seu riso familiar.

"Ah, que bom! E você encontrou todas as bolas? Mesmo aquela azul brilhante? Acho que o Tom deixou cair no ano passado, não foi? Elas se quebram com tanta facilidade..."

"Não, mãe, eu comprei tudo novo. Esqueça a velha caixa de enfeites de Natal", uma crueldade necessária.

"Que pena... mas você tem muito bom gosto, a árvore deve estar linda... tem luzinhas, daquelas que brilham em circuito?"

"Claro, a senhora sabe que eu adoro as luzinhas... são todas branquinhas, pequeninas e delicadas", eu sei, vejo refletido em seus olhos o lampejar continuado das luzes de Natal, ela enxerga tudo de uma distância cruel, eu não posso, não quero torturá-la, quero a verdade bem perto espremida, resguardada dentro do meu peito. Que se dane o malabarismo, as promessas de desapego e continuidade do novo. "Nolinha, viva a sua vida!", quero pegá-la no colo e sair correndo dali.

"Por que a senhora não vem passar o Natal com a gente? Pode ser divertido..."

E ela sabe tão bem, conhece as artimanhas que a fizeram passar os últimos Natais na clínica, pois tínhamos uma vida muito jovem e cheia de glamour a zelar, não combinaria com uma velha pé de boneca numa cadeira de rodas, ela mal poderia ajudar a assar o peru, talvez pudesse arrumar a travessa de frutas e decorá-la com castanhas e nozes, "mas, Nola, eu queria comer uma noz e não tenho força pra quebrá-la, faça isso pra mim, faça aquilo, veja, me desculpe, derrubei a casca no chão, não consigo nem me abaixar pra recolher, logo eu que sempre limpei cada gota d'água que espirrei no chão", ela é tão frágil, mas pesa como uma rocha rachada, moída por dentro, e sabe disso, sabe de tudo. Mas, ainda assim, vejo em seus olhos, ela festeja essa possibilidade por alguns instantes e salta da cadeira e invade a minha sala como uma boa mãe que visita a filha e recolhe as folhas mortas do vaso de flores num cuidado silencioso e indireto.

"Eu poderia fazer aquele pavê de chocolate... vocês gostam tanto... o presépio já está montado?", diz com olhar vago.

"Mãe, escute. Eu estou falando sério, quero levar a senhora pra passar o Natal comigo."

"Ah, Nola, você tem o coração tão bom... mas eu já me acostumei com o Natal daqui, a Páscoa, o Ano Novo, Dia de Reis, Corpus Christi, Dia de Finados...", Quero chacoalhar sua hipocrisia doente e contar a ela o que eu realmente escondo, me sinto uma mãe que rejeita o próprio filho recém-parido, eu sou a mãe e sou o filho, aplico o castigo e sinto a dor na pele, renego e apanho.

"Para com isso, chega", quero lhe dizer, a senhora não sabe, coração tão bom, eu tenho algo dentro de mim me consumindo como um câncer raivoso, ira vestida de formigas vermelhas, por favor me deixa te arrancar daqui, eu nem sei que merda eu sou, sim, eu disse merda, cadê o meu pai, mãe, onde você escondeu ele? Aposto que está debaixo dessa cadeira, me dê de volta o que me pertence, as tardes em que tomávamos lanche depois de fazer a lição de casa, a comida cheia de legumes que você nos obrigava a comer, me dê de volta, vá pra casa cozinhar arroz com brócolis e diga que não podemos ir brincar se não comermos, pegue no braço do Tom e lhe dê uma bronca, ele precisa da sua voz áspera pra cortar sua rebeldia, mas por favor me dê um abraço, aquele em que você deixava a nossa cabeça deitar no seu ombro, você era mais alta do que nós, me diga pra evitar filhos, me ensine o que a senhora viu quando foi à Praga na primavera, corte a minha franja, eu acho que sempre deixo ela bagunçada quando venho aqui e carrego uma tesoura na bolsa esperando que você possa cortá-la, faça as preces antes das refeições e olhe feio pro Tom se ele estiver achando graça, pelo amor de Deus pergunte onde ele dormiu a noite passada, abra os seus braços e faça um discurso de amor, ensaiado com lágrimas partidas, sorria com teu peito e nos traga pra ti, eu nem lembro como a gente era...

Os canários na gaiola celebram a alegria do verão com cânticos lânguidos. Eu me calo e calo meus pensamentos.

Ela permanece muda, não diz mais nada, seu olhar passeia por minúsculos detalhes do jardim, o bulbo de uma azaleia que está para nascer, grãos de terra que caíram do vaso, a pena branca em meio à asa amarela do canário, aqueles olhos de pássaro, tão pequeninos, olhares tão curtos.

Levanto bruscamente e saio, como que rasgando papéis velhos, lançando-os ao fogo, esperando pela metamorfose. Eu desejava estar nua em brasa estirada numa praia nas Ilhas Canárias no primeiro dia de verão. Chego em casa e ligo a televisão no Cartoon Network. Está passando um especial de Natal do Tom e Jerry. Eles fazem uma trégua naquela noite e trocam presentes, embora estejam ambos cheios de más intenções subentendidas.

Daqui a uma semana é Natal. Eu sinto uma falta enorme de todo aquele ritual católico. A Revolução Francesa estragou o meu conceito de Natal. Por que temos que contestar tudo à luz da razão? Lembro-me de que uma garota na escola me dizia que em sua casa eles até cantavam parabéns a Jesus. Adorava imaginar a cena. Apesar da educação católica, cresci vendo tudo aquilo com o olhar irônico e sarcástico de quem segue a procissão cheia de pecados e sem nenhum arrependimento. Adoro a teatralidade, os cânticos milenares, a simbologia pitoresca. Tom e eu fizemos a primeira comunhão como bons filhos de uma mãe católica. Tom brigou com o padre, depois que confessou que mastigava as hóstias e que havia substituído o menino Jesus por uma ovelha no presépio. Nunca mais foi às missas e continuávamos inventando histórias com os personagens do presépio quando a mamãe não estava. Romances, crimes e intrigas. Certa vez, Melquior sequestrou os animais que testemunhariam o nascimento de Cristo e tentou vendê-los para Noé. Uma das ovelhinhas conseguiu escapar, correu para junto de Maria, que com um raio laser, trouxe os animais de volta. Melquior perdeu a coroa de Rei Mago e foi condenado a passar o resto da vida limpando estábulos. Eu continuei indo às missas por uns tempos, para reforçar a minha lucidez sobre o falso moralismo do mundo, "não sou digno de que entreis em minha casa, mas dizei uma só palavra e minha alma será salva"... hipocrisia estampada, sem nenhum pudor, nessas palavras, ora, assim é muito fácil, e a soberba do padre virando o cálice de sangue goela abaixo e devorando as hóstias como um glutão na frente das velhas naftalinadas da primeira fila, que dizem amém a todos os peidos dele. Mas, enfim, adoro procissões e celebrações de qualquer tipo, batuques de Ijexá em festas pra Oxum, mantras do budismo tibetano, maçã com mel e cabeça de peixe no Rosh Hosaná, o sacrifício cego durante o Ramadã, sou fascinada por essa busca incessante de transe místico, queria me entregar como uma cabrita lerda a tudo isso, não fosse eu tão cética.

São dez e vinte e sete da noite de sexta-feira. O ar morno e estancado do fim de tarde repousa ainda em meu quarto, eu abro a janela buscando trazer um sopro de frescor para dentro, mas a noite parece por demais preguiçosa para estender ali um de seus braços. O asfalto das ruas embebeu-se de calor durante o dia e agora o evapora sutilmente.

Tom me mandou uma mensagem no celular dizendo que voltaria ontem. Sua cama continua intacta, como uma colmeia em luto. Termino de fazer um miojo sabor tomate (Pablo me mata se souber!) e volto a assistir *O diário de Bridget Jones,* dublado na TV aberta. Kojak ronca muito alto e às vezes dou uns chutinhos de leve em sua barriga com os pés descalços, o que o faz parar por alguns instantes. Não chequei meus e-mails hoje, será que a caixa de entrada está cheia? Ai, que preguiça.

A porta da sala se abre de repente e Tom entra bêbado com um centímetro de barba pela cara e um travesti debaixo do braço. Eu enterro o garfo no miojo e tudo em meu corpo se petrifica.

"Nooola, essa aqui é a Sherazade, princesa do Oriente!"

A moça finge um encabulamento teatral e me oferece a mão para beijá-la.

"Cadê o Pablo, quero que ele conheça Sheeerazade!"

"Você sabe, ele está no México."

"*Cherie*, minha irmã está saindo com esse bofe incrível, um morenão mexicano, autêntico amante latino... que pena que ele não está."

Do alto de seu salto agulha, Sherazade se desgarra dos tentáculos de Tom e pede para ir à "to*a*lete". Sozinhos, e com uma bola de fogo em expansão ardendo, queimando tudo o que encontra entre nós, eu tento conversar.

"Tom, que merda tá acontecendo?"

"Pronto", diz arrastado. "Lá vem você me recriminando... eu aqui todo feliz da vida e você... você...!"

Pego com força em seu braço e enterro minhas unhas, tal como fazia quando éramos crianças. Digo baixo e raivosa por entre os dentes cerrados: "Então, olha pra mim e jura pelo teu pau que está tudo bem mesmo!"

Sherazade ou seja lá como se chama, João ou Valdir, entra na sala e diz que recebeu o telefonema de um cliente e tem que sair.

"Tommy, eu te amo de paixão, mas eu preciso trabalhar, meu bem..."

"Fica, por favor... eu pago", ele suplica, derretendo no sofá e evitando o meu lado da sala. Ela dá um beijo nele. "Não posso, amor. De você eu não cobro."

Ela me oferece uma piscadela por baixo de um imenso cílio postiço e sai.

Novamente à sós e com um mundo em chamas entre nós. Eu olho pro garfo no miojo e tenho vontade de enterrá-lo na cabeça de Tom. Ele está usando calças jeans encardidas e eu vejo uma camisinha saindo de um dos bolsos. Ele pega o garfo e começa a comer o *meu* miojo.

"Posso? Tô com fome", diz, enfiando grandes rolos de macarrão na boca. Eu sinto nojo, não quero enxergar, não quero ter aqueles cabelos entre meus dedos. Ele termina de comer e me pergunta se tem alguma bebida na casa. Eu respondo com silêncio e agonia.

Sem que eu tivesse percebido, Kojak havia se sentado ao meu lado no sofá e fitava-me com a cara enrugada de consternação. "Você é tão inocente", penso e digo a ele.

Bridget Jones parece ter compreendido mal o convite para a festa e aparece vestida de coelhinha da *Playboy* para uma ocasião onde todos se vestem elegantemente. Tom ri brevemente, o mesmo riso quando sentávamos diante dos filmes na Sessão da Tarde. Mas sua expressão logo se agrava.

"Nola... eu tô precisando de uma grana."

"Tom, há dois meses que você não me ajuda com as despesas aqui em casa. Tá pesado pra mim também, como que eu posso, ainda por cima, te emprestar uma grana?"

Não resisto, sucumbo aos instintos da mãe-ganso e pergunto com sobriedade:

"Por onde você andou? Não está trabalhando?"

E então a agitação dele foi aos poucos minguando, era como se ele fosse um imenso novelo de lã que tivesse se espalhado pela sala e que agora enrolava o fio de volta. Seu olhar estacionou sobre a mesa de centro. Pega nas mãos o globo de neve onde mora o casal de papai e mamãe Noel debaixo de uma torre Eiffel.

"Você teria gostado tanto de Paris. Devia ir um dia", disse, observando os flocos de neve que fazia cair sobre a cena enquanto invertia o globo.

"Tom..."

"Acho que é impossível ser infeliz em Paris, você não acha?" Ele abandona sua personagem indiferente e solta a raiva dormente. "Tá difícil, porra, olha pra mim... tô acabado, feio, não sou mais garoto... meu tipo não serve mais!"

"Você continua... lindo... mas se continuar com essa vida... olha, Tom, eu nem sei o que você tá fazendo, mas está se acabando. Dá pra ver nos seus olhos."

Ele se volta para mim e eu prossigo sem deixar transparecer a pena que sinto:

"Estão opacos."

Kojak repousa a cabeça na minha perna e suspira profundamente.

"Nola, me desculpa...", diz baixinho. Em segundos começa a se debulhar em lágrimas.

"Tá tudo bem", minto, tocando sua mão. Ele tem a cabeça trêmula e logo convulsiva.

"Você me perdoa?"

"Já disse que está tudo bem. Te perdoar pelo quê?"

Como o pêndulo do metrônomo sobre o piano da mamãe, ele pende a cabeça, confuso.

"Não, só diz que me perdoa."

Sinto uma bola de ar crescendo em minha boca, apertando a língua contra os dentes, dificultando a respiração. Assim como a vida, o ar nos faz respirar, mas, em excesso, sufoca, mata.

"Eu tenho sido um devasso, Nolinha... saído com muita gente, sabe... me envolvi com cada tipinho..."

"Encontrei o Tarcísio outro dia."

"O Tarcísio? O que ele sabe da vida? É uma bicha medrosa, isso é o que ele é... aquele ciúme doente, achava que eu saía com todo mundo!"

"E não saía?"

E então o sangue no olhar de Tom se dissipa, as rugas da testa somem e as sobrancelhas arqueiam indefesas. Ele tem uma expressão infantil.

"Cadê o Tarcísio?", grita baixinho. "Cadê, Nola, traz ele pra mim, eu juro que vou me comportar, ele vai cuidar de mim, não vai?"

"Tom..."

"Nola... Nola, porra, você não entende, eu tenho a porra do HIV."

Um silêncio brutal pousa sobre a sala. Vejo vultos cheios de presságios na escuridão. Um médico de face oculta vem em minha direção com um bisturi empunhado para rasgar o meu peito e transplantar minhas aortas para longe dali. Quero rir como criança medrosa no alto da roda-gigante e sentar no formigueiro e esperar a picada de um ferrão quente. De repente, tudo se torna claro, cru e gelado como os fundos de um açougue. Tom encaracola o corpo magricela e se aninha no meu colo, choroso como um gato faminto, com as barbas sujas de sardinha que comeu no mês passado. Eu aceito, pego tudo aquilo e amasso como que querendo colocá-lo dentro de mim, botá-lo de volta num útero artificial e aquecê-lo com minhas paredes rosadas. Espremo com força, quero fazer sangria e extirpar o vírus, em seguida estancá-lo, quero um jorro de vida, silenciar a morte anunciada. Ele está sôfrego, tem medo, eu tento pintar um belo retrato de uma família de margarina num domingo de sol na praia. A velha colcha que cobre o sofá de couro falso me aquece as costas. Quero odiá-lo, sim, eu o odeio com toda a força dos meus pensamentos negativos, eu quero arrancá-lo de mim e do meu carinho, guardá-lo no baú secreto debaixo da cadeira de rodas da mamãe, mas não consigo tocá-lo, chorar, dizer nada. Sinto que minha falta de reação torna pior sua agonia e ele me aperta, como que buscando uma repreensão, qualquer gesto ou palavra. Quem será, como terá sido, o que conspirava o universo no momento em que o vírus tocou seu corpo? Bastaria fazer uma pergunta, uma única pergunta, para que ela se multiplicasse em dezenas, centenas, milhares de questões para as quais eu nunca teria uma resposta. Melhor ficar calada. Tenho medo de olhar. Me apego à cena de Tom entrando pela sala com Sherazade e imagino um desfecho diferente. Não, não quero olhar.

Ele adormece em meus braços e eu tento decorar sua fisionomia para reescrevê-la como um poema. O arco desliza áspero sobre as cordas vivas do contrabaixo, arranham meus nervos e eu sopro um cata-vento imaginário.

Summertime and the livin is easy
Fish are jumpin and the cotton is fine
Oh your daddys rich and your ma is good lookin
So hush little baby, dont you cry

One of these mornings
You're goin to rise up singing
Then you'll spread your wings
And you'll take the sky
But till that morning
There's a nothin can harm you
With daddy and mammy standin' by

Summertime, letre e música de Dubose e Dorothy Heyward, George e Ira Gershwin

Adormeço sentada e Kojak vela nosso sono.

O caminhão de lixo passa recolhendo sacos pretos pela rua. A mulher negra e idosa que vende café e bolo de fubá no ponto de ônibus separa moedas de troco para o dia. Edgard troca de camisa, passa uma água no rosto e cumprimenta João, o porteiro do dia que acaba de chegar. Um frescor doce toca as cortinas da sala. São seis e quinze da manhã.

Deitado no sofá, Tom desperta, nu de sobriedade, e segura minha mão sem fazer muita pressão. O branco de seus olhos são rosáceos e seu brilho efêmero.

"A gente podia viajar juntos... de mochila, na Ásia."

Acordo rapidamente do sono profundo e passeio o olhar pela sala. Tento reconstruir o que aconteceu. Minha cabeça pesa, tenho as ideias confusas e desconexas. Sinto como se estivesse com uma ressaca daquelas.

"O que você acha? Só a gente."

"Eu não tenho mais idade pra isso, Tomzinho." Onde está Kojak?

"Você se acha tão velha... Ia ser divertido, viajar pela China, tomar champanhe no trem."

"Chá, Tom. Os chineses tomam chá."

"*Whatever*... então a gente vai pro Japão tomar saquê no trem-bala."

Aquele momento é duro demais para que possamos devanear descontraidamente sobre viagens de trem no Oriente. Ficamos em silêncio por alguns instantes. Tenho a respiração funda e cansada.

"Eu... eu já fui ao médico. Ele disse que eu posso levar uma vida normal e..."

"Eu sei o que é essa merda de vírus, não subestime a minha inteligência."

"Eu não sou aidético."

"Eu sei", interrompo severa. Kojak entra na sala com o tênis de Tom na boca. "O que o médico te disser, é entre você e ele. Entre nós, a coisa é diferente."

Apavorado, ele luta para sentar-se e eu vejo que ele imagina se pode estilhaçar o vidro da sacada e sair voando para longe. Eu já decidi que não vou afogá-lo no aquário como por tantas vezes quis fazer quando éramos crianças. A minha luta é passiva e silenciosa. Não serei o padre, nem Sherazade, nem o grilo falante nem o amigo conselheiro. Serei aquilo que sempre fui sem alterar uma vírgula da minha paixão. Tenho nojo da pena e desprezo a piedade. Se a compaixão não existia antes, não é agora que vai surgir da bagunça sem nome que se estabelece.

"Nola... eu não quero conversar sobre isso."

"Tudo bem, eu também não quero", digo, dura e convicta. "Eu só quero saber uma coisa", Tom me olha com assombro, respira fundo. "E agora, o que você vai escolher?"

Dou a última tesourada sobre o chumaço de cabelo que cobria seu rosto. Entrego-lhe o espelho para aprovar o serviço e, como uma profissional de salão, limpo com eficiência, talco e escova, os cabelos mortos sobre o pescoço.

"E aí?"

"Tá ótimo! Tô com cara de bom moço. Espero que a Caroline não brigue comigo. Ela adora aquele visual *heroin chic*, cabelo pastoso caindo no meio da cara."

"Assim dá pra ver teus olhos... chega de se esconder atrás daquela cortina pegajosa."

"Agora vem aqui, vamos dar um trato na senhora."

"Nem pensar, meu cabelo é uma causa perdida. Sai pra lá com essa tesoura faminta."

"Nola..."

O interfone toca. Desço correndo até a portaria para receber a entrega do correio, uma caixa vinda do México. Pablo deveria chegar hoje ao Brasil, nós combinamos, mas, em vez disso, recebo mais uma caixa. Meu corpo desaba de frustração. Enquanto subo lentamente os lances da escada, sacudo gentilmente a caixa para tentar adivinhar o que contém.

Na sala, Tom aparece com uma gilete nas mãos e o pescoço ainda um pouco sujo de espuma de barbear.

"Vou passar o Natal de bigode. Gostou?"

Não consigo conter o riso. "Você tá ridículo!"

"Ridículo nada! Estou super*macho*! Que é isso, presente do Pablito? Abre, abre!"

Nos sentamos no chao e eu abro a caixa com cuidado.

Encontro uma carta, um colar de prata com um pingente representando o sol maia e um CD de Celia Cruz.

"Ela não é cubana?", pergunta Tom.

"Desde que os Estados Unidos compraram sua liberdade, ela tornou-se universal. Americanos de merda, acham que inventaram a salsa." Abro ansiosa o envelope com um aperto me antecedendo as emoções.

"Mi guapita,

Desculpe, eu sei que havia prometido passar o Natal com você, seu irmão e sua mãe. Mas não vai dar. Meu pai está muito doente. Passarei o Natal com ele, minha mãe e as primas no interior. As finanças não vão bem, as terras também não. Vou para lá hoje à noite, passarei os próximos dias cozinhando um banquete dos deuses incas para eles. Tenho saudades das nossas mãos entrelaçadas. Eu sei que as coisas andam tensas por aí, mas você é uma garota crescida e vai dar conta de tudo. Guarde um pedaço do pavê de chocolate no freezer pra mim.

Ah, se você não tiver nada programado, pegue essa passagem que está no envelope e venha me ver no Ano-Novo...

Com amor, Pablo

P.S.: Espero que goste do CD. A segunda faixa é pra você."

Todo aquel que piense
Que la vida es desigual
Tiene que saber que no es asi
Que la vida es una hermosura
Hay que vivirla

Todo aquel que piense
Que esta solo y que esta mal

Tiene que saber que no es asi
Que en la vida no hay nadie solo
Siempre hay alguien

Hay no hay que llorar
Que la vida es un carnaval
Y es mas bello vivier cantando
Hay no que hay que llorar
Que la vida es un carnaval
Y las penas se van cantando (...)

La vida es un carnaval, Celia Cruz

Tom passa um pouco de água e cera no cabelo e entra na sala perfumado, usando uma camisa que a mamãe tinha lhe mandado no Natal passado. Ele está tenso, contrai e descontrai os ombros buscando a paz no físico.

"Tom... ela não precisa saber de nada, tá?"

Ele me devolve um riso acinzentado.

"E até parece que depois de um ano sem vê-la eu iria buscá-la no asilo, dar um beijinho na testa, fazer um comentário esdrúxulo sobre o tempo e dizer que estou com HIV... Nola..."

"Esse tempo todo... você nunca sentiu vontade de vê-la? Nem remorso nem saudades?"

Ele, que estava com os pés engatilhados para sair cheio de si com seu personagem durão, agora *se* senta novamente no sofá, coloca a cabeça de Kojak em seu colo e começa a acariciá-lo à força.

"Tom?"

"Porra, como não, Nola? Mas não dava, sabe? Não dava pra chegar lá num sábado à tarde e vê-la sentada numa cadeira de rodas, tomar um chá e lembrar de quando ela costurava o meu uniforme de colégio, sabendo que na noite anterior eu tinha ido pra uma merda de uma festa com oitocentos homens sarados dançando, tomado um *ecstasy* e abaixado as calças no *darkroom*. Não dava, entende? Pôxa, e a velha é esperta... ela sempre soube do Tarcísio e gostava dele pra caramba, acho que ainda gosta, ia me perguntar e eu ia dizer o que, com aquela repulsa a essa coisa de relacionamento fiel, com Tarcísio ou com qualquer outro, querendo mesmo era sair trepando com todo mundo, Nola aquele pessoal da agência faz cada coisa que você não imagina, eu queria ficar surdo e cego, dar a descarga em tudo o que eu já fiz e já fui. As mãos dela iam me tocar, achando que ainda estavam tocando aquele menino doce e rebelde de dezesseis anos, que ela ia buscar bêbado na festa de escola, depois da uma da manhã. E o pai, Nola, acho que ela sempre olhou pra mim tentando vê-lo, e ela é a única que conheceu bem a cara dele. Às vezes eu ficava louco, achando que ele podia ser uma daquelas bichas velhas que fica se masturbando e olhando pra gente na sauna. Ela ia esconder da gente, ela sempre escondeu tudo dele, falava que teve que ser assim... Porra, Nola, eu tenho remorso e tenho pena, ela me levava pra andar de bicicleta no Ibirapuera e agora não consegue, não tem nem mais pernas, tá entrevada numa bosta de uma cadeira de rodas que os outros ficam empurrando que nem um saco de batatas! Eu sou um merda, um merda de filho, um covarde, uma bichinha egoísta que tem medo de tudo que possa romper a casca, só quero viver o agora e o hoje com qualquer um que represente muito pouco pra mim. Eu tenho medo, medo de me arrepender, sabe? Tantas vezes eu antecipo a morte dela só pra me aliviar, fico vendo ela morta e eu chorando e me açoitando, por ela e por mim... Você... você é tão corajosa."

Contraio as comissuras inquietas dos meu lábios, eu não posso nem quero dizer o que penso.

"Vamos embora. O táxi tá esperando."

O taxista é um cara velho, pequeno, de olhos esbugalhados e curiosos, que se debruça sobre o volante para conseguir enxergar a rua à sua frente. Usa uma camisa de algodão branca e uma colônia Avon. Quando entramos no carro, nos oferece bala, como se fôssemos crianças.

"Nolita... preciso te contar uma coisa.".

"Tom..."

"Sabe aquele carinha que você era apaixonada na oitava série, o Marcelo? Virou uma biba loca... é *gogo boy* de uma boate."

No retrovisor, vejo os olhos do nosso taxista se esbugalharem ainda mais.

"Não acredito!"

"Tá vendo, você assustou o rapaz com aquelas declarações de amor piegas...virou *gay*."

"Eu devia ter desconfiado que a quantidade de gel no cabelo dele e as calças apertadinhas estavam escondendo alguma coisa."

"Nossa, ele tá tão bombadinho..."

Rimos.

O carro desacelera diante da faixa de pedestres e o velho deixa uma mulher com três crianças atravessar a rua. Uma delas olha para Tom e mostra a língua.

"Gostou de você!"

"Nolita... eu estava com saudade... de nós."

Saltamos na porta do asilo. Eu já ia entrando como de costume, mas Tom me puxa pelo braço.

"Calma aí... eu preciso fumar um cigarro."

Saca do bolso traseiro um maço de Marlboro Light amassado, tira um cigarro, acende e traga compulsivamente. Com as mãos ligeiramente trêmulas, arruma o cabelo pela milésima vez.

"Como estou?"

"Com a mesma cara de bichinha, agora que você tirou o bigode *macho*."

"Sério, Nola. A mamãe vai achar que eu tô magro, né? Ela sempre acha que eu tô magro, a vida inteira achou. Repouso dos Anjos, Nola, quem escolheu este lugar?"

"Nós."

"Como assim, *nós*? Eu nunca quis trazer a mamãe pra cá."

"Ah, é mesmo? Quando eu estava viajando a trabalho e ela caiu no banheiro, você por acaso conseguiu fazer alguma coisa, além de me ligar chorando? Será que eu preciso te lembrar de como você simplesmente sumiu com seus amigos quando soube da doença dela? Ou de como você reclamava cada vez que tinha que subir as escadas da casa com ela no colo? Você por acaso teve coragem, alguma vez, de aplicar as injeções?"

"Isso aqui é um asilo, Nola, as pessoas devem estar definhando aí dentro, como a gente foi capaz, você disse que ia levar a mamãe para uma casa, uma... casa de repouso."

Quase com raiva, respondo: "Casa de repouso, asilo, clínica, é tudo a mesma coisa, Tom, acorda, a vida inteira eu sempre maquiei as coisas dolorosas do mundo pra você se sentir menos culpado e poder curtir a *sua* vida!"

Ele se cala e em seguida deixa escapar: "É, e olha que grande merda eu fiz com a minha vida". Dá um último trago no cigarro e arremessa a bituca para longe.

Nesse preciso momento, Tarcísio surge na porta. Ele se surpreende ao ver Tom. Os dois se abraçam com força e eu sinto uma leve inveja. Tarcísio não se pronuncia, olha pra mim implorando desculpas caladas por não ter me contado, ele, que sempre soube do que acontecia com Tom. Deixo os dois conversarem e passo pela porta quase indiferente. Gininha me vê e vem ao meu encontro.

"Querida, que bom que você chegou. Sua mãe está tão ansiosa! Quem é o bonitão que chegou com você?"

"Meu irmão."

"Não acredito! Nossa, dona Aurora não vai acreditar! Menina, e eu que às vezes achava que ela tava delirando quando dizia que tinha um filho!"

Tom corre em minha direção e engancha seu braço no meu.

"Não me deixa sozinho neste lugar!"

"Tom, Gininha. Gininha, Tom."

Os dois se cumprimentam sem graça. Gininha medindo Tom dos pés à cabeça, com um lindo sorriso corado, e ele, atônito, olhando o cenário à sua volta.

"Vai lá, minha flor, ela está te esperando. Prazer, querido."

Ela se retira e caminha em direção ao homem que está sentado no banco do jardim diante de um copo de água. Suas mãos tremem convulsivamente e ela o ajuda a levar o copo à boca.

"O que ele tem?"

"Seu Josias? Parkinson."

"Ah, é? Você conhece o diagnóstico de todo mundo aqui?"

"Não daria. As doenças evoluem muito rapidamente, os prontuários mudam toda semana. Daria muito trabalho ficar me atualizando." Sorrio e Tom responde com um sorriso, também.

Saímos do pátio da frente e atravessamos a casa, passando pela sala. Vejo curiosidade e espanto nos olhos de Tom. As portas dos quartos estão abertas. Sentada diante da penteadeira, a senhora de face larga e mãos pequenas passa pó de arroz no rosto. Num outro quarto, a jovem com a filha ao lado conversa com o homem deitado na cama, que parece inconsciente.

Quando chegamos ao quintal, aponto para Tom a mulher sentada de costas na cadeira de rodas. Ele respira fundo e atravessa o pátio. Sei que é isso o que ele mais deseja nesse momento, embora seu andar vacilante para encontrá-la insinue o contrário.

"Dona Aurora, rainha do meu trono!", diz, sentando-se delicadamente no colo da mamãe. "Olha quem chegou!"

Quase instantaneamente, mamãe abandona o ar senil e recobra o semblante doce e lúcido de quando era, efetivamente, nossa mãe. Ela parece hipnotizada. Admiro isso em Tom, mais do que qualquer coisa. Seu senso de humor tão delicado e gostoso, fazendo sempre com que todos à sua volta se sintam tão bem, tão amados, mesmo quando ele está ruindo por dentro. Acho que é um dom. Ele consegue colocar um sorriso espontâneo em cada rosto cansado e fazer o mais miserável e oblíquo dos seres se sentir querido, ele tem uma gotinha mágica que se espalha pelas trevas e desvenda um sol vaporoso, e eu sempre quis fazer isso por ele, tocá-lo com esses dedos mágicos. Só eu enxergo a tristeza oculta debaixo dos cabelos recém-aparados e a força sobre-humana que faz para manter todos os cacos unidos.

Ele nunca me poupou. Sempre estive a seu lado como uma pastora fiel e ele a despejar sobre mim todas as lástimas e eu a me sentir tão orgulhosa, por ser digna desse apreço, me sacrificando, pois antes eu do que a mamãe.

"Rainha do seu trono... Tom, você é um conquistador barato...!", diz a mamãe, num contentamento pueril que ela guardará consigo até o momento em que fecharem seu caixão. "Como você está lindo!", suas mãos macias percorrem o rosto de Tom, com a sensibilidade de um cego a ler palavras em braile.

"Oi, mãe.", Ela volta-se para mim.

"Nola... veja quem está aqui! Um pouco magro pro meu gosto... Nola, você não tem alimentado seu irmão?"

"Dona Aurora, ele já tem idade pra se alimentar sozinho."

"Veja que coisa, *mummy*, logo a Nolita que tem um talento desses pra cozinha, me negando comida...", diz irônico.

"Há, há, há, olha quem fala..."

"Ah, sim, filha, eu me lembro do arroz empapado e das tortas esturricadas... ainda bem que agora você arranjou um homem pra cozinhar. Aliás, filha, você acertou a receita do pavê?"

"Não sei, acho que deixei muito tempo no forno."

"Nola do céu, pavê não vai ao forno, vai à geladeira!"

Rio.

"Não liga, dona Aurora, mentira dela... o pavê tá lindo, eu que ajudei, é claro, todo espetadinho com palitos de dente e coberto com papel celofane pra não grudar. Mas só pode comer depois da ceia."

"ntão... vocês vieram me buscar mesmo?"

"Eu não acredito que a senhora ainda estava duvidando, mãe!", digo, quase impaciente.

"Não precisavam se incomodar comigo, uma velha que só dá trabalho..."

Tom a abraça carinhosamente.

"Vamos indo, mãe, o táxi está esperando. Tom, você empurra a cadeira?"

Superados os trâmites de transporte, faz a mala, não está faltando nada? Carrega a mala, pega mamãe no colo, dobra a cadeira no porta-malas, deixa que eu ajudo, tem uma trava de segurança aqui embaixo, a senhora tá confortável? Esse prédio é antigo, mãe, não tem rampa mesmo, vamos lá, você pega de um lado que eu pego do outro, cuidado, olha o pé, vai bater na porta, não caiu nada? O elevador é apertado mesmo, chegamos em casa por volta das cinco da tarde.

Kojak corre ao seu encontro e ela tenta esticar os braços para acariciá-lo, mas ele é mais rápido e, pronto, deita as patas dianteiras sobre seu colo buscando aninhar a cabeça.

"Nossa, Nola, como ele está crescido, tão sadio, tão gorducho!"

"Deixa, sua avó, Kojak! Não vá sujar o vestido dela com essas patas imundas..."

"Que apartamento lindo! Que sofá elegante!", mamãe se deslumbra com a vida que se descortina fora do asilo.

"Não exagera, mãe. É o que dá pra pagar com os nossos salários. O Tom bem que tenta deixá-lo mais cafona, mas o meu bom gosto acaba imperando."

"Bom gosto? A senhora acha que um ipê com frutas tropicais pintado na parede tem algum bom gosto?"

Mamãe olha minha árvore de Natal pintada no canto da sala e ri. "Nossa família tem a veia artística, Tom". Seu olhar se deixa levar, encantado por cada móvel e objeto da sala. E ela se permite um choro emocionado. "A cristaleira que era da minha mãe... vocês guardaram! Thomas... Nola... Vocês são tão crescidos... olha só, tem uma casa só de vocês... isso é tão... tão bonito!"

Temos o pressentimento de que vem muito mais pela frente, portanto Tom e eu não nos deixamos comover.

"Deixa de ser boba, mãe. Vem que eu vou levar a senhora para um *tour*, guiado por nosso cafofo, enquanto Nolita prepara nosso *casual dining*."

Ele empurra suavemente a cadeira de rodas pelos cômodos do apartamento e vejo que seu olhar não brilharia mais nem em uma visita à Disney.

"Viu só, ela também te chamou de gordo." Kojak vem até mim e vamos juntos para a cozinha.

Depois de um creme de mandioquinha, queijo e torradas, é hora de colocar mamãe na cama. Eu a ajudo com a velha camisola de algodão azul pálido, enquanto Tom prepara um leite quente para os remédios. Ela se aflige, havia se lembrado: "Nola, Nola, você mentiu pra mim dizendo que tinha um presépio, cadê o presépio, não tem?" "Ah, mãe, puxa..." "Não faz mal, eu trouxe o meu." Então, de onde mais eu poderia esperar que ela sacasse um presépio? Do buraco-sem-fundo-maleta-da-Mary-Poppins, que ela carrega debaixo da cadeira. Ela estende diante de mim uma folha grande, duas páginas emendadas arrancadas do caderno, linhas verticais em segundo plano, lavado como um papel de parede antigo, por onde ela borrou o bastão de carvão, afinado. Estão ali, na cena divina, o garoto seminu e recém-nascido, numa pilha de palha, cercado pelos pais e pelos animais de fazenda. Ao longe, numa perspectiva incoerente, três homens se aproximam, adornados por coroas e vestes finas. Os traços são nervosos e por vezes vão e voltam no mesmo ponto para criar mais movimento e definição, tentando precisar com maior força os detalhes, retratar o joelho calejado de José e as mãos em bênção de Maria. Não há rostos estampados, apenas os contornos das faces e sombreados acidentais de dedos sujos de grafite, como que prevendo o desmantelamento daquela família dali a trinta e três anos.

"Você gostou? Não achou as expressões deles muito lúgubres?", me pergunta.

"É lindo, mãe. Você sempre me surpreende. Combina com a minha árvore de Natal."

"O que aconteceu com o seu namorado? Por que não está aqui?", ela muda de repente de assunto.

Compreensiva, sempre demasiadamente compreensiva, respondo: "Ele resolveu passar o Natal com a família lá. Disse que o pai não está bem. Foi dar uma força."

"Dá pra ver que você gosta muito dele."

Será que dá pra ver mesmo ou ela é que enxerga tudo?

"É verdade."

"Então, vê se não afugenta ele como fez com os outros, tá?"

Tom entra com a caneca de leite, ela explica a ele para que serve cada um dos remédios que deve tomar. Nós a beijamos, boa noite, e a eu deixo com a suave luz amarelada do abajur acesa, como ela me pede. Vou para o quarto de Tom para me aninhar no colchão que improvisei ao lado de sua cama. Ele coloca uma melancólica *Gymnopedie,* de Erik Satie, na vitrola e deita-se no colchonete.

"Pode dormir na cama. Sei que você tem dor nas costas, vai ficar podre se dormir aqui."

Tom está sério, pensativo, como poucas vezes tenho a oportunidade de vê-lo.

"Você tá legal?"

"Estou sim. É que foi muita informação para um dia só. Estou cansado. Não dormi quase nada na noite passada. Não dormi quase nada nas últimas semanas."

Conhecemos muito bem o porquê daquela insônia, mas resolvemos deixar o assunto guardado.

"Melancolofóbico – aquele que tem medo da melancolia."

Penso por alguns minutos e respondo: "Cronossomatia – doença física decorrente da aversão à passagem do tempo."

"Precisamos publicar nosso dicionário, Nolita."

"Vamos esperar até termos dois mil verbetes, que tal?"

O celular de Tom vibra sobre o criado-mudo. Ele lê a mensagem de Tarcísio: *"Amigos?"*

"Por que ele tem que ser tão fofo comigo?"

"Você faz isso com as pessoas... quanto mais elas te acham o maior cretino do universo, mais te amam. Putz, deixei meu celular no quarto."

"É melhor você pegar, se alguém te liga e a mamãe ouve aquele toque histérico do *Depeche mode*, a coitada enfarta!"

"E alguém por acaso vai me ligar? Bom, de qualquer forma é melhor pegar."

Entro pé ante pé no quarto. Ela parece já dormir profundamente sob a tênue luz âmbar. Tem os olhos suavemente fechados, um semblante tranquilo e a boca entreaberta. Pego o aparelho que está em cima da poltrona.

Aproximo-me da porta e a observo mais uma vez. A cadeira de rodas está bem ao lado da cama. Estranho objeto, que havia se tornado tão vital em sua vida. Às vezes até esqueço como ela se movia antes, com as próprias pernas, tento imaginar e me parece estranho e artificial. Tenho o dom ou o defeito de me acostumar a tudo na vida. O bolso debaixo da cadeira e as coisas que guarda, o caderno de desenhos que esconde das enfermeiras. Deve guardar cada coisa ali... de repente, como se tivesse recebido um beliscão na orelha, me pergunto intrigada – sim, o que mais pode haver ali dentro? Olho para mamãe, seus olhos continuam suavemente fechados, e, por baixo deles, dorme o sono REM. Por que não? Me abaixo e enfio a mão titubeante dentro do bolso, sob o assento da cadeira. Tiro dali um pequenino livro de orações e novamente meto ali a mão curiosa. Encontro um desses *souvenirs* tipo olho mágico e ali vejo uma foto do Corcovado, minha nossa, a última vez que ela foi ao Rio eu ainda estava no colégio. Parece-me que estou revirando a gaveta de alguém que acaba de morrer e a sensação me incomoda. Coloco tudo de volta rapidamente. Mas antes que arranque minha mão dali definitivamente, tateio um embrulho revestido de tecido. *Tudo bem, só vejo isso e vou embora.* Eu o tiro para fora. Um pedaço de cetim rosa claro, muito descorado, envolto por uma fita preta, cobre o pequeno pacote. Eu o abro e encontro uma foto Polaroid, que aproximo do abajur para ver melhor. Um homem, aparentando uns trinta, trinta e cinco anos, está sentado no que me parece ser o convés de um navio. Grudado no tecido, um papel também bastante amarelado. Começo a abri-lo delicadamente.

"Tom!", mamãe solta como num grunhido. Meu coração dispara e eu enfio tudo de volta desajeitadamente no bolso da cadeira, me sento na cama e seguro sua mão. Ela abre os olhos assustada.

"Cadê o Tom?"

"Calma, calma, tá tudo bem... foi só um sonho!"

Ela respira profundamente e me olha ainda atônita.

"Ele estava caindo... do alto da estante... tinha subido lá pra pegar o vidro de biscoitos, sabe, aquele que fica bem lá no alto?"

"Dona Aurora, seu filho já é um homem de um metro e oitenta e dois, não precisa mais escalar a estante pra pegar os biscoitos. Ele nem gosta de doces!"

Ela suspira e lentamente volta a fechar os olhos.

"Mas fica de olho nele... o Tomzinho gosta de aprontar..."

Ela adormece e eu volto para o outro quarto, onde Tom dorme profundamente espalhado pelo colchonete. Meu coração ainda está acelerado. O que seria aquele papel? Fecho os olhos e tudo o que vejo é a foto daquele homem.

"*Noite feliz, noite feliz, oh Senhor, Deus do amor, pobrezinho, nasceu em Belém, eis na lapa Jesus nosso bem*", canta Tom em voz alta e jocosa, entrando no quarto, vestindo uma túnica de estampa zebrada, com as luzinhas da antiga árvore envoltas no corpo e ligadas por uma extensão na tomada, carregando Kojak nos braços com dificuldade.

"Olha, mamãe, que linda a roupa que o padre me emprestou!"

Dona Aurora ri.

"Tom, você vai ser excomungado", diz, preocupada em não zombar do significado sagrado da data.

"Que nada! Ano que vem eu vou pra Itália comprar minha indulgência. Vou organizar uma excursão ao Vaticano com todas as bichas carolas que conheço. Vamos falar com o Papa, beijar o cetro dele e comprar a indulgência na lojinha de *souvenirs*. Você vai querer uma, Nola?"

"Não, obrigada. Vou passar sem o selo de pureza mesmo."

Tom sai do quarto e eu ajudo a mamãe a se vestir. Acordei cedo e passei um dos vestidos que ela tinha na mala: branco, de alças largas, fechado por botões na frente com um cinto, também largo, um pouco acima da cintura, e uma flor-de-lis em uma das laterais, que ela mesma bordou anos atrás. Escolhi um par de meias brancas e estava prestes a colocá-las em seus pés quando ela me pede para calçar as sandálias vermelhas. "São melhores pra dançar", diz levando a mão à boca como uma japonesa recatada. Tal como faria com uma escultura em restauração, eu a assento sobre a cadeira de rodas.

Vamos para a sala e colamos o presépio na parede ao lado do ipê, um pouco abaixo, para oferecer abrigo ao recém-nascido, caso o sereno da noite seja rigoroso. A estrela de Belém parece alumiada por uma luz efêmera.

São quatro e cinquenta e cinco. Tom, mamãe e eu tentamos aproveitar as horas juntos intensamente, e o tempo parece escorregar muito rápido por entre nossos dedos. Uma paz branda reina na casa. Sinto nossos cordões umbilicais se embaralhando no meio da sala, na cozinha e no corredor, cada vez que nos encontramos. É o conforto de quem não se preocupa, ao menos por alguns instantes, com os caprichos do destino. Eu olho e me deixo olhar. Tom coloca um disco de boleros orquestrados por alguém tipo Ray Conniff, mas um pouco mais elegante, e dança pela casa. Num repente, arranca dona Aurora da cadeira, segura-a com firmeza pela cintura e a gira no espaço. Ela ri e seu riso deixa uma mancha luminosa no ar. Ela relaxa as pálpebras por um longo tempo e sente-se tonta. Tom a coloca de volta na cadeira. Há um falso silêncio dos metais que ecoam da orquestra. Ela se recompõe.

"Tom... por que você... por que você não vai à padaria e compra pão... pra fazermos... rabanada.", diz confusa.

Ele olha pra mim, questionando a relevância daquele pedido, e eu aprovo sem saber. Ele sai meio sem graça, levando Kojak pela coleira.

Eu trago um copo de água com açúcar cheio de crendices do passado, falso calmante químico e poderosa conexão com a calmaria das avós. Ela bebe pausadamente e devaneia sobre paisagens para mim incógnitas. Não, ela não vai desacompanhada, vai com Tom, ela não sabe, mas vai com ele, com tudo o que esperava dele. Eu abro a janela da varanda. Do alto do quarto andar vejo sentado na rua um casal de carrinheiros, ao lado de sua carroça entulhada de quinquilharias apanhadas nas ruas e nas casas. Em frente à sapataria, que tem as portas fechadas, eles comem alguma coisa numa embalagem de alumínio que reluz como o baú precioso de Balthazar. Na carroça, sobre os trastes, descansam dois cachorros e um pinheirinho colorido atado a uma das pontas do carro.

"Vou tomar banho. A senhora se comporta por aqui?"

Ela não responde.

"Mãe? A senhora quer que eu ligue a TV?"

Ela demora alguns segundos e volta a si.

"Pode ir. Vou ficar em silêncio um pouco."

Vestindo um felpudo roupão branco e uma toalha verde enrolando os cabelos, como um turbante na cabeça, entro no quarto e me sento na cama por alguns minutos. Me aproximo do travesseiro em busca do odor familiar que ela provavelmente esquecera ali durante a noite. Meus dedos correm pelo lençol alvo, fazendo uma discreta carícia. Vejo sua maleta de viagem em cima da mesa. Espio pela porta e a vejo ali, na sala, na mesma posição em que a deixei. Meu olhar é atraído pela maleta. Estico o braço para tocá-la e o impulso de abri-la é mais forte do que minha vontade de não saber de nada. Toco delicadamente as roupas e peças íntimas ali guardadas. No bolso superior, um vidro da colônia antiga, uma escova de dentes, um pente fino e o creme de rosa mosqueta para as mãos. Em um dos bolsos laterais, a presilha de cabelo, o terço e uma meia de seda. Penso em mamãe como uma senhora, que é tudo que conheço dela hoje em dia, apegada a hábitos e aromas antigos, resistente à vida efêmera que se produz fora de sua estreita janela. Não consigo vê-la como mulher, e por isso sinto vergonha e raiva, vergonha por pensar isso de minha própria mãe e raiva dela, que se escondeu mulher e agora não deseja ser nada mais que uma velha.

Escuto vozes no corredor. Tom chega com alguém. Caminho lentamente até eles.

Ele entra na sala arrastando Kojak, moroso na outra ponta da guia, acompanhado de uma mulher. Ela aparenta ter uns trinta anos, considerando o recorte adequado de sua blusa e o cabelo tão bem articulado, decorando sua beleza que dispensa malícia. Tom pede que ela entre, ela está desajeitada e evita nossos olhares. Mamãe e eu nos entreolhamos. Minha respiração parece fazer balançar as cortinas da varanda.

"Ela estava lá embaixo, perguntando por você Nolita, vocês se conhecem?", diz ele com a temeridade de quem observa a rinha de galos, antes da luta que está prestes a começar.

"Quem é você?", pergunto séria, sem me dar conta de que os trajes felpudos que levo no corpo ridicularizam o caráter inquisidor de minha fala.

29

O mundo fica tão lindo quando você toca... (Lúcia)

As teclas zebradas repousam silenciosas. O perfume adocicado das frangipanis na árvore da casa ao lado, que me é normalmente tão caro, nesse momento me causa uma leve náusea. Minhas mãos repousam caladas sobre os joelhos, cobertos pela saia azul-escuro. O piano permanece imóvel diante de mim. Erik Satie toca sua *Gymnopedie nº 1* em meu peito. A imagem do caixão de madeira escura, coberto por rosas brancas, persegue meus pensamentos e parece fundir-se com a imagem dos três outros caixões cobertos por crisântemos amarelos há tanto tempo. Como consegui enterrar dois pais, numa só vida? Minha mãe entra na sala, ainda tem a aparência bastante abatida.

"Vai viajar novamente?"

"Não por um tempo. A turnê da orquestra só começa no próximo mês."

"Vai ser bom ter você por aqui novamente. Santos já não me agrada tanto como antigamente."

Ela me serve um pequeno cálice de vinho do porto e brindamos.

"Era o favorito dele..."

Ao contrário do prognóstico da diretora da escola, que certa vez me disse que as mulheres ficam loiras quando não podem mais lutar contra os cabelos brancos, ela continuava com as madeixas negras, faz questão de retocar as raízes, todo mês, no cabeleireiro que frequenta há dezoito anos. Hoje, no entanto, ao observá-la, penso que talvez devesse descer um tom na escala de cor que está usando. Anda muito pálida e os cabelos demasiadamente negros reforçam seu tom de pele e as olheiras, cada vez mais escuras. Seu semblante, contudo, continua terno e sereno. Suas mãos começam a apresentar pequenas manchas de sol. Noto o inchaço em seu dedo anular e me dou conta de que aquela aliança talvez nunca mais saia dali. Toco sua mão com delicadeza.

"Mãe... por que você nunca me contou nada?"

Ela puxa uma cadeira e senta-se ao meu lado. Repousamos as taças sobre o tampo do piano.

"Tudo o que eu sabia, eu te contei, Lúcia."

"Anos atrás, no meio de uma conversa, você me disse que ele tinha tido outra mulher, um caso, só isso!"

"Você quer saber, Lúcia? Isso foi o que ele me disse certa vez e eu nunca mais quis tocar no assunto. Por muitos anos, mesmo morando juntos, achei que não tinha intimidade para perguntar sobre seu passado, coisas que não me pertenciam, entende? Como você bem sabe, só há pouco tempo nos casamos no civil, quando você estava viajando, coisa simples, fomos ao cartório apenas oficializar."

"Eu sei." Toco suavemente uma tecla qualquer do lado direito, aguda, com o pedal abafador pressionado.

"Ele tinha medo que algo lhe acontecesse e não pudesse nos deixar nada."

"Bem, nesse caso era só fazer um testamento... mas por que vocês nunca se casaram antes, no começo?"

Ela faz uma pausa no ar. Com um movimento de cabeça, tira da frente dos olhos os fios de cabelo que lhe tapavam parte da visão. Suspira e com a voz trêmula admite:

"Acho que nunca dei a ele essa liberdade. Nunca fiz com que ele se sentisse confiante para... para me pedir em casamento."

"Mas vocês moravam juntos, quero dizer, dividiam a mesma cama todos os dias, eram adultos!"

"Eu nunca... nunca deixei que ele atravessasse o fosso que construí à minha volta. Eu fui uma ilha." Ela olha para o alto tentando conter o choro. "No dia em que fomos assinar os papéis, eu fui... vesti uma roupa qualquer, do dia a dia, para mostrar indiferença...

Mas eu vi aquela foto, ele..."

"Sim, Lúcia, ele vestiu um belo terno claro, era primavera, me levou um buquê de lírios brancos e...", pausa para tomar ar e prossegue, "me disse que ele era, naquele momento, o homem mais feliz do mundo."

Silêncio.

Eu a amparo e ficamos abraçadas por um longo tempo. Até que, de repente, ela se desvencilha de mim, levanta-se e apoia as mãos no alto do piano, com a cabeça baixa. Fica assim um instante, depois levanta a cabeça e diz, olhando para a parede:

"Eu não sabia que ele tinha filhos, Lúcia! Fiquei tão chocada quanto você quando li aquelas cartas, aquele diário, como ele conseguiu manter aquilo tão escondido de mim, de nós?"

Meu olhar vagueia solfejando notas indecisas no teclado, digo baixinho:

"Não consigo entender... será que fomos assim tão insensíveis, tão egoístas? Mãe... mãe, olha pra mim: nós passamos a noite toda lendo essas coisas... ele era um homem triste! Tantas vezes fui tão injusta com ele! Era tudo tão claro, nas páginas daquele diário, mãe, ele tinha um remorso imenso por ter abandonado a família, por que nunca nos contou nada?"

Ela parece se recompor e, com coragem, mira o pequeno retrato, um dos poucos, pendurado na parede, onde está sentada ao lado dele. Um dia nublado na praia de 1982.

"Quem somos nós pra julgar? O César que nós conhecemos foi um homem maravilhoso. E você sabe disso melhor do que eu."

Cinco anos viajando, concertos em Zurique, Edimburgo, Nova York, Moscou, Viena, Praga, e quando entro neste quarto sou imediatamente transportada às antigas lembranças, lembranças de uma tenra juventude que se aviva agora em minha carne. Meu primeiro teclado, ainda montado no canto do quarto, a foto de meus avós ao lado da cama, a boneca Emília, tão surrada, que ganhei de César em meu aniversário de oito anos, aquele em que ele se vestiu de Visconde de Sabugosa, o velho abajur de girafa agora já sem cor, a briga com a minha mãe quando quis ir sozinha à matinê, seus conselhos: "Não se case antes dos trinta, eu sei, eu sei, você ainda nem ficou mocinha, mas vai colocando essa ideia na sua cabeça, não vá desperdiçar a sua vida como eu", o castigo que paguei aqui, trancada um dia inteiro por ter quebrado o vaso chinês num acesso de raiva, meu primeiro namorado, deitado nessa cama, na tarde em que eu estive sozinha em casa, o cantinho da parede descascado, consequência da batida que dei com o pé engessado, o César me carregou com tanto cuidado e foi só uma batidinha na parede, nem doeu, mas eu gritei como se tivesse quebrado o osso novamente, pura pirraça dos doze anos, e ele bem que dizia que eu não tinha talento pra montaria, aquela era a quinta queda feia do ano, mas eu era tão teimosa, o burrinho que desenhei, de caneta, ao lado da cama, depois de saber que não havia sido aprovada no vestibular para Direito, frustração e raiva, raiva da mamãe que queria que eu fosse advogada, onde já se viu, as conversas com César: "Você é tão talentosa, não precisa ir à universidade, continue no conservatório, estude Lúcia, estude todos os dias até seus dedos não aguentarem mais. O mundo fica tão lindo quando você toca..."

A pequena boneca bailarina, onde estaria ela? Abro as portas dos armários, reviro gavetas, caixas, onde poderia estar? Não terá ido para a caridade, não a pequena bailarina, ela não. Depois de quase colocar o quarto abaixo, venho encontrá-la atrás do armário. Empoeirada, amarelada, com manchas de mofo, mal podendo dançar, sorridente. Eu me lembro, e isso minha mãe também me contava, que, quando meu pai ainda era vivo e morava conosco, eu vivia pedindo para eles me darem uma irmãzinha. Minha mãe me disse que se tivessem outra filha, eu teria que dividir tudo com ela e passei então a pedir por um menino. Veio a separação, o acidente, o padrasto, e decidi que não queria mais ninguém naquela casa, a bailarina seria minha irmã.

Vestindo já a camisola floral de algodão (ainda são seis da tarde!) e trazendo os papéis de César nas mãos, minha mãe entra no quarto.

"O que fazemos com isso?"

O anel preso no dedo, a pequena pilha de cartas amareladas, confissões que nunca foram entregues, o diário encapado com papel de pão. Olho para fora da janela. O dia de sol alaranjado se despede de nós. O velho atravessa a rua com um neto em cada mão e para na banca de jornal. A bailarina continua a sorrir.

"Mãe, eu vou procurá-los."

"Um café com leite, bem clarinho. Ah, e um pão de queijo também."

Tento repousar os braços sobre o balcão da cafeteria da rodoviária do Jabaquara, mas ele está coberto por migalhas de pães, *croissants,* pedacinhos de frango de uma coxinha digerida em algum estômago já bem longe dali.

A subida pela serra do Mar havia sido maravilhosa como sempre. As curvas forradas de verde e o mar se estendendo no horizonte sempre me dão uma sensação de paz imediata, uma paz que jamais encontrei nos frequentes voos internacionais. Minha mãe sempre insiste para que eu venha para São Paulo com seu carro, ela que o usa hoje em dia muito pouco, mas quando tomo a Rodovia dos Imigrantes, com a cabeça recostada no banco do ônibus, posso deixar meu olhar se perder por aquelas curvas e consigo capturar muito mais do que quando tenho que ficar atenta ao veículo da frente.

Tomo o café calmamente. Abro a bolsa que carrego junto com a pequena mala de viagem e retiro meu precioso caderno, com capa de tecido indiano, que comprei em Londres. Leio e releio o endereço ali escrito. Não fica longe do *flat*. Acho que deixo a mala no quarto e vou andando. E se eu estivesse enganada? E se não fossem eles? "Veja a conta, por favor. Ah, e me dê uma barra de Suflair também."

Caminho lentamente puxando minha mala em suas rodinhas por entre a multidão que se acotovela nos corredores do terminal. Acredito que ainda tenho um passe de metrô na carteira.

A decisão de procurá-los não havia sido meticulosamente pensada, foi, sim, fruto de um impulso que não tive coragem de reprimir. Confesso que, por nenhum instante até o presente momento, refleti sobre como eles seriam. Fiquei tão preocupada ensaiando o que dizer "Boa tarde, meu nome é Lúcia Nogueira. Minhas desculpas pela visita inesperada na véspera de Natal, mas tenho uma notícia dolorosa para vocês." Será que eles se parecem fisicamente com César? O que fazem da vida? Será que ele é um desses caras que não conseguem fazer nada de útil, ficam o dia inteiro bebendo cerveja na frente do *video game* e trazendo garotas pra casa? Quem sabe sofreu um acidente? Talvez o apartamento tenha sido herança, talvez esteja dividido por uma parede e eles nem se falem mais. Ou quem sabe ele passa o dia inteiro na frente do computador investindo no mercado de ações e engordando uma vasta e secreta fortuna num banco suíço? Ela, bem, quem sabe ela não se tornou uma advogada, direito cível, bonita e asséptica, que toma cerveja com os amigos nas *happy hours* da Vila Olímpia? Ou uma gorda que se veste com roupas de *cotton*, terapeuta holística? Pode ser loira, bem oxigenada e ter alisado o cabelo, trabalha com relações-públicas. Será que compra à vista ou no crediário, usa joias ou colares artesanais, gosta de Chopin? Toca violão para os amigos, usa pasta para dentes sensíveis, já fez plástica, já foi à Moscou? Come produtos orgânicos, sua voz é fina, as paredes de seu quarto são verdes ou vermelhas, prefere Mac ou PC, gosta de livros de autoajuda? Ceramista? Deprimida? Esportista? Fútil? Sorridente? Esbelta? Inteligente? Bailarina?

São cinco horas da tarde do dia vinte e três de dezembro e parece que todos os milhões de habitantes de São Paulo acabaram de sair do trabalho e estão indo às compras de Natal. As inúmeras possibilidades e a imensa horda de consumidores começam e me deixar ligeiramente ansiosa e eu aperto o passo e a bolsa debaixo do braço, puxando com firmeza a mala que desliza sobre as rodinhas.

Há três anos vivo neste *flat*. No início, alugava um outro, no quinto andar, de um casal de judeus, então apareceu uma venda no décimo terceiro, de frente para a Haddock Lobo, acabei comprando. Não é de todo mal, embora nunca consiga chamar esse lugar de "minha casa", mas é adequado para meu estilo de vida no momento. Não mudei a decoração em quase nada, adicionei apenas poucos objetos pessoais, um tapete, que trouxe do Marrocos, um vasos de flores. E, claro, um Fritz Dobbert básico, para prática, ao fundo da sala. No piano-bar, que fica no mezanino, recheado de aveludadas poltronas vermelhas, eles têm um Petrof de cauda, o qual toco ocasionalmente, em geral só para os funcionários. Tenho planos para diminuir a frequência das viagens nos próximos anos. Quero comprar uma casa próxima ao parque da Cantareira, quem sabe ter uma família, filhos, sim, ainda os quero. Minha mãe poderia, inclusive, morar conosco. Dizem que pela proximidade com o parque os quintais das casas no entorno ficam cheios de pássaros o dia todo. Eu poderia fazer uma sala com paredes de vidro voltadas para o quintal, onde colocaria meu Steinway de madeira escura, e tocaria olhando para os papagaios que se refestelariam na jabuticabeira.

Meu afilhado mais velho, Vítor, presenteou-me com uma escultura de palitos de sorvete, que decora a prateleira de livros. Do mais novo, Diogo, ganhei uma bela tatuagem de caneta no sofá de couro, no mês passado, a mãe, uma clarinetista grande amiga minha, quase lhe deu uma surra, mas eu não permiti, naturalmente. "Cláudia, ele só tem dois anos, que se dane o sofá, ficou lindo, Di!", "Lúcia, você deveria ter filhos para entender certas coisas." Quem sabe, um dia.

Estou exausta. Me largo no sofá, ligo a TV e deixo sem som. Um grupo de praquedistas faz acrobacias no ar. Pego o telefone.

"Mãe? Já jantou?"

"Oi Lu. Já, sim. Fiz uma canja."

"Com esse calor?"

"Canja tem gosto de infância."

"Acho que vou pedir alguma coisa. Tem um vegetariano excelente aqui perto que entrega."

"E aí?"

Ficamos mudas. Sei o que ela quer saber.

"Ainda não fiz nada."

"Nem ligou?"

"Não, acho que vou simplesmente aparecer."

"Lúcia..."

"Mãe, essas coisas têm que acontecer assim, de uma vez. Se for mais rápido, dói menos."

"Pra você ou pra eles?"

Sinto o golpe, fico um instante sem ação, depois tento desconversar.

"Olha, eu só estou preocupada com você. Vou fazer de tudo pra voltar amanhã à noite, mas se não der..."

"Não liga, a gente não estava mesmo esperando passar o Natal com você. Como lhe disse ontem, meus irmãos estão sem os filhos, que estão todos viajando. Vamos ficar entre nós, na casa do Rui. Uma viúva e dois desquitados, não está bom? Espero que este ano o Lauro acerte o ponto do peru, no ano passado comemos carvão. Em compensação, a dona Carmela fez um pernil assado...! Dá pra acreditar que aquela mulher ainda está viva? Lúcia, ela trabalha na casa do Rui há quarenta anos! Devia ser tombada!"

Rimos.

"Tenho certeza de que você vai estar em boas mãos", digo a ela.

Acordo com o grito estridente do telefone. Ainda sonolenta, verifico que já é meio-dia e me dou conta de que adormeci no sofá. A pequena mesa de centro alberga uma taça de vinho pela metade e um prato com restos de comida.

"Alô?"

"Bom dia, senhora, é da recepção. O táxi que a senhora agendou ontem já está aqui."

"Táxi? Ah, sim..." Na televisão, vejo imagens da rua Vinte e cinco de Março, o grande formigueiro humano. *Preciso caminhar um pouco*, penso. "Desculpe, estou com um problema, não vou poder sair agora. Pode dispensá-lo para mim?" Aumento o volume da TV enquanto busco algo para vestir.

"Pessoas de todo o país continuam chegando à região da Vinte e cinco de Março para as últimas compras de Natal. A polícia militar montou um esquema especial para garantir a segurança dos consumidores que se espremem pelas ruas do local. Mais de um milhão de pessoas já passou por aqui nos últimos dias e os lojistas esperam dobrar esse número até o final do ano."

Passo em frente a uma loja de CDs, há quanto tempo não entro numa loja de discos no Brasil! Minhas aquisições nos últimos anos têm sido feitas pelo amazon.com ou pelo e-bay. A estreita loja está cheia de clientes de última hora, atrás de presentes, armados de sacolas até os dentes. Um álbum, ao lado do caixa, me chama a atenção: *Nina Simone & piano.* Talvez seja uma boa opção para hoje à noite.

"Curte Nina?"

"Para dizer a verdade, conheço muito pouco dela.", digo sem muito entusiasmo, para não alongar a conversa.

A mulher que parecia ser a dona da loja me olha por detrás das lentes emolduradas por um acetato vermelho.

"Eu também não conhecia. Foi meu marido quem me apresentou. Ele é contrabaixista, toca num grupo de jazz. Pode levar que você vai adorar."

"Obrigada."

"E venha mais vezes. Sempre tenho coisas da Nina e de outras divas. Ah, leve esse *flyer, show* do meu marido, na semana que vem."

Será que deixei cair? Deixei no restaurante? Sim, talvez quando fui ao banheiro. Como pude ser tão distraída! Não, só pode ter ficado no *flat*, em cima da mesa enquanto eu arrumava a bolsa. Bem, pelo menos de tanto olhar aquela página decorei o nome da rua e o número do prédio, mas o apartamento... sei que tinha alguma coisa de ala ou bloco. E agora, o que faço com esse painel cheio de números, minha nossa, quantos apartamentos para um prédio tão antigo. A cadeira do porteiro está vazia, vai ver que hoje nem tem porteiro. Que coisa indelicada, tocar num apartamento qualquer e perguntar é aqui que mora... E quem vai me deixar entrar? Como não pensei nisso, meu Deus...

Tiro a barra de chocolate com menta da Lyndt que levo na bolsa e começo a comer para espantar o nervosismo. Preciso pensar em algo. A doceria ao lado está fechada, mas, do outro lado da rua, há uma pequena porta... uma *lan house*, sim, e está aberta!

Passo pelo estreito corredor, onde estão dispostos velhos computadores. As telas estão apagadas e o ambiente escuro. Posso ouvir a *dance music* barata que sai do fone de ouvido na cabeça da garota sentada atrás do caixa, entretida demais brincando com seu celular para me perceber.

"Com licença, você por acaso conhece..."

"Não conhece ninguém. Plédio glande, né?", diz rápido a garota chinesa, sorrindo detrás de um aparelho ortodôntico, antes que eu sequer mencione qualquer nome.

Sorrio sem graça e volto meu olhar para o prédio. É então que vejo um rapaz atrapalhado, tentando colocar a chave na porta, enquanto seu cão fareja as lixeiras. Saio correndo e atravesso a rua sem pensar. "Quer morrer, não olha por onde anda!", o motorista esbraveja, por favor, tudo o que eu não quero é ser atropelada agora.

Me aproximo dele, passo a mão nos cabelos, certificando-me de que tudo está no lugar, pigarreio.

"Oi! Tudo bem?"

Ele me olha de cima a baixo, desconfiado. De repente, vê minha bolsa.

"Essa bolsa!", grita, admirado e incrédulo. "Nossa, é uma edição limitada da Emilio Pucci!"

"Ah... sim..."

"Um luxo, hein?"

"Você gostou?"

"E não é pra gostar? Essas coisa nem chegam ao Brasil... Deve ter custado uma fortuna..."

"Sim, quer dizer, nem tanto, eu comprei em Veneza depois de um concerto, achei cara, mas então me disseram que era para ajudar na reconstrução de L'Aquila, sabe, aquele terremoto, e aí eu..."

Ele volta a me olhar de cima a baixo.

"Humm... Discreta, elegante, moderna. Não é possível que você more aqui, né?", esticou o dedo indicador apontando o prédio com desdém.

"Não, na verdade eu estou procurando...", ele não me ouve.

"Ufa, achei a chave, Kojak, seu lixeiro, venha! Você vai entrar?"

O charmoso rapaz, vestido em *jeans* e camiseta, abre a pesada porta de vidro para mim enquanto se ocupa de rebocar o cão, que agora se entretém sacudindo uma caixa de papelão na boca. Eu passo pela porta, dou dois passos em direção ao elevador e aperto o botão. Observo a cena. Dois a um para o cachorro. A porta de vidro move-se lentamente.

"Não deixe a porta bater!"

Corro de volta e apanho o puxador de ferro, enquanto ele entra com o cão no colo.

"Você já viu uma coisa dessas? Me diz se dá pra simplesmente sair pra uma voltinha com o cão pelo bairro? Olha só pra mim!" O cão lhe dá uma tímida lambida no rosto. Ele parece fazer um esforço imenso para mantê-lo no colo, então eu me dou conta de que devo abrir a porta do elevador.

"Obrigado. Não consigo nem sair sozinho com o cachorro! Esse meu filho..."

Ele aperta o botão do quarto andar e distrai-se enquanto coloca o animal no chão e limpa os pelos da roupa. O elevador para. Ele abre a porta e sai.

"Eu fico aqui. Ah, mas você não me respondeu, não mora aqui, certo?"

Permaneço dentro do elevador enquanto vejo a porta se fechar entre nós.

"Não, estou procurando uma pessoa. Na verdade duas. Você conhece uma moça chamada Nola?"

30

Seja um pouco de mim. (Nola e Lúcia)

"Meu nome é Lúcia, Lúcia Nogueira..."

Ela começa a falar, atropelando um pouco as frases mal ajambradas em seus pensamentos. "Desculpe aparecer assim, eu sei que é uma data inconveniente vir... eu... eu planejava ter vindo antes. Tem tanta coisa acontecendo." Ela passa a mão na testa, como que buscando algum suor para secar. "Eu não queria aborrecê-los. Mas eu sei que tinha que fazer isso, alguma coisa me dizia... Eu trouxe presentes, quero dizer, não são presentes são apenas lembrancinhas, eu não podia chegar de mãos abanando... você deve ser a Nola, estou certa?"

Um misto de temor e excitação aguça meus sentidos e não consigo responder. Sou salva pela minha mãe, que intervém com um tom anfitrião:

"Sente-se... você quer tomar alguma coisa? Tom, traga um suco pra moça, faz um calor nessa cidade, não?"

Tom olha pra mim desajeitado, com Kojak ainda na coleira, e eu inclino a cabeça confirmando a ordem de mamãe. Ele abandona a coleira e caminha atônito para a cozinha. Kojak alcança imediatamente a estranha e fareja com vigor os seus sapatos, as mãos e a bolsa.

"Kojak!", me debruço sobre ele e tento puxá-lo dali. "Que mal-educado! Deixa a moça, vem!", e ele faz um esforço tremendo pra continuar a tarefa.

"Pode deixar, eu adoro cachorros... ele está no direito dele, tem que investigar quem invade seu território." E então ela acaricia a cabeça dele com as duas mãos e ele abana o cotoquinho de rabo, alegre e serviçal. Suas mãos são finas e delicadas. As unhas curtas, cobertas por esmalte branco. Na mão direita usa um discreto anel de ouro. O decote da blusa vermelho tinto deixa à mostra um colo branco e macio. Seus cabelos são escuros e brilhantes e parecem emoldurar perfeitamente o rosto de feições fortes e aspecto meigo. Suas sobrancelhas são perfeitas, escuras, finas e formando um arco longo por cima dos olhos. As maçãs do rosto são lustrosas e coradas por um brilho rosáceo. Seus lábios são finos, lubrificados com *gloss*. Ela é pra mim uma orquídea.

"Sim, sou Nola...", digo secamente.

Tom volta trazendo uma bandeja e taças com suco orgânico de acerola.

"*Cosmopolitan, anyone*?", diz um tanto sem-graça, tentando descontrair o ambiente. "Toma, um pra você *mummy*!"

"A senhora é dona Aurora? Eu não tinha certeza se a encontraria..."

"A gente se conhece de algum lugar, minha querida? Seu rosto não me é estranho."

"Não, nós não nos conhecemos. Quero dizer, eu sei algumas coisas de vocês, mas acho que vocês não sabem nada sobre mim." Suas palavras saem desconcertadas e nervosas. "Eu juro que teria vindo antes se soubesse, teria vindo talvez anos atrás. Por diversas vezes eu desconfiei que ele escondia algo, mas não podia imaginar... eu queria poder voltar no tempo. Eu nem sei como dizer isso."

Está confusa, e nós, mais ainda. Uma ansiedade mórbida se apodera de mim, e o mesmo parece acontecer com Tom e mamãe. A incompreensão é tamanha que, em vez de me sentir bombardeada por minhas próprias questões, experimento por alguns segundos um imenso vazio. Com medo do que ela possa vir a revelar, tento prolongar o momento com um silêncio pastoso. E toda reação que consigo produzir são rugas de dúvida, que brotam involuntariamente em meu rosto.

Ela abre a bolsa e tira dali uma fotografia. Não ousa mostrá-la de imediato para nós, fita-a momentaneamente com um leve e triste sorriso no rosto e, em seguida, toma a decisão de entregá-la, estendendo-a para mim, com um suspiro. Tomo o retrato em minhas mãos. Imediatamente reconheço ali o homem da Polaroid, o retrato escondido sob a cadeira de rodas. Mamãe, que está a poucos centímetros de mim, o pescoço esticado e a cabeça levemente projetada sobre a foto, aproxima suas mãos, como se quisesse tocar o retrato. Em seguida recua, desvia um olhar perdido e distante para a janela. Com a voz fina e trêmula diz baixinho, quase para si mesma:

"César..."

"O que a senhora disse?"

Tom aproxima-se, agitado e febril. Entrego-lhe o retrato.

"Mãe... a senhora... a senhora conhece esse homem?", pergunta, quase engasgando.

A moça está quieta, estática. Um silêncio insuportável parece apertar nossas gargantas.

"Sim."

"É isso, sim, que você está pensando, Nola. Tom, esse é o pai de vocês."

Mamãe emerge momentaneamente do que parece ser uma espécie de transe. Engole fundo a saliva que guarda próxima aos lábios, à espera de tornar-se uma palavra, mas nao essa, uma palavra qualquer, menos sentenciosa. Seus olhos atravessam os de Lúcia por alguns instantes. As mãos tremem e vão vacilantes em direção aos próprios lábios, até tocá-los, e então, seu olhar novamente perde-se em seu estreito infinito. Quase inaudível, sussurra para si: "Morto? César morreu?... Como pode ser?"

Minha respiração parece exigir grandes quantidades de ar, muito mais do que posso encontrar na sala.

"César, meu pai... morreu, mãe?", pergunto angustiada, olhando o retrato dele, em minhas mãos.

Ela não me diz nada.

Tom enruga suavemente a fronte e deixa que a cabeça afunde entre as mãos, que parecem querer tapar-lhe os ouvidos, como que fugindo de um acorde dissonante.

Subitamente o papel amarelado me vem à lembrança, como um clarão na tempestade em alto-mar. Sim, o papel amarelado, uma carta decerto. Decidida, me lanço diante da cadeira de rodas, vejo que mamãe se assusta, mas não diz nada, prevê tudo, fecha os olhos com força e uma lágrima lhe escapa pela face. Abaixo-me e enfio minha mão sob a cadeira de rodas, como num vespeiro, e arranco com força o delicado pacote de cetim rosa pálido, que desembrulho para encontrar a carta. Abro lentamente a única folha, dobrada em oito. Leio em voz baixa e grave, quase inaudível.

São Paulo, 13 de janeiro de 1980

Querida Aurora,

São cinco e quinze da manhã. Como de costume, hoje você se levantará tarde para aproveitar o sono de domingo. Antes de abrir os olhos, você irá esticar o braço e procurar meu peito para um leve abraço, assim como faz todas as manhãs. E por uma razão, que eu espero um dia ainda poder explicar, eu não estarei aí.

Só quero que saibas que amo nossos filhos, muito mesmo. Diga isso um dia a eles, quando achar melhor. Nola é uma garota espevitada, voluntariosa e cheia de energia. Sei que não vai ser fácil para ela crescer e aprender as coisas do mundo, ela se ilude e se frustra com facilidade. E essas coisas só tendem a piorar quando crescemos. Mas todas as noites, quando a beijo na testa, consigo enxergar nela uma grande mulher, dona de si e de seu mundo. Quanto ao pequeno Tom, bem, acho que nós dois sabemos em segredo que ele guarda algum tipo de encanto. Ele tem um magnetismo incrível, não, nem todos os bebês são lindos, fofos e cativantes, mas ele era. E agora, já um pouco maior, demonstra muita astúcia e desembaraço para lidar com o mundo. Acho que ele nasceu com sorte, e tudo que terá que fazer na vida é velejar, virando o remo a bordo e a estibordo para aproveitar melhor o vento. O resto é com a natureza.

E quanto a você, Aurora, quanto a nós... bem, não sei o que dizer... Mas você sabe, no fundo você sabe, sempre soube que meu lugar não era aí. Eu adiei esta decisão, dia após dia, ano após ano. Fiz o que pude, enquanto pude. Agora não posso mais. Tenho certeza de que assim será melhor para nós dois.

Com todo amor, César

Deixo o papel cair sobre a mesa de centro e me levanto, agarro os punhos da mamãe e mal controlo o desejo que tenho de chacoalhá-la, suas pupilas estão dilatadas, ela parece longe dali e de tudo.

"Por que, mãe, por quê?"

O silêncio nos envolve a todos, num abraço apertado. Quem é, ou quem foi meu pai, afinal? Não sei a quem creditar a biografia desse homem – se à sua antiga e rancorosa esposa, minha mãe, à sua amada e desconhecida enteada ou aos fantasmas sem face que alimentei durante todos esses anos no escuro. Me vejo diante de três homens de caráter totalmente distintos. E cabe a mim, e somente a mim, aproximar-me de um deles para colocar em seu peito a medalha que então carregará com a insígnia de "pai". Vejo que rugas se espalham como afluentes de um rio caudaloso sobre o rosto de mamãe. Quando sorri, mal se notam as marcas de erosão provocadas pela idade, quando se retrai, no entanto, os sulcos parecem tornar-se mais profundos e seu sofrimento ganha vida redobrada. Mas agora... agora parecem apenas repousar, sem nenhum ânimo. Noto, porém, sua pálpebra inferior ligeiramente esgarçada e marcada pelas noites maldormidas. Contra a luz do sol que se põe, enxergo um suave sopro de calor que seus lábios, sem se tocarem, deixam escapar a cada expiração, e volto bruscamente meu rosto para o lado, para evitar sua imagem, evitar que possa me apiedar dela. Meu olhar encontra de imediato a pequena lágrima que Lúcia, diante de mim, não consegue conter e que lhe escorre pela face. Uma lágrima lenta e solitária. Quem era ela pra ter tido meu pai como pai, o mesmo pai que eu nunca tive? Acuada por meu olhar, ela tricota pequenos emaranhados no ar, seu peito se enche, mas ela não consegue liberar uma só palavra. Reúne, então, as mãos entrelaçadas junto ao peito e diz fitando o vazio, como que murmurando:

"O César... nós lutamos por muito tempo, ele querendo ser um pai pra mim e eu resistindo à presença dele, sua proximidade, os afetos, a amizade... como eu poderia saber de tudo isso aqui, de vocês? Para dizer a verdade, eu nem sei bem como chegamos a nos entender, como eu consegui aceitá-lo, mas eu sei que um dia, um dia eu simplesmente deixei que ele entrasse em minha vida."

Sinto uma fisgada no peito. Uma metralhadora dispara freneticamente para todos os lados, pipoca em minhas mãos, mas não consigo segurá-la. Descubro uma raiva que guardei adormecida, escondida em algum canto de mim por todos esses anos, enquanto me perguntava sobre esse homem. Sinto que preciso agir, preciso pensar, mas onde está minha razão?

Nesse momento, imbuído da honestidade brutal que traz à flor da pele, Tom levanta-se para estancar minhas agonias e faz exatamente o que eu intimamente mais desejava naquele momento: envolve Lúcia num abraço e choram juntos.

"Tenho certeza de que você foi uma filha maravilhosa", murmura.

Ela desaba sobre os ombros dele e finca alguns dedos tensos na pele macia de seu braço. Ele a acalenta.

"Eu... foi muito difícil, mas... eu não seria quem sou se não fosse por ele. Acredite, ele foi um pai e tanto pra mim."

Lúcia afasta-se ligeiramente de Tom e tira da bolsa um envelope volumoso, senta-se e o coloca sobre o colo. Retira dali um maço de papéis e uma caderneta envolta em papel pardo.

"Eu... minha mãe e eu descobrimos essas cartas e um diário alguns dias atrás. Acho que vocês deveriam ler... quem sabe, algum dia."

Mamãe me observa com as pálpebras semicerradas, cansadas, os tijolos de barro que sustentam sua estrutura derretem à ação do vento e da tempestade e, nesse olhar tão fugidio e frágil, enxergo as luzes verdes do farol, e ela buzina, pois se me tardo o sinal fecha novamente.

"Nola, me perdoe", diz Lúcia.

Então abraço minha irmã, amo o desconhecido que traz em seu rosto e a semelhança que carrega em seu âmago. Amo-a com a força de uma paixão platônica que cultivarei para o resto da vida, amo as feições misteriosas por quem eu sonhava intimidade, ter intimidade, essa mulher que conheceu a ternura tímida dos ombros de meu pai quando a carregava nas costas num domingo de sol, dela tento arrancar e sorver tudo o que compartilharam e ela o dará a mim, sim, sem contar ou pesar, é tudo meu, é tudo nosso, sirva-se à vontade, eu vim aqui para isso, seja um pouco de mim e lembre-se daquelas brigas na adolescência com o velho teimoso e ciumento que não queria que eu saísse com os garotos, e das vezes que nos presenteou com flores em nossos aniversários, lembra Nola, sim, eu tenho tudo aqui, a mão severa que nos apertou os punhos quando fomos más, as palavras compreensivas madrugada adentro quando o mundo parecia desmoronar, os pastéis de carne que comprava para nós na praia, as aulas de direção na velha estrada de terra, o abraço terno quando os trovões nos ensurdeciam de medo, o dia em que o fiz chorar e o alívio de pedir desculpas, o constrangimento alegre quando se vestia de Visconde de Sabugosa, as histórias de marinheiros, as tardes sobre a areia cinzenta da praia de Santos, tome, é meu, é teu, é tudo nosso, tudo nosso.

"Podemos abrir os presentes antes da ceia?"

"Ah, querido, mas eu não trouxe presentes... eu..."

"Tudo bem, *mummy*, eu também não! Tô quebrado, imagino que só a Nola deva ter comprado presentes, ela sempre faz isso muito bem."

"Mãe, a senhora já viu o peru? Acha que está bem assado? Eu sempre acho que vai ficar cru por dentro. Tom, o que vocês estão fofocando aí?"

"Filha, não esqueça de pôr as velas na mesa. O Kojak ainda não comeu? Por que está farejando tudo por aqui?"

"Vou preparar drinques para nós... Nolita, Campari pra você? Lúcia, Campari?"

"Se liga, Tom, Campari? Ainda não estou tão velha assim."

"Como será que estão as coisas no asilo?"

"O arroz ficou um pouco empapado, mas ninguém liga, né? Culpa do Tom. Se o Pablo estivesse aqui... Tom, pega a toalha de mesa que eu lavei."

"Ai Nola..."

"O quê? Você esqueceu de tirar da máquina? A toalha de mesa do Natal do Bob Esponja? Tom, eu te mato!"

"Calma, eu vou secar!"

"Tom, você não tem músicas da minha época? Tony Bennet? Cauby, sim, põe um disco do Cauby!"

"Nolita, onde estão nossos presentes?"

Em meio ao tradicional tumulto do Natal em família, cada um preocupado demais com suas tarefas, percebo

Lúcia secretamente se levantar, pegar sua bolsa e caminhar silenciosamente em direção à porta.

"Ei mocinha, onde você pensa que vai?"

"Eu..."

"Nada disso, vai passar o Natal conosco. Tom, pega mais um prato pra Lúcia."

"Ô mãe, o prato dela já está na mesa, mãe! Como é que eu ia esquecer?"

Atrapalhados, nos contorcemos pela casa, aproveitando intensamente os últimos minutos antes de sentarmos à mesa para a oração da mamãe. Tom estica a toalha de mesa sobre o tapete da sala e tenta secá-la com o ferro de passar ao som de "*I want you back*", dos Jackson Five.

Oh baby give me one more chance
(show you that I love you)
Won't you please let me
(back in your heart)
Oh darlin' I was blind to let you go
(let you go baby)

Mamãe distrai-se dobrando com delicadeza os guardanapos de algodão florido que repousarão como ornamento sobre cada prato. Pelos cantos, Kojak tenta fazer-se invisível, estratégia já conhecida para tentar abocanhar o pernil, o tender, quem sabe o que ainda sairá do forno! Bem, o peru está quase no ponto, abro o forno e mergulho uma colher larga no molho que borbulha à sua volta e lhe dou mais um banho de sabor. Pelo canto dos olhos, percebo Lúcia observando nossa casa com discretíssima curiosidade, livros, objetos, fotografias e quadros. Detém-se no meu ipê de Natal e sorri com doçura. O arroz está abafando, será que levo o tender já cortado para a mesa? A farofa, sim, está tampada, espero que gostem do *gazpacho*, não exagerei no alho, com esse calor é melhor só levar a maionese na hora, acho que está tudo sob controle.

Tom acaba de remontar a mesa para a ceia, agora com a toalha do Bob Esponja que compramos na feira e, por cima dela, a prataria do casamento da mamãe.

"Desculpa, gente, mas esse ano eu não comprei presentes pra ninguém."

"Que deselegante, Nolita, nunca esperaria isso de você."

"Ou melhor... pra quase ninguém", sorrio maliciosa. "Resolvi renovar meu guarda-roupa. Afinal, não poderia passar o Ano-Novo no México em calças *jeans* e blusas de moletom."

"Vaca!"

"Filho, olha o linguajar!"

"Nem me avisou! Eu podia ter te ajudado, escolhido coisas incríveis pra você!"

"Por isso mesmo preferi ir sozinha. Queria ser dona de todas as decisões. Tomzinho, me aguarde, você não vai acreditar. Comprei vestidos! Vestidos e mais vestidos, todos bem acima do joelho!"

"Ah, filha, aproveite enquanto você pode esbanjar pernas por aí...!"

"Mãe!"

Tom me abraça forte e me dá um beijo no ombro esquerdo que trago descoberto pela blusa de verão. No ouvido, sussurra: "Você merece!"

Lúcia sorri, remexe em sua bolsa e entrega um pacote pra mim e outro pra Tom.

"Natal sem presente não tem graça."

Surpresos, Tom e eu estendemos os braços para receber os pequenos embrulhos.

O presente que dá a Tom traz uma caixa de lembrancinhas de aniversário guardada com as proporções ambíguas do tempo, com personagens do sítio do pica-pau amarelo estampados em apitos, carrinhos plásticos, língua de sogra, e um cartão com as palavras "obrigado pela presença" debaixo de uma foto da Tia Anastácia, Emília e o Visconde de Sabugosa.

"Foi a lembrancinha da minha festa de oito anos. Nem sabia que tinha isso guardado... achei esses dias. Tenho cada coisa perdida no armário da casa da minha mãe... quando li as cartas, imaginei que você teria a minha idade... bem, pensei que se você tivesse ido à festinha, teria ganhado um", diz ela com doçura. Tom se emociona e toca cada um daqueles objetos delicadamente, com um misto de estranheza e prazer.

Do envelope prateado entregue a mim, retiro um portarretrato vermelho-escuro, que emoldura a foto de um homem com cerca de trinta, trinta e cinco anos, levantando pelos braços uma menina risonha com maiô cor-de-rosa no quintal de uma casa. Não vejo bem seu rosto, mas projeto naquelas feições de menina amada o meu próprio sorriso. Olho de volta para o rosto diante de mim, e debaixo das sobrancelhas perfeitas enxergo um par de olhos que parecem querer me amar.

Uma estranha aura parece descer sobre nós naquele instante e, capturados pela magia dos presentes em nossas mãos, sentimos um frágil cordão a nos envolver. Esse cordão é o que segura nossas boias salva-vidas e nos prende à segurança da Terra. Deixamos, assim, que nossos corpos flutuem no balanço calmo destas águas e não temos medo de afundar, não temos medo de nada.

A campainha toca frenética e, elétrica como sempre, Catita entra antes que possamos abrir a porta. Há quase um mês eu não a via, imersa que estava nas profundezas sem chão do meu projeto. Está esbaforida e com as pestanas batendo apressadas, uma quentura jovial no peito e um saco preto de lixo nas mãos.

"Desculpa, gente, cheguei tarde? Isso aqui não é lixo não, viu, é meu saco de Papai Noel, tô cheia de presentes!", ela mal respira entre uma palavra e outra, que se socam ansiosas saindo da boca relaxada. "Oi, quem é você? Eu sou a Catita, *hermanita* da Nola, tudo bem? Nola, desculpa, esse último mês, uma loucura, dona Aurora, a senhora tá linda! Dá vontade de pegar no colo e sair girando! Eu lhe trouxe um estojinho de maquiagem novo, nossa tá um calor hoje, não? Eu nem quis esperar o elevador, subi a pé mesmo, minhas pernas andam tão preguiçosas, eu passei um mês, acreditam, um mês trancada em casa, não se preocupem, não passei fome, tô ótima, meditei, conversei com as minhas plantas, tomei muita água de coco, o pânico tem dessas coisas, e há alguns dias fui ao psiquiatra, estou ótima, quero sair correndo, saiam da minha frente!", e ela ri desenfreada e sincera. "Estou suando tudo o que eu não vivi externamente no último mês... Nolita", diz sussurrando agora e me puxando para o canto "eu vi cada coisa aqui dentro de mim, tão assustadora! Mas eu peguei o chicote e mandei todo mundo de volta pro lugar, *What a lark, What a plunge*, dizia Miss Dalloway! Eu reli o livro em dois dias e resolvi sair correndo, sair correndo de dentro de mim, ainda dá tempo, não é? Me diga que sim! Estou tão feliz, mal comecei e não vejo a hora de ser independente desses remédios todos!" Ela me abraça, abraça Tom, mamãe e Lúcia. "Mas você ainda não me disse quem é, gatona!"

Sentamo-nos à mesa após a meia-noite (tudo com a mamãe é muito regrado dentro das tradições e rituais). Tom está prestes a atacar o peru com a faca elétrica que não funciona, eu observo o vinho branco perdendo o gelo dentro da taça que guarda Lúcia atrás de si. Mamãe faz uma oração murmurando palavras que vão do sagrado ao profano de sua imaginação. Eu penso na ausência dos homens, em sua covardia discreta que aprendemos a aceitar na marra, penso que nunca houve uma ditadora mulher, com sede de supremacia e expansão de seu império, sim, Cleópatra, claro, rainha Victoria, também Catarina, a Grande, mas são exceções, nossa expansão vem do útero e por isso nos ligamos umas às outras, mesmo que seja com uma fraternidade raivosa e egoísta, existimos num pulso comum que só se altera, às vezes, pela inconstância secreta dos hormônios.

Tilintamos nossas taças, fazemos um brinde. John Lennon entoa sua canção de paz pela casa. Kojak dorme profundamente, encaracolado em seu cobertor azul no canto da sala. Na janela ao lado, dois jovens recém-casados celebram seu primeiro Natal na casa nova, ainda pouco mobiliada. A lua crescente escala vagarosamente o céu morno de dezembro.

War is over if you want it
War is over

I'LL BE YOUR MIRROR

Querida Nola,

Neste exato momento estou no ônibus, rumo a Santos. Parece que será um belo dia de sol na baixada. O mar se escancara no horizonte e eu vejo nele minhas esperanças renascerem. Não irei a Paris no mês que vem. Ficarei um tempo com minha mãe. Acho que temos muito o que conversar e ela precisa de uma amiga nesse momento. Vocês têm que vir nos visitar em breve, ela vai gostar tanto de você, do Tom...! Bem, acho que não tenho muito a te dizer agora. A noite em que dormimos todos juntos, o Tom, você e eu no quarto dele, com os colchões todos no chão, senti que estava no quarto dos irmãos que nunca tive, numa tarde escura e chuvosa depois da escola, brincando de acampamento. E toda solidão que senti na minha infância pareceu ali, naquele momento, perder todo o sentido. Obrigada, muito obrigada! Aguardarei ansiosa notícias suas do México! Será que vamos conseguir cumprir o pacto de nos comunicar só por cartas, nunca por e-mails*? A internet não deveria ter revolucionado nossa vida? Acho que nós duas temos uma alma antiga! Cuide muito bem da sua mãe, do seu irmão, do seu namorado, do seu cão, mas, principalmente, de você. Conte comigo para o que precisar.*

Com amor, Lúcia

As aeromoças pronunciam um jota que arranha gostoso no fundo da garganta e eu imagino que seu hálito cheire à tequila nova. Com os joelhos quase encostados na poltrona da frente, eu permaneço sentada com os olhos grudados na janela. As cores fundem-se num antigo alaranjado para, em seguida, tornarem-se cor-de-rosa-sorvete-de-morango, contra o fundo azul do céu. A viscosidade das nuvens como que me enche de açúcar cristal e meus lábios são doces, de uma saudade mansa. Penso no Tom. Suas palavras são puras, como a pele branca de um ovo cozido, depois que tiramos a casca, e fazemos promessas um ao outro, novamente, mais ele a mim, mais ele ao mundo. Meu ódio infantil parece se acalmar e eu penso com ternura no momento em que deixamos a mamãe no asilo, certamente tão mudada pelos acontecimentos dos últimos dias e os olhos tão cheios de nós, penso no irmão que não posso perder e na irmã que ganhei e que dorme agora na minha cama, na minha casa. Imagino, curiosa com a orelha grudada na parede, falem mais alto, o que será que eles conversam? Tom vai contar-lhe mil histórias e tocar todos os discos, mostrar todos os brinquedos e Catita poderá tomá-la emprestada enquanto eu estiver longe.

Pablo jurou que passaremos o Ano-Novo longe do brilho efêmero dos fogos de artifício e que faremos um piquenique com sua família e ele tocará violão para nós.

Querido Kojak,

Parece que conseguimos sobreviver a mais um Natal. No entanto, dessa vez não passei incólume. Fizemos um trato, mamãe, Tom e eu. Vamos ler as cartas e o diário sozinhos, cada um em seu canto, cada um a sós com César, para que ninguém distorça sua voz. Mamãe disse que ainda não está preparada. Como filha mais velha, tomei a dianteira. "Serei a primeira, levarei tudo comigo na viagem para que ele renasça em território neutro". Tom concordou. Trago o envelope espesso no fundo da bolsa que carrego a tiracolo.

Antes de ler a história, contada pelas próprias palavras de meu pai, busco compreender o que

Lúcia me contou e o que me contou mamãe, indiretamente, com seus olhares dissimulados e fugidios. Deixo também que se esgotem as imagens e fantasias que criei desde menina, lembranças que foram se somando à voz de mamãe através de outras tantas histórias, muitas vezes contraditórias, tudo isso distorcido pelo tempo e pelo impacto das revelações dos últimos dias.

Sim, mamãe, sempre dissera que ele não passava de um aventureiro, "seu pai se foi, Nola, se foi sem deixar rastros". Mas, se ele era um aventureiro, como explicar essa filha, Lúcia, que ele criou depois de velho com tanto esmero? Hoje eu me pergunto: será que não teria se arrependido, sentido remorso, saudade? E onde estariam as fotografias daquela infância, que mamãe dizia terem "sumido?" Mamãe não poderia sonegar aos seus filhos o seu próprio pai, assim dessa forma. Por outro lado, nos criou com tanta rigidez e ao mesmo tempo com tanto, mas tanto carinho, então por que, por quê?

Não sei se serei capaz, algum dia, de contentar-me com qualquer resposta que possa emergir de tudo isso, mas poderei, ao menos, criar minha própria versão da história. E isso há de bastar para dissolver tanta mágoa.

Bem, meu querido, antes de encerrar, há ainda uma coisa que preciso que saibas. Algo me diz que você não tem lido minhas cartas. Tudo bem, não precisa se justificar, não é culpa sua. Na verdade, você nunca precisou ler carta alguma. Sua compreensão é superior às palavras e você sempre conseguiu radiografar minha alma sem que eu precisasse dizer nada. E assim será sempre, mesmo depois que você fechar esses olhinhos no meio de tanta pele e não voltar a abri-los.

Acho que agora, Kojak, finalmente, ganhei coragem para escrever e endereçar cartas a alguém que não você, que é dotado dessa superior inteligência canina que prescinde das letras, alguém que precise lê-las para me conhecer, me compreender, e que me responda também com a crueldade humana expressa em palavras. Sim, eu sei muito bem, pode ser que eu tenha que escutar aquilo que não quero, mas esse é um risco que estou disposta a correr.

Quando olho pra você, posso ouvir as palavras de Lou Reed:

I'll be your mirror,
Reflect what you are
In case you don't know.
(I'll be your mirror, The Velvet Underground)

Love you, Nola

Arranco a página do caderno, que dobro e coloco num envelope branco. Volto ao caderno, empunho novamente a caneta sobre o papel e escrevo:

"Querida Lúcia..."